的世界

两我的梦想

夏 阳◎著

百花洲文艺出版社

BAIHUAZHOU LITERATURE AND ART PRESS

图书在版编目（CIP）数据

你的世界充满我的梦想 / 夏阳著. -- 南昌：百花洲文艺出版社, 2021.12（2025.1重印）
ISBN 978-7-5500-4464-7

Ⅰ.①你… Ⅱ.①夏… Ⅲ.①小小说 – 小说创作 – 创作方法 Ⅳ.①I054

中国版本图书馆CIP数据核字(2021)第218408号

你的世界充满我的梦想
NI DE SHIJIE CHONGMAN WO DE MENGXIANG

夏阳　著

出 版 人	陈　波
责任编辑	李梦琦　万思雨
书籍设计	黄敏俊
制　　作	何　丹
出版发行	百花洲文艺出版社
社　　址	南昌市红谷滩区世贸路898号博能中心一期A座20楼
邮　　编	330038
经　　销	全国新华书店
印　　刷	三河市嵩川印刷有限公司
开　　本	787mm×1092mm 1/16　　印张 16.75
版　　次	2022年2月第1版
印　　次	2025年1月第3次印刷
字　　数	250千字
书　　号	ISBN 978-7-5500-4464-7
定　　价	49.00元

赣版权登字：05-2021-403

邮购联系　0791-86895108
网　　址　http://www.bhzwy.com
图书若有印装错误，影响阅读，可与承印厂联系调换。

Immature poets imitate; mature poets steal; bad poets deface what they take, and good poets make it into something better, or at least something different.

——Thomas Stearns Eliot

不成熟的诗人模仿，成熟的诗人偷窃，糟糕的诗人将拿来之物弄得面目全非，优秀的诗人却能锦上添花，或者至少有创新。

——T.S.艾略特

目录

夜空中最亮的星

青葱岁月里，最浪漫的事，莫过于你我十指相扣，一起去看流星雨。蓝玉般深邃的夜空，流星雨拖着长长的尾巴，天女散花一般在天际滑过，坠落在静谧浩大的山谷。幸福，在那一刻凝固，地久天长。

陈毓以她独特细腻的笔调，在《看星星的人》里面，讲述了一个类似成年人一起看流星雨的童话。好事者可以从中解读出许多内容，诗化的善意、人与人之间的大爱、对自由生活的向往，甚至延伸至精神的出轨，抑或情感的夜奔。无论哪种解读，均掩于岁月，止于唇间，美得让人不忍触碰，就像晶莹剔透的冰花。

如果说十指相扣去看流星雨，是"若她涉世未深，带她看尽人间繁华"的量身定制，那么《看星星的人》，无疑是"若她心已沧桑，则带她去坐旋转木马"的苦心逢迎。文中的阿黛，已为他妇，却深藏一颗不甘困于俗世的心，坐旋转木马自然心花怒放，梦寐以求。

小资而文艺，喝着咖啡就着大蒜，有一颗眺望世界的心，却无一双跳离地面的脚——这样的知识女性，不妖不香，苍老天真，在《廊桥遗梦》《花样年华》《马语者》等电影中煽人泪下，让全球的中年妇女哭得稀里哗啦。理一下剧情，故事的开头总是适逢其时，猝不及防；故事的剧终也多半花开两朵，天各一方。打开门注定一世磨难，关起门铸成一生遗憾。现实中亦是如此，结局有人欢喜有人忧，性格左右命运，油盐明灭爱情。《看星星的人》有意截取了这类电影的开篇，赶走心照不宣，拒绝暧昧油腻，发于情止于礼，及时刹车，见好就收，稳稳地停在闪耀人性光辉的斑马线前。

作者也许意识到了笔下的故事过于缥缈，情节过于单薄，便有意在结尾部分进行软着陆，添加烟火气，让缥缈变得真实，变得有模有样，像那么回事。其实谁都知道，那只是一个成年人的童话，在人心坚硬人性稀薄的现代生活中尤为稀缺，亦如文中那些灿若金币的星星。

　　世俗庸常的忙碌，异化变形的生活，面具重重的社交，光怪陆离的都市，让人作茧自缚，又破茧成蝶。基于日常敏锐的嗅觉，陈毓用颇具陈氏特色的感性文字，营造了一个不太真实的梦，以此消解现代都市中红男绿女的午夜叹息和辗转反侧。

　　为了让这个梦变得清晰，摇曳生姿，陈毓虚构了一个有光鲜外表、体面职位的宣传部部长。他绅士一般替你排队，为你买票，站在一旁拍下你坐旋转木马的细节，留作回忆，在无数个暗夜里熠熠闪光。当然，他还得有不俗的经济实力和社会资源，不会因狂奔三四百公里而无法提供车辆令写作者难堪，就像看流星雨时，坚决不允许蛇虫出没，蚊蝇叮咬。

　　文中的宣传部部长，善解人意，却无欲无求，心中朗朗，佛系无边，这在情欲泛滥的现实生活中恐怕是珍稀动物。为了圆阿黛这种中年女性的梦，陈毓大胆采用了上帝的金手指，带她逃离周遭的窒息与逼仄，去秦岭峡谷看星星，羽化成月光的清风。这种欢愉，哪怕只有片刻时光，已足够照耀阿黛一生，让她在苟且的生活面前，内心盈满诗与远方的光亮。

　　佛曰："伸手需要一瞬间，牵手却要很多年，无论你遇见谁，他都是你生命该出现的人，绝非偶然。"对，绝非偶然！若无相欠，怎会相见？相见，是因为灵魂的孤独，或独沽清欢，或喧闹人海。说实话，我在第一次读《看星星的人》时，就触摸到作者力透纸背、深入骨髓的孤独。而且，这种孤独与生俱来，遗世独立，深深地影响了我的创作。

　　人活一世，愈往前走，同路的人愈来愈少，一个个如路两旁的树，在黑漆漆的午夜一闪而过。最后，只剩下自己，形单影只，踯躅于荒漠之上，前不见村，后不着店，四周雾气弥漫。人生就是这样，浑然不觉间，于某一天活成了孤独的鬼，独自在黑夜里枕着旷野的风，在人心隔膜和世事混沌间哀寞至死。

这就是现实中的我们，无奈无助，只能捧读《看星星的人》，发几声无谓的感叹，用文学情怀来慰藉自我寂寞的肉体，以及空洞的灵魂。至于看星星过后的剧情延伸，我们根本不敢去想，也无力去问。

《看星星的人》让我对微型小说（又叫小小说，全书同）有了新的认知。1500字左右的篇幅，看似精短，实则可以承载绵长浩瀚的思想容量，简约而不简单。这才是真正的文学品质和精英写作意识。

因为《看星星的人》背后欲说还休的孤独，促使我写出了《流星》。为了彰显作品之源，向陈毓老师致敬，我将笔下的主人公，也取名为阿黛。两者性格特征和社会地位基本相似，甚至可以看作同一个人，同一个故事文本。

2006年冬，在伤心离别海南十年之后，我和几个狐朋狗友，以游客的身份再一次踏上这片梦开始的地方。其间靠一本美食杂志的引领，我们在博鳌论坛附近有过一次神遇，亦如《流星》中所述，细雨蒙蒙里，在一个连招牌都没有的农家菜馆，我们吃到了平生难忘的一顿饭，那般神仙味道，胜过任何珍馐美馔。

回家后，我把这一切向妻子作了汇报，绘声绘色，像地摊小说一样香艳。作为一枚为吃而粗俗活着的资深吃货，她被我诱引得蠢蠢欲动，心中充满无限向往。

2012年春天，微型小说盛会在海南岛举行。机会终于来了。为了一饱口福，我们总算找到了一个心安理得的借口。将所有的俗事安排妥当，出门已是黄昏，先从家里驱车到深圳机场，把车存好，准备坐飞机去海口。记忆犹新的是，那趟航班莫名其妙地晚点，接站的朋友在海口那边的机场眯了一觉醒来，月挂中天，深圳这边还未登机。也许是好事多磨，等到我们在海口落地时，已接近午夜一点。接着又是两个多小时的高速公路，困顿中两个司机轮流驾驶，凌晨三点半终于如愿到达会议驻地——官塘温泉度假村。千里奔袭，美其名曰开会，实则为一顿饭而来。估计常人很难理解，我们夫妻唯一的趣味，就是对美食孜孜以求，经常驱车上百公里去中山和顺德的街头巷尾，连夜来回，进行一趟饕餮之旅。

第二天醒来，发现自己入住的客房左邻是韩少功夫妇，右舍是杨晓敏先生，睡在两位大师中间，亢奋无比。白天全天开会，上午高端论坛，下午符浩勇的作品研讨会，一直到晚上才有了脱身的机会。晚上的会议餐，我和妻子吃得很少，不约而同，相视一笑。

那时还处于3G时代，资讯远没有今天发达，我借助当地的114声讯台，好不容易才查到那个农家菜馆的电话。通过细致交谈，老板答应为文学破例一回，厨师候到十点半。

独乐乐不如众乐乐。现在想来，问题就出在这里。我找到杨晓敏老师说，叫上几个人一起去吃夜宵，我来请。

找车的过程中，符浩勇来了。他打电话给菜馆的老板，哇哩哇，哇哩哇，用当地话问了半天，总算问清楚了具体的路线。杨老师一听就不乐意了。他说，九公里太远，不去了，就近找一家吧。

我心中甚为恼怒，委婉地坚持了好几次，但谁也未响应。他们认为吃什么无所谓，大家天南海北聚在一块，聊天胜过一切。就像对饮，喝的不是酒，是情谊。

那晚，我心里一直在骂娘。我答应请大家，话已经说出口，就没有理由丢下他们开溜。我身不由己地坐在一群人中间，歉意地看着妻子。她眼里满是幽怨，像一口井，朝不久前我给她描述的那个方位频频张望。就在那时，我读到了她内心的落寞与孤独，也不由自主地想起《看星星的人》。

冥冥之中，似乎天已注定。天亮后，根据会议日程安排，大家辗转去了万泉河，去了三亚，最后从三亚直接打道回府。两年后，我带全家自驾游去海南过了一个春节，其间兜兜转转，特意寻到那家菜馆，无奈大门紧闭，春节打烊。妻子特意下车，在路边的山坡上惆怅地望了好一会儿。

——这就是我创作《流星》背后的故事。

2012年末的某一天，郑钧的深情嘶吼再一次让我醍醐灌顶。我立马打电话给陈毓说，我发现你的《看星星的人》是抄袭之作。

陈毓笑盈盈地问，我抄袭谁了？

我说，郑钧的《流星》。

我不知道陈毓挂掉电话后有没有去听郑钧的歌。2013年11月，在惠州一家KTV包房里，当一群人嗨得差不多后，我特意点了《流星》，并打开郑钧的原唱，对陈毓说，我一直有个心愿，就是想请陈老师认真听一听这首歌。

听到末尾，我对着歌词念道：我纵身跳，跳进你的河流，一直游到尽头，那里多自由；我许个愿，我许个愿保佑，让我的心凝固，在最美的时候……我想问一下陈老师，郑钧哪一句歌词不是在抄袭你的《看星星的人》？

陈毓听了，笑得花枝招展。

以"星星"为意象的作品，孙逸的《夜星》同样不容错过。

在我毫不狭窄的阅读视野里，蚂蚁小说抑或闪小说，孙逸的《夜星》无疑是这个文体中最为杰出的作品之一。即使放到整个文学层面来考量，《夜星》依然有其独到的艺术魅力和文学个性。在孙逸的笔下，《夜星》叙述从容，张弛有道，将男女两性关系刻画得精妙传神，复杂难言，又真实可靠，让人无不唏嘘感喟，对镜揽月，由人及己，悲悯起自我来了。

再读其他篇幅大致相等的蚂蚁小说，发现通病多半在心急火燎地赶路，或漫无边际地闲扯。其文本的呈现，通常是故事的压缩，束手束脚，丝毫不敢大胆渲染和细致描绘；也有一些属于笑话的加工或段子的抻长，如裹脚布一样左绕右缠，又臭又长，骗几个稿费的小伎俩而已。

其实，蚂蚁小说也好，闪小说也罢，只要沾了"小说"二字，首先就必须是小说，具备小说的审美情趣和文体特征。老百姓穷苦，政府可以减免苛捐杂税，蚂蚁小说字数少，我们不能因此放水，降低艺术标准。真正的蚂蚁小说，精致绝妙，宛若天成，"增一字太多，减一字太少"，只需这么长的篇幅，亦如《夜星》。《看星星的人》也是这般恰到好处，极尽微型小说文体之精妙。倘若非要折腾成短篇小说，那我有足够的理由对陈老师幸灾乐祸：只写花开，文字严重注水；若续花落，故事俗套老旧。

我不知道孙逸的《夜星》师承何处。我的《流星》故事文本来自三次海南之行，思想内涵则脱胎于郑钧的同名歌曲。《夜星》给我的感受和《看星星的人》一样，初次相遇，便有前世似曾相识的恍惚感。

记得有一次，我将《夜星》用微信推荐给一个女闺蜜。她读后，建议我听一下逃跑计划乐队的《夜空中最亮的星》。

"每当我找不到存在的意义，每当我迷失在黑夜里，夜空中最亮的星，请照亮我前行"——我在电脑上打开这首歌，旋律响起的刹那间，就几乎被吞没了。相比郑钧的《流星》，这首作品直指"星"的意象表达，无遮无拦，能够瞬间激发听者的情感共鸣。

不久后的一个深夜，女闺蜜在微信上给我留言：我老爸走了快八年，有很长一段时间，我晚上加完班孤魂野鬼一样走在回家的路上，总习惯抬头仰望夜空，默默凝视最亮的那颗星。我知道，那肯定是我老爸在看我。你不懂我有多想他……末了，是一连串流泪的表情符号。

那一刻，我颇为伤感。

我推开门，站在阳台上远眺夜空。城市的夜空被一幢幢高楼撑起，到处灰蒙蒙的。我极目仰望，终于在茫茫天宇间找寻到了那遥遥微光。我知道，那是我生命中伴我前行的力量，无论距离多远，它都将守护我在尘世间的蜂鸣。

你有多久没看过星星？

附1: 看星星的人

文/陈毓

这三个女人是阿黄、阿紫、阿黛。现在她们相信，有几个知己知彼、惺惺相惜的女友是那么有益健康。她们不时会聚一次。一杯咖啡或茶，几块精致可口的点心，寻繁华大街上僻静的一角，就可以打发掉一个下午。城市很大，她们总能找到她们要找的地方。

这一次，她们去的是一家日本料理店，紫藤掩映着小小的店门，清酒使她们脸染酡红。她们在酒的微醺里各自要讲一个自认为浪漫的故事。该阿黛了。活泼的阿黛一时沉默，仿佛潜入回忆的深潭。

阿黛说，那一年。

那一年，阿黛在陕西南部，做关于南水北调中线水源涵养区生态补偿问题的调研，陪同他们做调研的，有个当地的宣传部部长。他对那片地域的了解和思考，他一路上的风趣和周到，都给她留下了美好的印象。

在草木茂盛的八月，他们沿着植被茂密、一江清流的汉江走，每一天都是景象万千。超乎平常的运动量使阿黛肌肉结实，脸上退去苍白，代之黑亮有光泽的健康肌肤。

远离喧嚣的乡野使人心变得简单安详，当地人近似沉寂的生活态度，近乎原始的劳作方式，都让阿黛重新思考生活本身。沿着江，走到秦岭的最高处，上溯那条江的源头。日落黄昏，江上渔火，黎明时向着太阳飞的鹭鸟，彩云一般的朱鹮……被美好打动，阿黛感慨，其实上天对人是公平的，无论他赐给你的是贫穷还是富有，无论生于繁华都市还是荒僻乡野。

调查结束在一个月圆时分，从未见过的一个又大又圆的月亮圆满得叫人心生伤感。当地政府热情相送，山里自产的菜蔬用了五星级的厨艺去做，每一道菜都像一个脱胎换骨的女孩儿，叫人不敢轻易确认。身微醺，心已醉。

阿黛在后来的回忆里确定，那天自己肯定说了不少留恋的话，抒情的话。但是有个人，把她的感慨记住了。

还说那个宣传部部长吧，他来给考察队的人送行，把一个个好看的纸盒装进载阿黛他们回去的车里，说里面装着的，是那一带茶山上出产的富硒茶。很少喝茶的阿黛回来后把那些茶都喝了，她在茶的香气里把那五十多个日子又过了一遍，她仿佛又看见江上的雾气是怎样弥漫过那片美好的山水。现在，那些凝在茶尖上的露珠随着茶汁来到她的身体里。

也许过了半年，也许一年。一天晚上接近十一点钟的时候，阿黛的电话响了，是个陌生号码，但电话里那个人说出第一句话时，阿黛就反应过来了：那个宣传部部长。电话里说，我就在你家附近，你要是愿意出来，我带你去秦岭看又大又亮灿若金币的星星。

阿黛说噢。语气的平静自己都觉吃惊。阿黛赤脚跑到阳台上，天空果真是晴朗的，但哪里有金币一样的星星啊。他说，去了就看见了。看星星要到星星待的地方去。

听到这里，阿黄、阿紫一声惊呼，那你去了吗？

去了。阿黛的回答使阿黄、阿紫兴奋。没人追究阿黛是怎么去跟丈夫解释午夜出门的。撒谎？还是说实话？我们知道的结果是，阿黛跟那个宣传部部长去秦岭峡谷看星星了。

风浩大、清爽，吹过皮肤叫人觉出皮肤的洁净。

全世界的星星都聚拢到这条深邃的峡谷里来了吧？他们仿佛无意走入上帝的金库，那些星星啊，仿佛是被风吹拢，又像是被魔女的扫帚聚合，又大又亮，密密堆积，光灿夺目，伸手可及。那是阿黛从小到大从未看见过的星空，阿黛幸福得有点晕眩。

听那个部长讲他童年记忆里的星空，讲在乡下外婆家度过的小时候，和那时就在他心里驻下的、从不曾离开的孤独感。什么是无限，人能抓住的又是什么？这个长大了的人依然会像小时候一样迷茫。

从始至终，他都没有告诉阿黛他从汉江边的小城开车到这里要走260公里的山路，当他到达她家的那个路口时，离他出发，三个小时过去了，但他断定那是他带她去看星星的好时分。即便是接上她之后他们还要再开一个小时的车进入山里。但行走过那段路程的阿黛能想到这些。

他在小城的傍晚看见难得一见的云朵堆积西天，童年获得的观察天象的经验告诉他，那样的呈现预示着这个晚上会有最美最清澈的星空。他甚至从容地回到电脑前，在网上查看了她那边连日来的天气，然后他就出发了，他要帮她实现她的愿望：去看钻石般美丽的星星。

假如他在她家附近给她打电话而她恰巧关机呢？那他可不就白白奔了几百公里？他知道她住在那一带，但他根本不知道哪扇门是她家的。这听上去似乎荒唐，但这个人显然不这样想。即便他没能在那个夜晚带她去看星星，想来他也不觉得自己的行动是不值得的，或是可疑的吧。但上天在这个夜晚回应了他的诚恳。

阿黛讲完了她的故事。

她看阿黄、阿紫。她看见她们眼里的蒙蒙烟雾。

附2：流星

文/夏阳

节目播出时，阿黛恰好在海南岛一个温泉度假村里。丈夫来洽谈商务，无所事事的她跟随来玩。当时，丈夫在隔壁陪几个官员打麻将，阿黛一个人闷在房间里，无聊之际，刚好收看了这档叫《美食之旅》的电视节目。

电视里，美食家侃侃而谈："前年，我在海南岛旅游，参加完博鳌论坛后，被当地一个朋友带去品尝本地菜。那天细雨蒙蒙，我们是开车去的，四个人出了博鳌镇，七拐八拐，进了一家农家菜馆。那是一个洁净的农家小院，非常普通，连招牌都没有。我们吃了两菜一汤一饭——干煸鸭、清炒豆角、芥菜咸鸭蛋汤和炒饭，共88块钱。这是我最难忘的一顿饭，神仙味道，胜过任何山珍海味和美味佳肴。"

美女主持人似乎有些失望，插话道："烹饪的方法很特别吗，比如祖传秘制的那种？"

"非也。所谓神仙味道，反而是很平常很简单的做法，力求保持食物本身的原汁原味。先说干煸鸭。当地的鸭子都是蚬鸭，学名叫绿头鸭，主要生活在河湖芦苇丛中，以吃鱼虾贝类为主。博鳌是南海之滨的一个小镇，三江汇流，鱼虾肥美，水产品丰富。这种环境下长大的鸭子干煸后，香味浓郁，富有嚼劲，口味堪称一绝。他们的豆角也不赖，菜园子里现摘现炒，翠绿养眼，清甜粉嫩，让人无法招架。而芥菜咸鸭蛋汤的做法就更简单了，不加味精，不加油盐，几乎是用白开水煮的。略苦，清热祛湿，汤汁醇厚，齿颊生香。最稀奇的是炒饭，不是蛋炒饭，而是草炒饭。草叫必拔草，又叫猪母草，在海南岛村前屋后到处都是。碧绿的草叶切碎后炒到饭里，香喷喷的，美味可口，惹得食客大快朵颐。"

台下观众屏声敛息。一股久违的田野清香，在演播大厅的上空弥漫开来。

美食家继续讲道："当时是冬天，但在海南岛，四处绿油油的，生机盎然，和春天无异。坐在这样空气清新的春天里，可以看到屋后一片青翠的菜园，再远处，是一个偌大的湖。湖面烟波浩渺。当地的朋友介绍说，很多明星大腕慕名来此，比如赵本山、那英、陈道明、王菲。我调侃道，再加上我，都是你带来的吧？朋友笑着摇摇头，非常认真地说，你别小觑这地方，这儿因为离博鳌论坛近，每年开会时，很多国家的总统首相会偕同家人前来。他们每次都是突然到来，将服务员隔离，换上自己的人，保镖三步一岗五步一哨，从洗菜、烹饪到上桌，整个过程全在他们的眼皮底下完成，不能有丝毫马虎。我听了大吃一惊，实在是难以想象，那些尊贵的总统首相，会坐在这样一个四处透风的简易棚里用餐。更离谱的是，他们的脚所踩的地面是用碎炉渣铺成的，连水泥地都不是。"

"从一进去，我就注意到一个男人，一个中年男人，清瘦，高个，衣着朴素，坐在棚子的一角喝茶，静静的，像老僧入定在一幅水墨山水画里。自始至终，他未正眼瞧我们一下，仿佛身边的一切和他毫无关系。他的目光散淡迷离，久久地落在远处的湖面上，似看非看，夹杂着些许让人难以捕捉的忧伤。我悄声问朋友，那家伙是老板吧？朋友惊诧不已，你怎么知道的？我得意地笑了。美食，讲究的是色香味形器五感。这么绝佳的色香味形，装在如此相配的器皿之中，我还是头一次神遇……"

台下静寂了好一阵，才如梦初醒般响起了热烈的掌声。

像一部恰到好处的电影一样，这时，伴随着悠扬空灵的钢琴曲，电视屏幕上缓缓打出了字幕——节目结束。

阿黛关了电视，站在阳台上，望着远方发怔。远方，一城灯火，在寂寥的夜空下，妖娆，性感。

隔壁，麻将声稀里哗啦，稀里哗啦，流水般欢畅。

半个小时后，阿黛合上电脑，捏着一张纸条敲开隔壁的房门，对丈夫说："我想出去一下。"丈夫嘴里叼着烟，正在烟雾腾腾中搓麻将。他抓起一张麻将牌，举在半空中，用大拇指摩挲了两下，顿时喜笑颜开，对旁边一个官员说："刘行长，我老婆想进城做SPA，借你司机用一下。"转而，又叮嘱她："今晚我得要个通宵——三万，哈，和了——早去早回，注意安全。"

在以后漫长的日子里，阿黛常常怀想自己那次午夜的疯狂：在陌生的海南乡下，在黑灯瞎火的午夜，来回近百公里的长途奔袭。怀想多了，不由产生众多怀疑，怀疑事件本身的真实性。那晚，一切像一个梦境，迷迷糊糊，不着边际。但是，阿黛清晰地记得，当她在路边站了半天后，回到车里有气无力地对司机说："回吧。"司机一脸困惑。她有些尴尬，支吾道："我只是想看看而已。"

阿黛看到了什么？

垂落平原的夜空，满天繁星金币般闪烁，成了一条涌动的河流。草坡下的那个农家菜馆，隐没于黑夜光滑的脊背上，若隐若现。那一刻，有流星划过天边，缓缓地，璀璨夺目，如夜空的花，绽放成无数条抛物线，坠落在她手中。

那一夜，流星，让阿黛幸福了很久。

附3：夜星

文/孙逸

男人回家时饭菜已经凉了，他要老婆把汤加热，女人说她头痛。

他开始骂她懒，走到厨房他还怕她听不见，音量不断提高。结果他分了心，汤碗碎成一地瓷片，他的骂花样更多了，连她不能生养也抬了出来。

女人冲进厨房把抹布甩到他脸上，她的鼻子也没躲开男人投出的锅铲。她哭叫着扑过去，两人尽情挥舞着拳头。

生活和工作几乎耗光了他们的体力，很快战斗就结束了，最后的戏码仍然是互泼脏话。可对方的伎俩早已化成共同财产，伤不了谁的心。

夜奔涌而来，屋子暗了。男人重新弄了吃的，女人躺在床上装睡。再晚些，男人关掉电视，除去衣裤爬上床，再翻到她身上。

女人的脏话混杂在一片喘息声中。那张老床要散架似的，吱吱呀呀响个不停。她用力抱住男人，好躲开他嘴里的酒气。

很快，男人发出一声沉闷的咆哮结束了对老床的折磨，她光着身子去厕所把汗水抹掉，然后坐在马桶上把男人未尽的事完成。她出来时男人已经睡熟了。

女人裸着身体走到窗边，双手交叉抱在胸前，遮住已发黑的乳头。她将头仰起倚在窗框上瞪着天空，万籁俱寂，只有几颗夜星缀在无月的天空中。

细细的凉风由窗缝挤进屋子，她的身体抖了一下，搓了搓冰凉的胳膊，跑回被窝里。她侧过身子靠在男人热烘烘的背上，她盯着灰色的窗，夜星消失了。

把诗过成日子

在一个略显寒酸的婚宴上，因为一帮工友的鼓动，新郎忸怩地讲述起他和新娘相识的过程。

他说前年受母亲病逝的打击，很长时间心情萎靡不振，每天除了上班，便一个人闷在出租房里无所事事，也没什么朋友。手机成了他唯一的消遣。有一天，他无聊地想，手机号码11位数，除了最后一个数字外，理论上来说，还有9个人的手机号码前10位和他的一模一样。想到这里，他异常兴奋，似乎亿万人之中还有9个亲人在守护着自己，他并非孤身一人。他分别给这9个号码发去加微信的短信。结果，只有一个人回复了他……说到这里，他一旁的新娘娇羞地笑了。宾客们纷纷鼓掌，为这人世间奇妙的姻缘感慨不已。

作为新娘的亲戚，我当时也在现场。新郎的爱情故事，让我想起于德北，想起他的《杭州路10号》。心中有暖，何惧人生荒凉。同样是年轻颓废，百无聊赖，同样是自编自导的一场游戏，他们却收获了始料未及的惊喜，彻底化解了生活的悲观与精神的困苦。

《杭州路10号》创作于1988年，甫一问世，便洛阳纸贵，在读者中反响强烈，并荣获中国首届"海燕杯"全国征文一等奖。和《杭州路10号》中的"我"一样，于德北那年也是23岁，风华正茂，却待业在家，苦闷之余，一不小心成就了一篇经典名篇。

我和于德北的相识很有意思。

2009年5月23日深夜，我盘腿坐在郑州嵩山饭店门口的旗杆下，垂头丧气地抽着烟，四周空旷无人。第一次从遥远的东莞来到这里，为了赴一场文学盛会。而参会者众多，千人千面，喧闹若市，我为自己身陷其中而思绪茫然。

不知过了多久，从酒店走出一个戴眼镜的中年男子，他没打任何招呼，挨着我席地坐下，也掏出烟，默默地抽着。印象深刻的是，他穿条卡其色的短裤，脚下趿拉着当时挺时髦的洞洞鞋。他似乎也不太开心，嘴上的烟明明灭灭，眯缝着双眼，望向虚无的远方。

他显然把我当作同类，彼此兄弟一样并肩坐在一起。他没有说话，我也没有说话。任何的搭讪，在那个醒着数伤痕的午夜都显得多余。我们的头顶，一弯下弦月在夜云里穿行，时明时暗，寂静无声。后来，我递给他一支烟，他也未推让，顺手接过，抽完，站起来拍了拍屁股上的灰，自顾自地进去睡了。自始至终，我们俩没说一句话。直至散会后，我才得知他叫于德北，赫赫有名，写过《杭州路10号》。

后来，也是因为开会，我和于德北见面多了，逐渐熟络起来。事实上，这是一个魅力飞扬的男人，乐观、豁达，浑身洋溢着非凡的艺术细胞。有时，我忍不住想，如果中国微型小说缺少于德北，那该多寂寞。圈内会议无论大小，一旦有他在场，便满堂春风，到处充满着欢声笑语。

常见的情形是这样的，一群人忙完正事，来到餐厅吃晚饭，三杯酒下肚后，只要没有领导在场，于德北一改白天会议上的低调严谨，搓着双手，满面红光，瞬间成了餐桌上的主角。几乎不用别人提议，他自己会主动站起来，问一旁来自哈尔滨的袁炳发："老炳，整一个？"袁炳发心领神会，像相声的捧哏高声答道："那是必须的！"于是，好戏开场了。那场景，熟悉的人陶醉其中，陌生者常大惊失色。

德北大哥确实有两把刷子。他的评书、二人转和模仿秀，风趣幽默，一小段下来，令在座者捧腹大笑，一洗旅途的疲乏与劳顿。尤其是模仿单田芳播报《天气预报》以及伟人说话的片段，百听不厌，堪称一绝。即使一个晚上被人点播三回，他也不厌其烦，倒带一样口吐莲花。

东北人向来热情大方，好交朋友，具有天生的亲和力。因为于德北的存在，这样的晚餐总是很愉快，嬉笑怒骂，自娱自乐，不知不觉闹腾到店家打烊之时，一群人才意犹未尽地散去。

于德北的外形很酷，喜欢背个双肩包，穿红格子衬衫，风尘仆仆，亦如行者，外加他满脸的络腮胡，一副斯文的圆框眼镜，英武而儒雅。我喜欢透过镜片捕捉他的眼神。那是一双很特别的眼睛，清澈见底，又大又亮，散发着孩子般的纯真，丝毫不见岁月的侵蚀。有人开玩笑说，于德北的眼睛"净若处子"，最适合骗文艺女青年。于德北听后也不笑，一脸委屈地纠正对方，应该是我最适合被文艺女青年骗才对。

眼睛是诗意的灵魂。于德北的眼睛，时常闪动着聪颖而慈爱的光芒，加剧了我对他的直观判断，这家伙写诗绝对是把好手。果不其然，除了诗歌和散文诗有模有样之外，于德北算是业界罕见的多面手，童话、寓言、散文、儿童文学、中长篇小说、短篇小说和微型小说，几乎雨露均沾，拿得起，放得下。甚至，他在朋友圈多次晒出自己的画作，尽管只是涂鸦的水平，却满纸童心，诗意琅琅。对此，我忍不住喟叹：月是天下常客，君乃人间绝色。

诗人的气质，决定了于德北的微型小说充满着诗体的叙述，以及诗意的表达。《杭州路10号》《三笑》《秋夜》《歧途》是德北大哥被公认的四篇代表作，分别诞生于1988年、1996年、2006年和2010年。它们前后横跨近三十载，清晰记录着于德北文学成长的轨迹。

作为主旋律作品，《杭州路10号》在当时具有统领的历史意义和文学地位，作品中所萦绕的人间博爱和人性至善，超越时空，超越生死，以温暖的诗意，鼓舞了整整一代人。但瑕不掩瑜，以今天的眼光去重新审视《杭州路10号》，会发现它略显稚嫩，毕竟时间过去了三十多年，于德北当时还只是一个摸着石头过河的毛头小伙。

德北大哥满肚子的故事，在圈内是出了名的。而在《三笑》中，他却一反常态，因陋就简，故意不好好讲故事，或者将故事讲得平淡无奇。《三笑》发表后，在业界引起过一番争议——它到底属于微型小说还是散文？争议到最后，反而成全了于德北，《三笑》保留散文特质的小说叙事，开创了一个全新的文本：淡化故事情节，以小说氛围取胜。掬水月在手，弄花香满衣。《三笑》之美，贵在挖掘日常生活中的诗意，将缺少戏剧性冲突的普通故事撩拨得风情万种。

《秋夜》只有大概1100字，漫不经心的平铺直叙，"篝火朗诵"诗意的渲染，亦如《三笑》重现。然而，篇末的"补记"，才是作品的意旨所在，德北大哥却惜墨如金，寥寥数笔。这种一虚一实、一强一弱的残酷碰撞，厚积而薄发，蘑菇云一般震撼人心，绽放出巨大的悲怆之美。天上每颗星星，都是殉难者的生命。在我眼里，《秋夜》的悲怆之美，犹如风中之烛，犹如万绿丛中一点红的浪漫凋零。《秋夜》的好，不在皮囊，而在风骨。我想这也许是德北大哥毕生的苦心孤诣。

于德北同时期的作品，还有《朋友》《承受》《铁道边的孩子》《民谣》《酒事》《苦旅》《灯笼花》《祝福》等，不同的故事面貌下，秉承着同一颗文学初心——以率真感悟为底色，书写个人对生活的细腻发现，对诗意的悉心呵护。值得嘉许的是，这种诗意，远非漫天肤浅的风花雪月，抑或花前月下的独影自怜，而是阅遍繁华历经沧桑，待千帆过尽，铅华洗去，热忱地赋予世间病树一个润泽万木的春天。

我注意到于德北写《歧途》时，已年过四十五。夹杂在不惑与知命之间，自然会涌现诸多人生感悟以及对社会底层的认知。《歧途》一改往昔的风格，以寓言体的逆向思维结构，对命运进行了某种哲学上的向度思考。这种思考，无不体现出一个作家对小说叙事无限可能性的积极探索。

眉间藏山河，眼中映星辰。初次遇见于德北，很容易被他在酒桌上的插科打诨所蒙蔽，以为此人玩世不恭，浪得虚名。实际上，于德北外圆内方，佛道兼修，既有佛家出世的平和与包容，又深藏道家入世的清高和桀骜。综观文坛，关于文学，有人为稻粱谋，有人逐名利，还有人财色兼收，而于德北则明显是道不同不相为谋的清流。具体来说，他骨子里是个狂热的文学信徒，因文学而生，靠文学而活，一切只因为他离不开文学，犹如鱼离不开水。就这么简单。

故此，德北大哥历来主张写作要在一种松弛的状态下进行，切勿人五人六地端着架子，以为自己是上天派下来的钦差大臣。文学的终极意义，并非金刚怒目式地控诉黑暗和扩大苦难，也非菩萨低眉式地扮演救世主，拯救大众于水火之中。文学就是文学，素面朝天，好好说话，就像朋友间的聊天即可。

除了对写作意义的终极思考，于德北的文学洁癖以及文本意识，还体现在对小说语言的孜孜以求。

我们在读他的四篇代表作时，不难发现——《杭州路10号》简洁明快，到处是海明威式"名词加动词"的模仿。《三笑》形容词运用娴熟，充满诗意的张力，以及语言的弹性，有福克纳抹不去的影子。相对来说，《秋夜》褪去了《三笑》的铺陈与富丽，变得从容而内敛。到了《歧途》，则江天一色，雅俗共赏，可谓收刀入鞘，真僧只说家常话。从简至繁，是少年锦时的语言积累；去繁化简，恐怕始于杯盘狼藉后的文学顿悟。

这样一盘点，岁月更替在德北大哥身上的勒痕清晰可见。《杭州路10号》，二十弱冠，凌空虚蹈中的人生诗意；《三笑》，三十而立，爱上一座城市的生活诗意；《秋夜》，四十不惑，通过篇末的"补记"，进行软着陆的精神诗意。三篇作品，一步步降落，从云端到俗世，但就艺术境界而言，则是升华，一步步升华，从诗意表达至哲学意蕴，最终在临近知命之年时，才有了《歧途》对大千世界的禅透，对大悲大喜的洞观。

把诗过成日子，是早年流行的一句心灵鸡汤。在心中修篱种菊，和世界达成谅解，以内心丰饶的情趣善待每一个俗世的日子。它的核心是隐,是深夜地铁口匆匆的背影,是清晨菜市场璀璨的笑容,偶尔为寡妇而忧,经常因花开而疼。纵观于德北的四篇代表作,用这句心灵鸡汤来总结他的文学之路,确实很对味。

受德北大哥的影响,我曾经写过一篇《杭州巷10号》,试图把《杭州路10号》中的"诗"直接过渡成"日子",从半天云里直接坠落至地面。

故事和我故乡县城的那一片老建筑有关。

那一片老建筑,卧于赣江之滨,修建于民国时期,曾经是老城区的中心地带。那里,门楼高耸,砖墙巍然,清一色的麻石板小巷,昔日大户人家的荣光依稀可寻。然而,推开一扇扇油漆斑驳的大门,里面却是另一派颓废荒芜的景象:断壁残垣,腐窗烂椽,杂草丛生,鼠虫出没。现在,这片老建筑蜷缩于一群高楼大厦的环伺之中,是那般孱弱苍老,又岌岌可危。虽然墙上未见到处写着红油漆的"拆"字,但它们的命运依然让我寝食难安。

故乡的县城,何尝不是当下中国城镇发展的一方缩影?

我从不反对社会物质文明的进步,但一直耿耿于怀,总想为那片老建筑写点什么。是想在字里行间注入某种人文关爱吗?应该是的。但我明白,这种关爱,相对于《杭州路10号》里面的人间慈爱,是小巫见大巫,苍白无力,纸上谈兵。

基于这些思考,《杭州巷10号》有意延续了《杭州路10号》的故事情节,属于某种程度上的续写——假如骆瀚沙教授的夫人还活着,在城市现代文明蚕食的今天,她那座"神圣而庄严"的小院是否依然健在,是否安然无恙?

语言方面,《杭州路10号》行文"多段落,短句式",简单干脆,而结尾反转,属于当时颇为讨好的欧·亨利式结尾。为了向德北大哥致敬,我在创作《杭州巷10号》时,有意借鉴了《三笑》的语言特色,多用长句，以散文式的手法淡化故事情节，注重营造小说氛围。结尾方面，综合了《秋夜》的落地式和《歧途》多义性的艺术特色，安排了一个尘埃未定又忧心忡忡的开放式结尾。

我个人对《杭州巷10号》本身不太满意，它看似融合了于德北四篇代表作的艺术精华，实际上只是薅了一些皮毛涂抹一身，最后沦落成标准的四不像。

本文的结尾，我打算效仿《秋夜》，采用"补记"的形式——

关于"把诗过成日子"的艺术总结，于德北本人并不太认可。有一次在东莞开笔会，我们在酒店的客房里做过一次通宵达旦的讨论。其中，德北大哥坦言道：

"在我的眼里，活着亦如一场修行，根本没有苦难可言，只有小忧伤和小喜悦，只有生活的诗意，没有悲苦的日子。即便《歧途》也是如此，因为那是一个追梦的故事，充满着无怨无悔的梦想诗意，就像歌曲《追梦人》里唱道：前尘后世轮回中，谁在声音里徘徊，痴情笑我凡俗的人世，终难解的关怀。"

说完，他倒头呼呼睡去。

附1：歧途

文/于德北

羊是曹操送的，但关羽走的时候并没有带它。

这只羊浑身炭黑，只有四个蹄子是雪白的，因此得名乌锥羊，也叫雪中送炭。

起初，关羽封金挂印，收拾行囊，羊并不知道是怎么一回事。后来，关羽护着甘、糜二位夫人远去，曹操带着左右赶来，捶胸顿足大呼小叫一番之后，羊明白了，自己被抛弃了。

关羽是天下闻名的义气之士，他怎么会丢下自己不管呢？

羊决定去找他。

这一日，羊来到一个叫东岭关的地方，恰遇一只狼拦住去路。

狼问它："你欲何往？"

羊自豪地说："我欲往河北寻找关将军。"

狼说："关将军已离去多日，你恐怕寻不到他。"

"寻到寻不到，也要等去了才知道。"

狼笑了，说："如此说来，你也是一个讲义气的羊了，不如这样，你周济一下我，我家中的几个孩子都饿着肚皮呢。"

羊心想：我乃关将军之羊，岂能怕你。这样想着，抬头向狼的身后望去，欣喜地叫道："你还说寻不到关将军，那不是关将军来了吗？"

狼一听，急忙回头看，羊趁机冲过去，一下把狼顶了一个大跟头。

羊一路跑到汜水关，向一个屠户打听关羽的去向。

屠户眼珠一转，说："如此说来，你是关羽将军的羊了？"

羊说："正是。"

"快请家里坐。"

羊轻信了他的话，随他一起往家里去了。在屠户的家中，羊受到了礼遇，屠夫和他的妻子给它上了一杯清水和一盘绿豆，还为它详细解说了关羽的行进路线。

屠夫说："你走了这许多日，一定累了，今夜就在我家暂住一宿，明天一早送你上路。"

屠夫说"上路"的时候，眼睛里边有一丝冷冷的杀气。羊偷眼向四下看看，发现窗外有人影闪动，知道事情不好，就借口去后院厕所，从栅栏的空隙走脱了。

羊一路走得惊险，心里只想早一点见到关羽。它只顾着赶路，不料在一座土山之下，失足落入陷阱。上边一阵吵嚷，数把挠钩伸下来，七手八脚把它搭了上去。

羊定睛一看，为首的是一只白色母羊，正眼泛桃花地看着自己。

这母羊原本在农舍居住，因嫌主人性格粗暴，愤而反抗，离家出走，在这山上聚众而居。

母羊把乌锥羊引到一边，娇羞地对它说："我早知你的大名，不如留在山上做一对夫妻。"

它说："我一心追随关公，怎能留在此处偷欢？"

母羊反驳："大丈夫左拼右杀，不过是为了安居乐业，如今我可以给你一切，你又何必一再推托？"

羊挺了挺胸脯说："恕我愚钝。"

母羊感动于它有情有义，竟不为难，十八里相送，洒泪而别。

羊过了黄河，滂沱大雨就追了上来，羊努力眯起眼睛，向雨幕中观看，只见前边不远处停着一哨人马，为首一人正是关羽。羊大喜，一路奔去。

再说关羽带着甘、糜二位夫人，千里走单骑，过五关斩六将，方脱离危险，又遇雨阻路，行装尽湿，炊饮皆断。正无计可施时，看见曹操送的羊赶来，不由欣喜过望，提刀催马，大叫一声："真乃'雪中送炭'也！"

手起刀落，羊还未叫一声，头已经滚落到一边去了。

附2：杭州路10号
文/于德北

我讲一个我的故事。

今年的夏天对我来说很重要。

随着待业天数的不断增加，我愈发相信百无聊赖也是一种合理的生活方式。这当然是从前。很多故事都发生在从前，但未必从前的故事都可以改变一个人。我是人。我母亲给我讲的故事无法诉诸数字，我依旧一天到晚吊儿郎当。

所以，我说改变一个人不容易。

夏初那个中午，我从一场棋战中挣脱出来，不免有些乏味。吃饭的时候，我忽然想出这样一种游戏：闭上眼睛在心里描绘自己所要寻找的女孩的模样，然后，把她当作自己的上帝，向她诉说自己的苦闷。这一定很有趣。

我激动。

名字怎么办？信怎么寄？

我潇洒地耸耸肩，洋腔洋味地说：都随便。

乌——拉——！

万岁！这游戏。

我找了一张白纸，在上边一本正经地写了"雪雪，我的上帝"几个字。这是发向天国的一封信。我颇为动情地向她诉说我的一切，其中包括所谓的爱情经历（实际上是对邻家女儿的单相思），包括待业始末，包括失去双腿双手的痛苦（这是撒谎！）。

杭州路10号袁小雪。

有没有杭州路我不知道，也不必知道。我说过，这是游戏，是一封类似乡下爷爷收的信。

信寄出去了。

我很快便把它忘却。

生活中竟有这么巧的事，巧得让人害怕。

几天之后，我正躺在床上看书，突然一阵急切的敲门声把我惊起，我打开门，邮递员的手正好触到我的鼻子上。

"信。"

"我的？"我不相信是因为从来没有人给我写信。

杭州路10号。

我惊坐在沙发上，仿佛有无数只小手在信封里捣鬼，我好半天才把它拆开，字很清丽，一看就是女孩子。信很短：谢谢您信任我，向我诉说您的痛苦。我不是上帝，但我理解您。别放弃信念，给生活以时间。您的朋友雪雪。

人都有良心。我也有良心。从这封信可以知道袁小雪是个善良的女孩子，欺骗善良无疑是犯罪。我不回信不能回信不敢回信。

这里边有一种崇敬。

我认为这件事会过去，只要我闭口不言。

但是，从那封信开始，我每个月初都能收到一封袁小雪的信。信都很短，执着、感人。她还寄了两本书给我：《张海迪的故事》和《生命的诗篇》。

我渐渐自省。

袁小雪，你这是为什么为什么为什么呀？

我渐渐不安。

四个月过去了，你知道我再也无法忍受这种折磨。我决定去看看袁小雪，也算负荆请罪。告诉她我是个小混蛋，不值得她这样为我牵肠挂肚。我想知道袁小雪是大姐姐还是小妹妹还是阿姨老大娘。我必须亲自去，不然的话我再也不可能平静地生活。

秋天了。

窄窄的小街上黄叶飘零。

杭州路10号。

我轻轻地叩打这个小院的门，心中充满少有的神圣和庄严。门开了，老奶奶的一头花发映入我的眼帘。我想：如果可以确定她就是袁小雪，我一定会跪下去叫一声奶奶。

"您是？"

"我，我找袁小雪。"

"袁？……噢，您就是那个……写信的人？"

"是，是她的朋友。"

"噢，您，进来吧。"

我随着她走过红砖铺的小道走进一间整洁明亮的屋子里，不难看出是书房。就在这间屋子，我被杀死了。从那里出来，我就是另外一个人了。

"她不在吗？"

……她转过身去，从书柜里拿出一沓信封款式相同的信，声音蓦然喃喃："人，死了，已经有两个月了，这些信，让我每个月寄一封……"

我的血液开始变凉。这是死的征兆。

"她？"

"骨癌。"

她指了指桌子让我看。

在一个黑色的木框里镶嵌着一张三寸黑白照片。照片是新的。照片上的人笑得很健康很慈祥。照片上的人，是一位白发苍苍的老爷爷。

他叫骆瀚沙。

他是著名的病残心理学教授。

附3：杭州巷10号

文/夏阳

其实杭州巷10号并没有刻意躲避都市的喧嚣。

幸福路作为一条商业步行街，每天人流密集，其左边有一个非常不起眼的小岔口，叫平安街。顺着平安街进去百余米，一拐弯，眼前生出一条南北小巷，便是杭州巷。

杭州巷狭窄细长，仅容得下两人并行，麻石板铺就的巷道，伴随着墙脚一线湿湿的青苔，一直延伸到尽头。巷子两边的建筑，古朴，荒凉，被圈在高高的院墙内。透过门缝，可隐约窥见一些雕梁一些画栋，当然还有断壁残垣。小巷里，渺无人影，只有寂寞的风，顺着寂寞的巷道穿巷而过，轻轻吹拂着墙头几株寂寞的茅草。步行在小巷里，抬眼望去，四周就像一幅油画，挂在墙上沉睡不醒。从时尚繁华的幸福路，到几个老头老太太猫在门口打盹的平安街，再到这古老幽深的杭州巷，类似经过时光隧道，从当代穿越到现代再穿越到古代。

我去的时候，时至深秋，碧空如镜。

上午的阳光嫩黄羞怯，在墙头瓦钵上探头探脑，却无法照进小巷。行走在小巷里，头上是一片金灿灿的阳光，人却站在岁月的阴凉中。我此行的目的地是杭州巷10号，也是整个小巷唯一的住户。驻足10号门前，犹豫良久，那两扇厚重的木门还是被我轻轻地叩响了。

须臾，一个老太太站在门口。她的目光和善，完全没有都市人那种惯有的警惕。我结结巴巴地说自己是摄影发烧友，爱好用镜头来捕捉历史。老太太莞尔一笑，把我迎进院内。

院子很大，里面种了不少花草。秋天的菊花开得正艳，颜色五彩缤纷，白如雪，粉似霞，而黄的，则黄得热闹，亦黄得伤感。院内飞檐斗角，回廊石阶，曲径通幽。难以置信，在现代都市林立的高楼大厦脚下，竟然藏着这样的深居大院。

老太太精神矍铄，红光满面，来去如风，丝毫看不出有八十高龄。当我喝着她端过来的茶猜她六十出头时，老太太笑声朗朗，说她留学海外的儿子，现在还在世的话，明年将过六十大寿了。老太太说她姓李，从十八岁结婚那年起，已经在这院子里生活了六十多年。六十多年里，女儿夭折，儿子客死他乡，佣人遣散，老伴过世，亲人一个个相继离去，昔日门庭喧闹的大宅子，最后只剩下她一个孤老婆子了。老太太说这话时表情恬淡，似乎是在谈论别人家的事情，看不出有任何的悲伤。

我问，这巷子为何叫杭州巷，和杭州有什么历史渊源吗？

老太太说，现在知道这巷子来历的人应该不多了。说来话长，早在清朝末年，有一批杭商集体迁移来此，他们开茶庄、丝绸店和当铺等，买卖做大了，赚钱了，在这里扎根，抱团买地置业，于是就有这杭州巷。你可别小看这巷子，它可是当年这座城市的心窝窝呢。巷道之所以修得这么窄，就是为了减少闲杂人员的进入，无论多大的官来访，文官落轿，武官下马，就是皇帝来了，也得老老实实从巷子口步行进来，谁让它才三尺宽呢。说到这里，老太太得意地笑了。

我吃了一惊，没想到杭州巷在当年是如此尊贵显赫。我问老太太，你也是杭州那边过来的？

不是。这宅子原先是一个姓刘的杭州人建的，开茶庄开酒楼，家大业大，但子女不孝，吃喝嫖赌，个个都是鸦片鬼，没几年光景便败得一塌糊涂，成了街上的叫花子。这宅子，是我家公那时花了不少银圆买下来的。你不知道，当年嫁进杭州巷，是多少女子做梦都盼不到的好事呢。

望着老太太一脸甜蜜而略带羞涩的回忆状，我依稀看到了当年一个情窦初开的妙龄女子，红红的衣裳，红红的头巾，在喜庆的鞭炮声里，众星捧月一般，被浩大的迎亲队伍捧进了这杭州巷。

在杭州巷10号，如置身于山野的一处宅院里，都市的喧嚣和车流的嘈杂似乎远去。空气里，有阵阵花的清香，在明朗的阳光下，微微发酵。和老太太坐在一块儿喝茶聊天，真是一种享受，仿佛在翻阅一本厚重的历史书。

想起历史，我不由好奇地问，新中国解放和"文革"，你们没受冲击吧？

老太太愣怔了一下，转而淡然地说，中华人民共和国成立放初期一切还好，但"文革"中被抄过几次家，说我们是大资本家。最后，这宅子是保住了，我老伴却被红卫兵活活打死了。这回答让我有些尴尬，我不好多说什么，默默地捧起茶杯，小心地喝茶。老太太的目光越过高高的院墙，停顿在远方的某一处，轻轻地叹了口气。

我拍了几张照片后，告别老太太，告别杭州巷10号，重新回到巷子里。阳光从天空泻下来，无遮无拦，小巷子里被岁月磨蚀得溜光如玉的麻石板，在阳光的照耀下生出耀眼的光亮。

我默默退出杭州巷时，一个磨刀师傅挑着担子正站在巷子口，高声叫喊着：磨剪子嘞，抢菜刀！他抑扬顿挫的叫喊声跌落在小巷里，溅起一巷子清脆的回音。磨刀师傅喊了数声，站了片刻，却没有走进小巷。

我回到单位。主任问我，老太太同意拆迁了？

我沮丧地摇了摇头。主任皱了皱眉。很显然，我这个刚被招聘进来的大学生第一天的工作，让他很不满意。

我默默地望着主任难看的脸色。他的身后，悬挂着这座城市的规划蓝图，上面一条条粗大笔直的线路，纵横交错，气势凌厉。

我向主任建议道，按照老太太目前的身体状况，是很难熬过这个冬的。要不，我们等到明年开春再说，如何？

主任沉默不语。

世味煮成茶

1996年初，满脸青春痘的我，几乎穿越整个中国，从海南岛一路晃荡到内蒙古，最后栖身于成立不久的《赤峰青年报》，做一名编外的副刊编辑。

一个阳光不太明朗的下午，我慕名去园林路的《红山晚报》社组稿。组稿对象是同为副刊编辑的武自然老师，一位在当地颇有名气的诗人。他很愉快地给了我一组品相不俗的新作，并热情地介绍说他们报社有一个副总叫申平，微型小说写得非常棒，十年前就拿过《中国青年报》主办的全国征文大赛二等奖，但现在身为领导，公务繁忙，很少动笔。我顿时来了兴致，问能不能去他办公室拜访一下，先混个脸熟。结果一打听，那几天正逢申平在外出差。

一切恍然而过。不久后，我被迫黯然离开赤峰，向申平约稿的事儿也随风而逝，成了一个可有可无的插曲。对于我来说，赤峰的日子是阴鸷的，凛冽如刀的北风，裹挟着漫天沙尘，在空旷无人的昭乌达大街上呼啸而来，电掣而去，亦如贡格尔草原季节的荒芜与衰败。即使偶尔露出太阳，也是病恹恹的虚头巴脑，一天晒下来，刚直喑哑的树杈上依然挂着冰凌。赤峰是一座缺少温度的塞外小城，那里的人，那里的事，那里的山与水，我在逃离后从未想起，却不曾忘记。

2008年5月25日，因为雪弟老师的到访，我在惠州大亚湾海边的一家饭店里，第一次见到申平本人。那时，他已声名鹊起，《头羊》《记忆力》《红鬃马》等作品令同行惊羡赞叹。坐在他的对面，吹拂着温柔的南国海风，我想起十二年前在赤峰的擦肩而过，不由心生感喟——世间万事，念念不忘，必有回响。正是这次海边相遇，尚未写过一篇作品的我，被他破格收为惠州市小小说学会会员。

一个多月后，也就是2008年7月5日，申平作品研讨会在西湖之畔的惠州宾馆举行。在会上，我有幸结识我的恩师杨晓敏先生，正式开启自己的写作生涯。接下来我一路好运连连，从会员到理事，再到常务理事，最后升至副会长，只用了两年的时间。2010年12月5日，我的作品研讨会如愿在惠州宾馆召开，一切仿若申平的复制。前人栽树，后人乘凉。一路走来，我发现每一步成长，都离不开申平不遗余力的提携和亦师亦友的扶持。并且，他的作品对我也是影响深远。

一般来说，要想写好微型小说，只有多阅读本文体的优秀作品，尤其在写作初期。这是无法回避的必修课。多年以后，我才恍然大悟，自己之所以选择这条道路一直走下去，是因为在阅读中获取了我想要的智慧，在目睹微型小说的全貌之后，我找到了一条与大众思维有所不同的门道。这门道的背后，隐藏着一个广阔的世界。比如申平的代表作之一《头羊》。

《头羊》发表于《南方日报》2002年1月13日，一经发表便引起社会各界的广泛关注，不断被各种选刊、选本转载，并且入选大中专阅读教材和语文测试题，引无数考生竞折腰。2003年5月，一炮走红的《头羊》荣获第九届全国小小说优秀作品奖。这是申平南下广东后获得的第一个重要奖项，对他的写作生涯意义非同小可。

说实话，我第一次拜读《头羊》时，这种寓言体的作品并没有引起我太多的重视，只是觉得写得较为精巧而已。真正促发我思考的，是申平在一次座谈会上讲起《头羊》的创作过程——

"作品主要写了一只代表先进生产力的头羊与代表落后生产力的羊倌儿之间的一场博弈，博弈的最终结果，是阴险的羊倌儿设计害死了头羊。稿件写好后，我把它拿给朋友看。有人说好，也有人调侃说作品里面涉及本地羊和外地羊，有暗喻本地人和外地人之嫌。实际上，《头羊》是我在广东这些年来的经验写作，思想表达追求丰富广义，并不局限于外地人本地人的狭义之说。"

我当时坐在台下一大堆人里面，闻听此言，忍俊不禁。作为广东微型小说的"头羊"，申平是从北方来到南方，一路走来如履薄冰，因洞察人情练达，方有《头羊》横空出世。那么我当年从南方辗转到北方，作为一个南方蛮子，也见惯了北方人的世态炎凉，灯红影瘦，为什么就拿不出诸如《头羊》的经典之作？

当年，我和申平同城，在其故乡厮混，圈子不大，却无缘相识，想不到一个生肖轮回后，居然聚首于三千公里之外的惠州，共耕一门文体。这种类似鸟屎砸中脑门子的小概率事件，不偏不倚，居然发生在自己身上。仔细想想，深感命运的诡异，冥冥之中似乎藏着某种神谕。幸运的是，我没有丝毫犹豫，疾速抓住那银瓶乍裂的灵光一现，在申平的《头羊》和《红鬃马》的基础上，产生了创作《马不停蹄的忧伤》的想法。

记得在那次座谈会上，申平还说过："《头羊》作为动物小小说，是写给人看的，以动物喻人、反映人，最终说的是和人类有关的故事。"听风见雨，这一番肺腑之言瞬间启发了我——既然写动物是为了表达人类反映人类，那么能不能把人和动物的故事合二为一呢？

《马不停蹄的忧伤》就是尝试用文本的形式来解答这个问题。它前半部分是马的故事，后半部分是人的故事，中间通过一段地方志衔接，使得前后浑然一体，马即人，人即马。

这没有什么大惊小怪的。

在文学的大千世界里，草木虫鱼、牛马猪羊、虎狼豹豹皆通人性，它们娶妻生子，吃喝拉撒，生老病死，亦如人类充满悲欢离合。那么以物写人，由物及人，甚至物人合一，则可以简化人类复杂的逻辑思维和人际关系，以动物的面目凸显现实的残酷和人性的善恶。同时，动物的形象在读者心目中多半固化，一旦成功迁移到微型小说中，则可以减少读者在阅读中的情感隔膜，尤其是命运悲剧化或宿命轮回系，更容易引发读者的共情和悲悯的天性。故此，动物微型小说写起来吃力，却讨读者喜欢。

在动笔之前，我酝酿了近一年的时间。虽然自己在赤峰短暂待过，但并无太多草原生活经验，作品所涉及的诸多细节，需要去逐一落实与完善。写作有时等同科研，不允许你有丝毫的马虎，否则将漏洞百出，贻笑大方。

比如月亮湖、腾格里沙漠、阿拉善左旗、巴彦浩特镇等地点的具体方位和彼此之间的距离，我是根据现实生活所设定的。比如当地的季节、气候、地理、地貌等特征，以及野雄马和家母马有没有可能交配，母马需要孕育多长时间，汗血马驹的成长等学术问题，我先后查阅大量的文献资料，并多次打电话去内蒙古那边询问与核对。我的目的是求真，希望因为它们真实存在，而赋予整个作品某种神秘的光环。也就是说，以假乱真，把虚构的假演绎成活生生的真，这是我对该作品的孜孜以求。

《马不停蹄的忧伤》本来是一首歌，由台湾歌手黄舒骏原创。对于这个标题，我一直想占为己有，却苦于找不到突破口。感谢《头羊》和《红鬃马》的启发，成全了我的心愿。

《头羊》还有一个过人之处，就是在叙事技巧上有所突破。对此，我非常赞同青年评论家雪弟老师的点评：

> 申平在第三人称和第一人称的混合运用，使《头羊》别具一格。文章主要采用第三人称的全知叙述，多角度、多层次地塑造头羊的形象和揭示瘸羊倌的深层心理。但所有的故事都是在"我"的注视下展开的，如开头部分写道："那只威风凛凛的头羊一直活在我的记忆中，它的名字叫和平"，结尾也使用了第一人称，"我至今仍然怀念和平"。
>
> 作者为何运用混合人称进行叙述？

他显然是有用意的，第三人称可以客观地交代故事，头羊的"忠于职守"和"勇猛无比"自然而然地得到了呈现；而第一人称则可以传递出叙述者的内心强音，把"我"对待头羊的态度十分鲜明地摆在读者的面前。

"我发现瘸羊倌从此便恨上了和平"一句，倘若删掉"我发现"三字，那是第三人称叙述，客观交代瘸羊倌的心理；保留"我发现"三字，则是第一人称叙述，暗示出"我"一直在关注头羊，体现出"我"对头羊的情谊。因此，"我发现"三字是不能删掉的。不同人称的叙述有不同的妙处，由此可见一斑。

就我目前的阅读范围而言，在微型小说写作技法上，能够混合运用叙述人称的作品还真不多，而《头羊》贵在朴实无华，运用自如。相比之下，我在《马不停蹄的忧伤》中"地方志"的插入，则略显生硬与突兀，有炫技之嫌。

《记忆力》是申平另一篇非常重要的作品，发表于《南方日报》2007年9月9日，被《小说选刊》2007年第11期转载，并荣获《小说选刊》首届蒲松龄文学奖（微型小说）。如果非要把《记忆力》和《头羊》摆在一起论高低，我个人觉得《记忆力》更胜一筹。我似乎更忠实于自己的艺术直觉，认为《头羊》过于精致和理性，缺乏《记忆力》的娴熟老到与宛若天成。毕竟两者前后相隔五年，《记忆力》无不渗透着申平在艺术造诣上的领悟与成长。

《记忆力》语言平实质朴，用词精准，富有韵致。1400字的篇幅，成功勾勒出三幅极其生动的画面：发纸巾、认人和转身离开。同时，少年无知的顽劣和老年时同学重聚，这种怀旧式的题材对于大部分读者来说，具有强烈的熟知度，不会轻易遭到历史的淘汰。

《记忆力》在叙事技巧上也让人称道，素面朝天之余，外在形式与作品内容统一和谐。具体来说，就是全知全能的第三人称叙述和顺叙相结合，表面上看起来简单平常，没有任何唬人的技巧，实则背后独具匠心。比如50年时间与空间的维度，被浓缩于"老同学聚会"这个点上；比如纸巾作为道具贯穿全文，却毫无突兀抢眼之感；比如文中明暗两条叙述线索的穿插，年少陈大福和年老陈大福的交替。这些写作中最大的技巧，被作者聪明地隐匿在无技巧之中，了无痕迹。

洗尽铅华的《记忆力》，看似平淡如常，实则深文隐蔚，余味曲包，仿若出自汪曾祺笔下，隐隐有大师之风。作为微型小说，它立意新颖，构思精巧，深刻地揭示了人性的弱点，在小说思想性方面具有批判意识，在审美价值上充满哲学意蕴。而哲学意蕴，无疑是所有作品意蕴中的最深层次。

出于对《记忆力》的膜拜，我照虎画猫，仿写了《冷记忆》一文。明知道两者不可同日而语，却依然乐得不改初衷，无怨无悔。

刘勰在《文心雕龙》中将优秀作品分为"隐"篇和"秀"句两种，按照这个观点，《记忆力》当属"隐"，《头羊》则为"秀"。无论是隐还是秀，无不体现出申平作为一个微型小说专业作家的文之英蕤，才之崇光。

总结申平微型小说的艺术特色，很多作品的写作意旨无不指向同一个原点，那就是人类三大困境之一的孤独——人海中得不到认可的孤独。比如《头羊》中"和平"的才华得不到羊倌儿认可的孤独，《记忆力》中陈大福的忏悔得不到老同学认可的孤独，《红鬃马》中儿马子英勇保护马群得不到主人认可的孤独，甚至在申平近两年的代表作《钢的琴》中，男主角在儿子身上的理想得不到村人认可的孤独依然力透纸背，让人嘘唏不已。

借一双慧眼俯视人间，会发现到处人头泱泱，每个人不过是一座孤岛。人最大的孤独，莫过于明知道你在世上，却不知道在哪条路上。这种孤独，不是地理上偏居一隅或孑然一身，而是在内心深处，自己与自己的相处，人和人之间山一般的隔膜。

在申平的笔下，孤独是看得见、摸得着的，有声音，有颜色，有重量，有气味，是纯文学作品中独有的情感底色。想想也不难理解，一个著作等身的作家，如果内心缺乏与生俱来的孤独，那简直是难以想象的。

作为一个漂泊在外的异乡游子，申平在惠州行走了二十四载春秋，风尘仆仆之余，饱尝人情冷暖，深谙世间百态，可谓他乡成故乡，故乡成远方。而这些生活阅历和情感体验所聚集的世味，随着岁月无声的沉淀，早已被申平用文字煮成一壶茶，或刚烈如《头羊》，或甘醇如《记忆力》，或苦涩如《钢的琴》。

人生就像一壶茶。刚烈是它的本色，甘醇是它的馈赠，苦涩是它的历程。在这有苦有甜的茶里，我们可以从容地领悟到生活的本质和真谛。大抵，申平作品的妙处，抑或可以从中品出人生孤独的各种世味。

附1：头羊

文/申平

那只威风凛凛的头羊一直活在我的记忆中，它的名字叫和平。

和平来自新疆，是一头纯种细毛种公羊。生产队花高价把它买来，为的是让它对落后的本地羊群进行改造。

和平身架高大，浑身的毛长长的，像披着盔甲，特别是它那一对羊角，更是出奇地漂亮：它的两角先向后弯，然后绕一个圈，再从两耳旁向前伸出来，而且两角上还布满奇异的花纹；它的力气出奇地大，队长往回赶它时它不肯走，队长抓住它的角使劲拉它，它四蹄撑地，任队长使出吃奶的劲儿它也纹丝不动。队长最后只好智取，用一把青草把它引了回来。

和平一来，本地种公羊立即黯然失色。尽管瘸羊倌为它创造机会，让它跟和平一比高下，但那家伙一见和平掉头就跑，从此心甘情愿让出头羊的宝座。过了不久，为保证"改造"的顺利进行，队里便忍痛割爱把它杀掉了。

瘸羊倌哭了一场，他和那头羊感情深哩，说它懂人言人语哩，这些年风里雨里不容易哩。瘸羊倌从此便恨上了和平。

但是和平浑然不觉。它很快进入了角色。作为头羊，和平忠于职守。每天羊群出场，它总是精神抖擞地走在前面；当羊群和别的羊群相会，其他羊群的头羊有挑衅行为时，和平总是奋勇当先，将其击败。作为众多母羊的丈夫，和平工作十分卖力。春天是母羊发情的季节，和平每天都坚持和十来只母羊交配，从不偷懒。待它把母羊们全部耕种一遍，自己已是瘦骨嶙峋了。

可是瘸羊倌仍不喜欢它，动不动便找碴儿揍它。尤其当冬天来临，一只只毛发卷曲的第一代改良羊羔出生以后，瘸羊倌的火气更大了。

瘸羊倌放了一辈子本地羊，他看本地羊看惯了，怎么看那细毛羊也不顺眼，他说：妈拉个巴子的这是羊吗？这是外国羊，二毛子！瘸羊倌仍然不时念叨被杀的那只头羊。

那天和平和一条骚扰羊群的狗干起来，勇猛无比的它竟将狗撞翻在地，那狗最后夹着尾巴逃跑了。这本应是受到嘉奖的事，但是瘸羊倌却骂它：妈拉个巴子的光显你能！过去赏了它两脚。

谁也没有想到和平会反抗。它突然后退几步，又猛地向前一冲，竟将瘸羊倌撞了个四脚朝天。瘸羊倌大骂着爬起来，去拿他的鞭子，不料和平又从后面把他撞了个嘴啃泥，吓得瘸羊倌钻进羊圈里不敢出来。

从此和平有了撞人的毛病。有人从羊群旁经过，只要它看着不顺眼，它就毫不客气地撞过去。一时间，村人见了和平都很害怕。

瘸羊倌就乘机说：看看，这哪里是羊，这比狼还狠哩！

骂是骂，他再不敢轻易惹它。

但和平毕竟是一只羊，它到最后还是被瘸羊倌算计了。那些日子天旱，羊群每天要去井上饮水。井台上有个石槽，是专门供牲口饮水用的。瘸羊倌让我打水往槽里倒，他则站在石槽旁，用一根竹竿打那些抢水拥挤的羊。和平大约看他老打羊，生气了，忽然一头撞过来，将瘸羊倌从石槽这边撞到了那边，半天没爬起来。但是奇怪的是这回他没有报复。

第二天，瘸羊倌照例站在石槽旁打羊，边打边瞄着和平。这回和平气更大了，它往后退、退，退出好远才旋风一般冲过来，眼看就要撞上的当儿，却见瘸羊倌嗖地向旁边一闪……

和平就这样死了。它的头颅在石槽上开出了鲜花，两只漂亮的犄角也折断了。这份宝贵的集体财产夭折了。瘸羊倌却振振有词，队里也对他无可奈何。和平死了还背着罪名。

我至今仍然怀念和平。

附2：马不停蹄的忧伤

文/夏阳

它们相遇，是在月亮湖，在那个仲夏之夜。

仲夏之夜，月亮湖，像天上那弯明月忧伤的影子，静静地泊在腾格里沙漠的怀抱里。清澈澄净的湖面上，微风过处，银光四溢。它站在湖边，望着湖里自己的倒影发呆。它是一匹雄性野马。

野马即将掉头离去时，听见身后传来一阵嘚嘚的马蹄声。一匹母马在离它不远的地方止住脚步，呼吸急促，目光异样地望着自己。银色的月光下，野马惊呆了——这是一匹俊美健硕的母马，通身雪白，鬃发飘逸。母马的眼里，一团欲火，正在恣意地燃烧。

野马朝母马大胆地奔了过去。它们没有说一句话，只有无休无止的缠绵。这时，任何话都是多余的。

天地之间顿时暗淡，月亮羞红着脸，躲在云彩后面不肯出来。当月亮再一次露出小脸儿时，野马和母马已经肩并肩，在湖边小径上散步，彼此说着悄悄话。

　　母马问，你家住哪儿？

　　野马叹了口气，幽幽地说，我无家可归，被父亲赶出来了。你瞧我身上，伤痕累累。

　　母马目光湿润，说，去我那里吧，我家有吃有住，主人可好了。

　　野马没有吱声，目光越过湖面，怅然地望着远处的沙漠。远处的沙漠，在如水的月光下，舒展绵延开来，直抵天际。

　　第二天清晨，巴勒图发现失踪一夜的母马竟然自行回来了，还带回一匹高大威猛的公野马。两匹马一前一后，迈着小碎步，耳鬓厮磨，乖乖地进了马厩。巴勒图乐坏了，激动地对旁人说，它要是和我家的母马配种，产下的马驹子，那可是正统的汗血宝马。到时候养大了，献给沐王爷，我就当官发财了。

　　巴勒图把野马当宝贝一样精心喂养，连做梦都笑出了声。

　　三天后的深夜，又是一轮明月浮在大漠之上。野马站在马厩的栅栏边，望着屋外漫天黄沙，饱含泪水。母马小心地问，你在想家？

　　不是。我不习惯这里，不堪忍受这种养尊处优的生活。我已经下定决心，带你走。

　　我不去！沙漠里太艰苦了，一年四季，一点生活的保障都没有，无论是寒冬酷暑，一天找不到吃食就得挨饿。你看我这里多好，干净卫生，一日三餐，主人会定时供应。

　　我承认你这里条件是不错。但真正的快乐，是马不停蹄的理想，是天马行空的自由，是奔跑在蓝天白云下，尽情地做自己的上帝。你看看现在，圈养在这小小的马厩里，整天小心翼翼地看主人的眼色行事，行尸走肉地活着。这种生活，让我忧伤。我的忧伤，你不懂……

两匹马互不相让，争吵不休。

最终，野马推开母马，挣脱缰绳，冲出马厩，在月下急速地拉成一条黑线，消失在茫茫的大漠深处。它的身后，母马呜咽着，咆哮着，凄厉的嘶鸣声，久久不散。

近百年后的一个午夜，东莞城中村的一间出租屋里，一个叫夏阳的单身男人翻阅《阿拉善左旗志》时，读到一段这样的文字：

民国三年仲夏，巴彦浩特镇巴勒图家一母马发情难耐，深夜出逃于野。翌日晨，携一普氏雄性野马返家，轰动一时。三天后，野马冲出马厩，不告而别。数月后，母马产下一汗血宝马驹，然宝驹长大，终日对望月亮湖，形销骨立，郁郁而亡。

读到此处，夏阳已是泪流满面。他坐在阳台上，遥望北方幽蓝的夜空，久久地，一动不动。他手里的烟头，明明灭灭。

一地烟头后，他掏出手机，拨通了一个电话号码。他说，你还好吗？我……我想回家。

电话那头，迟疑了一会儿，响起一个凄凉的声音，你不是说，你的忧伤，我不懂吗？

夏阳孩子般呜呜地哭了。他哽咽着说，都三十年了，你居然还记得那句话啊。我老了，也累了。现在，我好想回到你的身边……他不能想象那匹旷野深处的雄性野马，垂暮之年是否真的还不思回头？

电话那头，泣不成声。

附3：记忆力

文/申平

　　这帮老人家都已年过六旬了，这日却突发奇想，要搞小学毕业50周年同学会。

　　50年，整整半个世纪。岁月的风霜早已染白了他们的头发，揉皱了他们的面庞，如今他们再见面，彼此还能认得出来吗？他们是否把珍贵的少年时期的友谊埋藏心底？

　　于是就打电话、发通知，足足折腾了半个月，还真的把人给弄齐了。全班除4人提前去了另一个世界聚会以外，其余41人都答应一定来。

　　聚会选在一家酒店的一楼，门口挂了标语和彩球，显得非常隆重。来得最早的当然是几个发起者。他们发现，这家酒店的服务真不错：门外有侍应生开门；一进大厅，服务员就把热毛巾递了过来；还有一个提着篮子的小老头儿，给每个人都发一包纸巾。显然，这是为他们流泪准备的。发起者连连赞叹：好，真是想得太周到了。

　　同学们陆续来到。每一个人的到来，都会引发一阵激动。大家先是静静审视来人，然后突然有个人叫出了他的名字，于是就是一阵欢呼，就是一阵热烈拥抱。也有一些人实在认不出来了，但当他自己一报家门，大家立刻恍然大悟。这种激动就更热烈，因为其中还包含着惊喜。

　　想想吧，50年一聚，容易吗？人生会有第二个50年吗？昔日的少年，今天的老人，你拉着我的手，我搂着你的腰，说啊、笑啊、哭啊……那场面真的是太感人了。

　　那位小老头儿发给大家的纸巾真的派上了用场，而且有人发现，这个小老头儿竟然也被他们感动得热泪纵横。他也频频用篮子里的纸巾擦自己的眼睛。

　　激动过后，发起者开始清点人数，发现已经来了40人，就差一个人没有来。大家都在询问：他是谁呢？

那个提着篮子的小老头儿此时突然放下了篮子，走上前来说：是我啊，你们谁都没有把我认出来啊！

唰地一下，众人齐齐把惊讶的目光向他射去：你？你是谁啊，有没有搞错啊？

小老头儿在40双眼睛的审视下有点发窘，他急忙挺了挺腰，大声地说：我是陈大福啊，你们再看看、再想想。

发起者赶紧去查名单，果然有陈大福这个名字，可是……40双眼睛又从头到脚把他审视了半天，有个发起者忍不住说：你不是酒店……干这个的吗？他指了指老头儿的篮子。接着他又说：你别开玩笑，我们可是同学聚会……

小老头儿就显得有点着急：我知道是同学聚会，这种事情谁会冒充啊。我明明就是陈大福嘛，你们睁大眼睛好好认认嘛！小老头儿随后又有点委屈地嘟哝道：这纸巾是我自己给大家买的——酒店还管你这个！

于是40双眼睛再次聚焦，恨不能看穿了他的骨头，可结果还是失望地摇头。小老头儿这回可真有点急了，他说：你们的记忆力……怎么这么糟呢？你们仔细回忆一下，那时咱班每天是谁最早来搞卫生的？你们再想想，学校开运动会，是谁给你们看衣服，是谁给你们打开水？班里组织劳动，又是谁干得最卖力气……

众人仍然半信半疑。突然，一个女同学尖叫了起来：哎呀，我想起来了，他的确是陈大福，他是我们的同学啊！

众人就一齐把目光投向女同学，显然希望她拿出证据来。女同学就有点兴奋地说：大家还记不记得，有一次他偷了学校附近农民的地瓜，让人家抓住，押到学校门口来示众……

噢——！众人齐发一声喊，他们的记忆闸门一瞬间呼啦啦全部打开。现在再看陈大福，怎么看怎么像他们的同学了。

但是此时的陈大福却没有半点兴奋，反而像中了枪一样痉挛了一下，他张大嘴巴，面部扭曲，用颤抖的声音说：天哪，你们还记着这件事啊！我做了那么多好事，就是想让你们忘了这件事，可是你们太……太伤人了！

陈大福慢慢转过身去，提起他的篮子，摇晃着向门外走去，任凭后面喊破了嗓子，他也一直没有回头。

附4：冷记忆
文/夏阳

只要她勾一下手指。

一下，就够了。可是没有，从来都没有，十年了，她压根儿没搭理过他。

十年后，他在故乡的省城参加一个贸易洽谈会，中途溜号，回到了这座小城，也算是衣锦还乡。班长特意在食博汇酒楼订了一个大包间，张罗一帮老同学为他接风洗尘。他接到班长电话时，内心有些抵触，问还有谁去。

班长报了几个名字，无非是这小地面上混得有头有脸的角色：土管所长、工商所长、派出所所长、税务局科长、法院庭长……和政府开会差不多。末了，班长说，对了，还有小杜。

小杜？哪个小杜？

杜梅呀，你家伙不记得了？成绩超好的那个，丹凤眼，长头发，学习委员，和我坐同桌。果不其然，班长一口气蹦出来的这些关键词，就是她。

哦，对对对，有点印象，你不说我都忘了，是有这么个人。他不咸不淡地打着哈哈，内心却欣喜若狂，太顺利了，真没想到会这样得来全不费功夫。他多年未曾露面，这次找了个冠冕堂皇的借口，千里迢迢，突然空降在大家面前，说白了，就是奔她来的。

他把自己塞在浴缸里好好泡了个澡。泡完澡，打开行李箱，捣饬了许久，一身披挂站在镜子前，望着里面西装革履神采飞扬的自己，他得意地转圈，转着转着，越转越慢，最后沮丧地停在那里。酒店的窗外，夏日的傍晚，暑热未消，行人短衣短裤，却依然汗流浃背。

最终，他还是给那只"粽子"松了绑，换上了一身鲜艳的T恤衫和牛仔裤，像一个港客，惹得一帮老同学大呼小叫。他和大伙握手拥抱，嘘寒问暖，感叹岁月不饶人，胖了，都胖了。多年未见，嘘唏之间，话语略显夸张，但作为老同学，感情还是真挚的。

她来得有些晚，行色匆匆，甚至还有些气喘吁吁。本以为作为今晚唯一的女性，她会把自己打扮得光彩照人，却没想到她汗水涔涔，一脸倦容，衣着朴素，连最基本的修饰都没有，这样愈发显现出她的老态，让他多少有些失望。她的解释是刚给一个学生补完课，家都没回就赶过来了，不好意思，耽误了大家。

他一直静静地坐在那里。派出所所长，当年绰号叫猴子，恶作剧般地问她，杜梅，你猜猜，这个是谁？他忙正襟危坐。亮如白昼的水晶灯下，她端详了半天，在抓了好几个名字后，不得不尴尬地承认，瞧瞧，我最近都忙糊涂了，班长，你电话里说是谁来着？

班长忙打圆场，陈大福啊，广东来的大老板。

陈大福？哦，对对对，有点印象，你不说我都忘了，是有这么个人。不知道她是否真的想起来了，反正那如释重负的神情，让他的失望又递进了一层。暗恋人家十年，人家连自己是谁都不知道，这也太搞笑了吧。一切，让他始料不及。十年来，他尽管没有露面，但还是通过一些有限的途径知道她师范毕业后，为了进城教书，嫁给了一个检察官，生了一个女儿，据说不太幸福。这个据说，点燃了他心中熄灭已久的希望。

也许大家不把他当外人，酒过三巡，话题慢慢变得务实起来，嘴里都是关于这座小城的官场轶事、幕后新闻。他默默地抽烟，默默地听着，瞬间成了一个局外人。听了一会儿，他才发现这帮昔日啃咸菜吃豆腐乳的老同学，已经进化为当下社会的人精，个个手眼通天。每个乡镇书记姓甚名谁，哪个局的局长和情人闹得不可开交，人民医院院长的文凭作假，某某老师荣升校长是因为他老婆的姨夫在省城当副厅长……随着话题的深入，他也有所意识，自己的到来，只不过是他们聚会的一个由头罢了。土管所长的外甥想开一个网吧，需要当派出所所长的猴子关照，猴子的岳母在人民医院动手术，需要外科主任主刀，外科主任的女儿成绩不好，想找杜梅的师姐调座位，杜梅想当班主任，有求于工商所长做副校长的老婆。

这顿饭吃得索然无味，但其他人意犹未尽，纷纷闹着去KTV唱歌。他讨饶般看着猴子。猴子挺了挺腰，大手一挥，说，别看你丫的是从广东来的，但绝对没有小城故事多，走，哥带你去开开眼界。

他犹犹豫豫，不知如何是好。猴子推搡了他一把，豪气冲天地说，怕什么，老子的地盘就是兄弟你的地盘，你的地盘你做主，明白吗？这时，他看见她在一旁似笑非笑，一脸的见怪不怪。他被激怒了，一转身上了猴子的车。

一行人浩浩荡荡杀到环球娱乐城门口时，深感意外——偌大的娱乐城，大门紧闭，黑灯瞎火，只剩一个保安在门口的椅子上打盹。猴子走过去，用脚踢了踢保安，问，什么情况，谁整顿的？

保安惊得站了起来，战战兢兢地回答道，没整顿啊，不是高考期间一律暂停营业吗？

晕，今天高考，我怎么忘了这茬。猴子挠了挠头。

今天高考！猴子的声音不大，但大家听得真真切切。那一刻，仿佛夜空划过一道闪电，把所有人的冷记忆唤醒了。他们集体站在路旁，雕塑一般，久久地，凝望着远方。

远方，是月亮升起的故乡。

魔鬼的颤音

　　某天酒足饭饱，张三一家人坐在炕上开会，讨论谁的贡献大。隐晦一点说，就是在这一大家子里面，谁排第一。

　　父亲说，我吃的苦最多，资格最老。母亲说，没有我缝衣煮饭，锅前灶后，你们喝西北风去吧！张三说，我年轻力壮，干活最多，力气最大。张三的儿子说，你们应该高瞻远瞩，向前看，未来是我的。张三的媳妇儿扑哧笑出了声，说，不是老娘我十月怀胎，一把屎一把尿拉扯你，你算哪门子未来？

　　就在一家人吵闹不休时，有人在炕角嘀咕了一句："你们认为滕刚怎么样？"声音不大，却迅速让现场鸦雀无声……

　　以上是我模仿滕刚惯用的风格所编撰的一个段子。

　　有人的地方就有江湖。文坛任何一个门派，表面看起来一团和气，实则暗流涌动，谁也不服谁。微型小说也无法免俗，几乎每个人都有一个自己的排行榜，甚至有人将自己高居榜首，自诩老子天下第一。于是乎，微型小说之王、微型小说之父、小小说领军人物、小小说龙头老大、世界华语微型小说领袖等，山头林立，各种帽子满天乱飞。然而，一谈及滕刚，大家会突然停顿一下，转而装聋作哑，继续造自己的帽子。这就是滕刚的伟大，在本该弱拍的位置出现重音，打破了正常的强弱规律，可谓交响乐在微型小说发展史上唯一的"切分音"。用街面上通俗的话来形容，滕刚是一匹黑马，黑到让人发怵。

　　我注意到，滕刚退隐江湖已逾十五年，然而在圈内，很少有人公开谈论他的作品。现代主义在中国招摇撞骗近四十年，怎么说也是徐娘半老。但在微型小说文坛，依然似一摩登女郎，既高级，又虚无，一群乡巴佬担心自己一张口，就漏洞百出，到处露馅。滕刚作品也因此而尴尬——叫座不叫好，通俗不易懂。叫座，是因为读者爱读里面的"通俗"；不叫好，无外乎是同行对其深藏文字背后的"不易懂"纷纷绕道，敬而远之，又充耳不闻。

现实主义在中国具有深厚的土壤，生命力经久不衰，其他任何一种流派、主义都无法取而代之。微型小说更是过犹不及，基本上是现实主义的天空。作为卡夫卡忠实的门徒，滕刚注定是一个孤独的行者。

有时，我会忍不住想，如果当年没有《微型小说选刊》主编郑允钦的格外青睐和鼎力相推，滕刚会不会重蹈卡夫卡的覆辙，在充满敌意的社会环境下被包围被孤立，直至绝望地留下焚烧文稿的遗嘱而撒手人寰？

答案是否定的。

对于微型小说来说，滕刚是以一个入侵者的姿态，成功地将西方现代主义文学思潮带进微型小说领域，完成对中国最后一个小说文体的西化。

那时，先锋写作或瞎先锋写作旗帜飘扬，刚刚进入中国，先锋意味着时尚，世人以谈论卡夫卡、乔伊斯、普鲁斯特和马尔克斯为荣。而滕刚年届四十，血气方刚，才思敏捷，正是当打之年。天时地利人和，造就了滕刚一时风光无限。无论怎么羡慕嫉妒恨，我们必须承认，在微型小说发展史上，真正引爆这个文体，在普通读者中产生巨大反响，且由作品转化为作家呈现在大众面前，形成明星效应的，目前只有滕刚一人做到了，其他都是自我恭喜发财。

在滕刚提供的创作年表中，有一段空窗期耐人寻味：从1996年至2001年，整整五年，滕刚人间蒸发了一般，没有发表任何作品，也没有参加任何文学活动。也就是说，滕刚的创作可以清晰地分为两个阶段，一是1990年到1996年，二是2001年到2006年。有人说滕刚进入微型小说文坛，完全是误打误撞，犹如大熊猫闯进菜园子一样懵懂。我承认这种观点有一定的道理，但更为准确地说，还是性格决定命运，一切系滕刚"好勇逞强"的性格所致。相比卡夫卡，他是审时度势后的自我主动出击，而非永葆初心不问收获的绝地逢生。

早年，当我注意到滕刚曾经沉寂过整整五年时，着实震惊了。这绝对是一个成大事的人，为了有朝一日一鸣惊人，不惜五年磨一剑，殚精竭虑，积沙成塔。如此隐忍，如此苦心，终将苍天不负，三千越甲可吞吴。很不幸的是，我后来发现自己这种充满代入感的解读，完全是一厢情愿，自作多情。多种渠道有迹可循，滕刚没有活得苦大仇深，抑或忍辱负重。

我不得不重新梳理滕刚的崛起之路，发现居然和两次笔会密不可分。

1990年5月，《百花园》杂志社在河南信阳汤泉池举行"全国小小说创作笔会暨理论研讨会"，这是业界第一代作家首次聚会，对往后的文体发展影响深远，具有里程碑式的意义。以至于在2010年5月15日，上百号来自全国四面八方的作家齐聚汤泉池，举行"庆祝小小说纳入鲁迅文学奖暨汤泉池小小说笔会20周年"纪念活动，大有重走小小说"长征路"的雄伟气势。相比之下，1990年的那次聚会，还只是星星之火，意义大雨点小，杂志社邀请了20位优秀的写作者与会。他们经过长途跋涉，最后住进了大别山山沟里的一家招待所，对着一潭湖水以及清新的空气畅谈微型小说。彼时，微型小说弱不禁风，处于发轫期，写作队伍多半是来自民间的杂牌军，理论建设更是一穷二白，所谓理论研讨，无非是大家交流创作心得。准确来说，笔会带有度假疗养的福利性质，参会者一边交流一边创作，为期五天。大家交流到最后，实在没什么可聊的可吹的，便把目光齐刷刷地投向一位28岁的陌生者——滕刚身上。

滕刚当时颇为稚嫩，尽管发表了一些作品，但时间短作品少，只能算是文学爱好者，完全没有参会的资格。滕刚之所以出现在汤泉池，是同为扬州师范学院的校友生晓清带去的。大家鼓励滕刚发言，其实还有一个原因，那就是滕刚当时的身份有些特殊——北京大学成人教育现代汉语班的进修生。

我不是当年的见证者，无从想象滕刚是以一种怎样的姿势站起来，又说了些什么。据后来为数不多的文字回忆，滕刚当时的发言虽然不够系统和深入，但鹤立鸡群，犹如一个布道者大谈特谈西方心理哲学和现代主义，嘴里频频蹦出卡夫卡、福克纳、茨威格以及尼采、弗洛伊德、黑格尔等大师的名字，还有表现主义、存在主义、魔幻主义、达达主义、垮掉的一代等各种文学流派。那一刻，石破天惊，仿佛西方现代主义和后现代主义的导弹在天空呼啸而过，把一帮整天猫在山林里用弹弓打鸟的微型小说作家彻底震傻了。

作为一个后来者，我能够理解滕刚当年在汤泉池的心境。那时，通讯极不发达，无论是杂志社与作者，还是作者与作者，彼此联系主要依靠"从前慢"的信件，座机电话在寻常百姓家里极为罕见。不难想象，那次笔会前，大家几乎未曾谋面。熟悉对方作品的，还可以打声招呼聊上几句，而更多的是陌路人，天南地北，相互只能沉默以待。故此，被带去玩的滕刚，受些冷落在所难免。这和今天的饭局一样，高朋满座，却有人带外人加入进来。虽然是添双筷子的事儿，但不见得东家有义务克恭克顺。而那些被克恭克顺的人，却是一群赵树理式的土包子作家，这让滕刚未免难以心平气和。毕竟他在北大进修，饱读西方哲学和小说，骨子里心高气傲。

滕刚的发言语惊四座，给在场者留下了深刻的印象，也为自己创造了历史机遇。1990年10月，《预感》被《小小说选刊》转载，并在第二年4月荣获第三届全国小小说优秀作品奖。一文登顶，给滕刚带来了至高的声誉。杨晓敏先生曾对《预感》一锤定音："它开创了当代小小说先锋写作的先河。"

实际上，在笔会前一个月，也就是1990年4月，《预感》就已经发表在《青年作家》杂志，而《预感》的雏形——《负担》，1989年5月便在《短篇小说》杂志露面。对此，我们不能理解，倘若没有汤泉池笔会，没有滕刚闪亮登场，恐怕《预感》将湮没于浩瀚的文字海洋里寂寂无声，甚至滕刚的文学之路也将改写。

用三十年后的文学眼光重新审阅，会发现《预感》过于追求故事情节的反复与巧合，忽略了文本内部文学气韵的构建，缺乏对作品人物人性及内心世界的深度挖掘。但是，我们无法否认，《预感》在当时的时代意义和前卫思考。尤其是对滕刚本人来说，《预感》名噪一时，极大地刺激了他的写作欲，正式开启了第一阶段的写作之旅。

从1990年到1996年，滕刚共发表近50篇微型小说，主要奖项获过三次，并在1994年出版第一部微型小说集《预感》。客观来说，滕刚成绩不错，风格夸张荒诞，但作品多为国外模仿之作，可圈可点者甚少。倘若搁在整个微型小说发展史中，此阶段的滕刚只能算是二流，时间稍微一长，便沦为路人甲，亦如那本不堪卒读的作品集《预感》——单薄粗糙。当然，信心爆棚的写作者本人，不一定会有这种清醒的认识。否则，滕刚不会顾盼自雄，毅然决然地淡出微型小说领域，下海经营广告策划公司，并开始转型写中长篇小说。

2001年底，消失了五年的滕刚，突然回归微型小说文坛。这一年，父亲去世，事业频频受挫，让滕刚心情无比郁闷。出于无聊，或者散心，滕刚跟随凌鼎年接连参加了三次微型小说笔会。尤其是最后一次，即10月份在南昌召开的中国微型小说学会第四届年会，《微型小说选刊》主编郑允钦作为东道主，在会上对滕刚的成名作《预感》赞不绝口，并热情地伸出橄榄枝，主动向滕刚约稿。

这时，以《小小说选刊》为大本营，中国的微型小说已进入迅猛的发展期，整体呈现出蒸蒸日上的繁荣景象。随着侯德云、于德北、蔡楠、陈毓、刘建超、王海椿、芦芙荭、申永霞、魏永贵、刘黎莹、珠晶、相裕亭等第二代作家的成功崛起，以及宗利华、邓洪卫、海飞、陈永林、李永康、乔迁、邢庆杰、秦俑、江岸等第三代作家的锋芒毕露，微型小说不仅俊彦辈出，兵强马壮，而且文体意识发生了翻天覆地的变化。弹指一挥间，士别五年，望着诸多新鲜而陌生的面孔济济一堂，滕刚刮目相待之余，不由感慨万千。虽然有人在笔会上礼节性地念叨起《预感》，但滕刚清醒地认识到，五年的懈怠，还真让自己滑落成了路人甲，微型小说的过客。

　　也许只有上帝洞悉滕刚当时辗转反侧的心情，抑或彻夜难眠的奋笔疾书。南昌笔会结束不久，《微型小说选刊》在年终最后一期刊登了滕刚的新作《货之家》。据说，《货之家》是在杂志排好版即将进入印刷厂的情况下，临时把其他稿子撤下而换上去的。同样也是在第二年4月，《货之家》荣获《微型小说选刊》举办的"新世纪幽默微型小说全国征文大奖赛"第一名。

　　历史就是这般诡异，让幸福来得如此相似。《货之家》不仅文本结构、叙事手法、思想内涵和《预感》大同小异，且承续了滕刚第二阶段的开启之作。《货之家》大获成功后，滕刚接连抛出一大堆令人眼花缭乱的作品，演绎成了史上罕见的井喷现象，也让中国微型小说在2002年、2003年、2004年连续三年贴上滕刚的标签，成为当之无愧的滕刚年。

　　卢翎女士在所著《滕刚评传》一书中，对此有过专门统计——

　　2002年，《微型小说选刊》打破常规，共刊登滕刚16篇作品，并在该年首期头条推出他的《上下十一年》。该文被业内认为"中国第一篇情色微型小说"，在微型小说界和广大读者中引起强烈反响和广泛争议。年底，《微型小说选刊》在宁波召开全国微型小说笔会，郑允钦主编在会上宣布为滕刚开设专栏。

　　2003年，《微型小说选刊》的"滕刚专栏"共发表滕刚作品48

篇，并刊登专家和读者对滕刚作品的争鸣文章107篇。

2004年，《微型小说选刊》继续开辟"滕刚专栏"，全年共计25篇，刊登研讨滕刚的论文75篇，同时为滕刚出版作品集《个人履历表》。11月，在江西鹰潭召开《微型小说选刊》创刊20周年暨滕刚作品研讨会。

2005年，《微型小说选刊》的"滕刚专栏"共发表滕刚作品27篇，刊登有关滕刚的论文23篇。

小红靠命，大红靠才。

在外界看来，滕刚如同天降神兵，以不可阻挡之势形成旋风效应，颠覆性地引爆微型小说，且持续四年之久，出色地扮演了文体革命的代言人。无论是精彩纷呈的作品数量，还是个性鲜明的艺术风格，均让同行瞠目结舌，并让他因此笼罩上了一层神秘的光环。有人说滕刚不是一个人在战斗，他背后拥有一个写作团队；有人说滕刚写作时喜欢在房间里来回踱步，一边口里念念有词，一边吩咐夫人在电脑上打字，类似七步诗，上百步下来，一篇新的微型小说就诞生了；也有人说滕刚当初准备了两百多篇稿子让郑允钦主编挑选，才得以在《微型小说选刊》上史无前例地开专栏；甚至，还有人说滕刚为了炒作，花钱雇人写信到处告自己的状，说他生产文学垃圾，毒害青少年身心健康……

稍微有点智商的人一琢磨，便明白这些神化的传言是怎么回事。为了谨慎起见，我还是进行了多方求证，果然是道听途说，无稽之谈。所谓不妖不香，要怪只能怪滕刚当年红得发紫，类似郭德纲，让同行产生赤裸裸的仇恨。很多人过于迷信别人的成功，却对人家背后的呕心沥血熟视无睹。滕刚的如日中天，我个人是这样解读的，他应该找到了微型小说和中长篇小说之间的秘密通道，将沉寂五年期间所创作的中长篇小说敲碎，化整为零，缝缝补补，改写成诸多微型小说。

当然，我们不可否认，对于长期从事广告策划和图书出版工作的滕刚来说，包装和营销自己，简直是小菜一碟。我还注意到，滕刚在此阶段对早年的多篇作品进行过修改，尤其是标题，目的是系统化，串成几大系列，打造属于自己的微型小说王国。不管怎么解读，拎起来的是才华，托住的凭实力。滕刚的成功，除了自身的努力和强大的实力，更离不开郑允钦等人"士为知己者死"的推力。三力协作，才造就了滕刚现象，抑或滕刚传奇。

滕刚退隐后，模仿者趋之若鹜，经久不歇，和孙方友的奇人异事、刘国芳的诗情画意、申平的动物小说并称为微型小说四大模仿热点。然而，很多人模仿滕刚，只满足于尴尬无奈的生活表层，仅学到了夸张荒诞的皮毛，忽略了现代主义追求模式和意义呈现的精髓，忽略了人物内心世界与外部现实的对抗，以及滕刚在故事层面的基础上所进行的形而上的思考。

有模仿者人更为搞笑，跟在滕刚屁股后邯郸学步，亮出"李四"系列、"阿六"系列，不知道滕刚读后做何感想。说到底，在微型小说领域，普遍缺失现代主义理论，知其温凉寒热者，少之甚少。滕刚只是一个二道贩子，真正想比肩滕刚超越滕刚，应该摒弃急功近利，从他作品的源头去阅读，去思考，去挖掘。这显然是一个旷日持久的系统工程。

关于滕刚作品的审美价值，陈雄在《滕刚微型小说创作论》一文中指出：

> 在滕刚的微型小说创作中，不再满足于表达浅层次的人在生活中面临的尴尬与无奈，而更着意于挖掘深层的社会和人性原因。他把微型小说的触角伸向社会生活的深层、人的内心、人的精神层面，综合地揭示社会的底蕴，表达人在各种压力下异化状况，以反映人的深层精神状态；透过生活的表层，揭示在这种生活状态下的人们的内心世界、精神压力，以及人在异化过程中的心理变化，进而反映在遭受多种压力下的人性的异化缘起和异化过程。

这段评价颇见水准,对学习和研究滕刚的作品具有指导意义。里面多次提到"异化"一词,我个人认为是现代主义文学创作的核心。

事实上,滕刚有不少作品尚未真正达到陈雄所论及的这个高度。倘若你熟知现代主义的发展历程和各大文学流派及其代表作品,会发现滕刚一旦站在诸位真神面前还相差甚远,有点杂耍的味道。我说这话,丝毫没有辱没滕刚的意思,正是因为他在我心目中的不可替代,才将他放在西方文学大师的队伍中进行比较。我何尝不希望他能够在里面谋得一席之地,甚至平起平坐。

对此,我不得不准确定位一下,于微型小说文体而言,滕刚不是开拓者,也不是建设者,而是探索者,凭一己之力把现代主义引进门,让大家看到微型小说在传统的写实和刻画人物形象之外,还存在另一种可能性。就像那个在非洲卖鞋的故事,之所以能够在某时某地引领风骚,除了聪颖过人,还有信息差的因素。至于那鞋的发明与制造技术,完全是另外一回事。即便如此,滕刚在圈内地位显赫,是公认的能够让大家瞬间安静下来的"切分音"。

一个作家的作品没有生命力,是可怕的。三十年以后,五十年以后,岁月倥偬,大浪淘沙,历史从不管劳什子主义和流派,只看作品质量。在我心目中,滕刚从未缺席前三甲。即使若干年以后有天才少年横空出世,打得一帮老家伙溃不成军,滕刚也跌不出前五之列。相对于芸芸众生,他的"个人履历""往事与词牌名""异乡人"三大系列匪夷所思,题材大胆,以对悖论的发现与书写拓展了微型小说的精神向度,直抵人类心理疾病和精神困境,在微型小说的大地上留下了难以湮灭的足迹。

我和滕刚只是在笔会上见过一面,平日里几乎无私下来往,但我还是得老实承认,滕刚对我的影响非同小可,尤其是《蝶恋花》《新微型小说》《百花凋零》等作品。

在《蝶恋花》里面,滕刚不厌其烦地重复描述冒汗、擦汗,揭示了现代人压抑、焦虑、恐惧的心理世界，表达了人性在各种力量压迫下的痛苦挣扎，以及因抗争不济而最终走向异化的过程。也许是囿于微型小说的篇幅，《蝶恋花》的故事情节主要通过人物对话来完成。奇妙的是，对话的内容具有双重功效，在"我"交代张三怎样勾引女人的同时，也完成了"我"和张三老婆如何出轨的来龙去脉。或者说，人生如戏，演着演着，不知不觉间制造了一个看似没有圈套的圈套。就文本而言，这属于典型的双线叙述结构。即"一写二"，一条叙事线索，两个被叙述的故事。体悟到这一点后，我灵机一动，暗想，如果同时"二写二"，两条叙事线索，各自叙述自己的故事，怎么玩？

这想法被搁置数年，成了心中的一块石头。直到有一天，我无意中听到马丁的民谣《你的生活》，一唱一念，男女讲述分手后各自的生活。听着听着，我突然有所顿悟，当晚创作了《推迟》一文。和《蝶恋花》一样，《推迟》有意选用了吸引大众眼球的男女情事为题材。

通过阅读滕刚的多本个人作品集，我发现他对《新微型小说》喜爱有加。

《新微型小说》本身的故事核非常简单：母亲和木匠偷情被女儿撞见，为掩盖丑恶行径，不惜将自己的亲生女儿杀人灭口。就这种地摊文学到处可见的下三烂题材，愣是被滕刚用新颖别致的叙事形式救活了。在作品中，滕刚一反正襟危坐的叙述口吻，以作者的身份在叙述中频繁地跳进跳出，拓展了整个小说的叙述空间。《新微型小说》不仅满纸炫技，而且在荒诞的笼罩之下，处处写实，细腻地透析出让人不寒而栗的人性之恶。特别是结尾一句得意扬扬的"我没有骗你吧"，让人读后哑然失笑，似乎面对一个狡黠又淘气的孩子，瞬间稀释了从脚心漫上来的惊悚与悲凉。我的《故事里的事》，就是来自滕刚这种叙事方式的启发。

文学其实很可怜，摆到读者面前的只有静默无声的文字，而不像影视音像那样活色生香。文字语言是作家唯一的武器。一个作家文字粗劣，等同于挥刀自宫，自毁神器。滕刚的作品，语言貌似不太讲究，甚至有些译文的粗糙痕迹。但《新微型小说》刷新了我对滕刚的认知。在该文的结尾处，滕刚写道："母亲双手伏在棺材上，木匠叔叔站在母亲的身后，像拉锯一样，来回拉。母亲的喘息像狗。母亲转身准备换个姿势，看见了站在月光下的小红。"这个白描式的场景描写含蓄温婉，肥而不腻，符合儿童观察的视角。我曾经用自己的语言复述多遍，发现增一字太多，减一字太少，一切恰到好处，精准质朴。

读滕刚的作品，常让我想起意大利小提琴演奏家帕格尼尼，想起他的《魔鬼的颤音》。和帕格尼尼一样，滕刚向来体弱多病，命运多舛，本应出世却身陷俗世，风格另类却才华横溢，对本专业领域发展有极大贡献却毁誉参半。

传说帕格尼尼将他的灵魂出卖给了魔鬼，以此换来他那高超的演技。他喜欢在月光下表演，身姿前仰后倾，犹如魔鬼的幻影，其拿手好戏是在表演的过程中故意把A、D、E三根琴弦依次拉断，仅靠G弦演奏出人世间最孤独的颤音。

附1：蝶恋花

文/滕刚

我四十六岁那年受朋友之托，照看他老婆。

男人对朋友的老婆都有过非分之想。这是人之常情。古人说："老婆人家的好，儿子自家的好。"我对张三的老婆向梅就一直有挥之不去的非分之想，以至于我每次看到向梅头上都会冒汗。但我绝不会做出对不起朋友的事。虽说张三远在哈尔滨，向梅常常在家独守空房，但张三不在家的时候我从没有去看过向梅。大禹治水三过家门而不入，我天天路过向梅家，却从没有进去过。这没有什么值得炫耀的。古人说："朋友妻，不可欺。"但是张三请我照看他老婆是我没有想到的。美国世贸大楼遭遇恐怖分子袭击的那天晚上，张三从哈尔滨给我打来电话，说他搞情人的事被他老婆发现了，他老婆最近神思恍惚，多次扬言自杀。他说："我真担心她一时想不开做出什么傻事。人有时候就是一念之差，可我不在她身边，请你无论如何帮我照看她，开导开导她。"

　　我每次去看向梅，向梅都声泪俱下地控诉张三的罪行，我头上、脸上总是不停地冒汗。我一冒汗向梅就起身去洗手间给我打毛巾。向梅对我不停地出汗也觉得奇怪，她说她从未见过这么爱出汗的人。后来我都不大想去看向梅了，原因很简单，我每次去看她她都哭，她一哭我就想搂住她，这样迟早要出事的，我绝不能做对不起朋友的事。有一天向梅突然问我能不能告诉她，张三是怎样把别的女人搞到手的。她说："在我看来这简直是不可能的事，这个问题我怎么也想不通。他有什么样的本事，能把别的女人搞到手？"我当然不会把男人的那点秘密告诉她，那样我就出卖了张三。但是向梅说："这个问题如果想不通，我会发疯的，你是他的朋友，你有责任告诉我。"见她说到这个分上，而且要发疯，我说："这很简单，只要下功夫，一个男人可以把任何一个女人弄到手。"向梅说："我不信，怎么可能呢？怎么下功夫呢？又不跟人家结婚，人家怎么可能跟他睡觉呢？要是我，一个男人不跟我结婚，要我跟他上床那是不可能的。"我说："这个说是说不清楚的。"向梅说："这有什么说不清楚的呢？比方说我就是张三搞的那个女人，你就是张三，你说说他是怎样把女人搞到手的。"我说："这个办法也好，这个办法容易把事情说清楚。"我说着就从口袋里掏出一块德芙巧克力给向梅。向梅脸色顿时绯红："你怎么知道我喜欢吃德芙巧克力？你怎么知道的？"我说："十一年前我第一次看到你和张三，你当时对他说，你只吃德芙巧克力，我就一直记在心里，我第一次来看你就带在身上了，但你是我朋友的老婆，我不能那么做，现在你要我揭露张三的秘密，我才拿出来的，为的是让你明白他们通常采用什么卑鄙手段勾引女人。"向梅眼里闪着泪花说："你对我太好了，太让我感动了，从没有人像你这样对我这么好。"见她黯然神伤，我说："他们就是这样，开始对女人下手的。"向梅如梦初醒："你是说，他们用一块巧克力就把女人骗到手了？不可能不可能。继续，继续，我看看你们还有什么招数。"我头上冒汗，向梅起身去打毛巾。向梅这回打来的是热毛巾。我说："我从不出汗，在女人面前从不紧张，但不知为什么，每次看到你我就紧张，就出汗。"向梅满脸绯红，说："你是因我而出汗？我又不好看凭什么让你出汗？"我说："我也说不清为什么。不过，一个女人能够让我这样的人出汗，足见这个女人的魅力了。"见她丧魂失魄，我说："他们就是这样，知道女人喜欢甜言蜜语，三言两语就把她们搞得晕头转向了。"向梅如梦初醒，说："你是说，他们用一块巧克力，一句甜言蜜语，就把女人搞到手了？不可能，不可能。你继续说，蛮有意思的，我倒要看看你们还有什么花招。"我说："不能说了，再说就出事了。"我跟跟跄跄出了门。这以后我很长时间没有去看向梅。游戏应该结束了，再这样下去迟早要出事的。有一天向梅把电话打到我单位，说："你怎么不来了，你只讲了一半，你不要自作多情的，你们的那点把戏根本骗不了我。"见她仍在这个问题上纠缠不清，我决定把张三的那点卑鄙伎俩全部告诉她。元旦那天晚上，我拎着一盒生日蛋糕去看向梅。向梅刚开门，我就说："祝你生日快乐。"向梅满脸绯红，热泪盈眶。她说："我都忘了自己的生日了，你怎么知道我的生日的？"我头上冒汗，她去拿毛巾。她这回拿来的是她自己的毛巾。她说："你对我太好了，从来没有人对我这么好过，有你关心我，我心满意足了。"她说着哭起来。我说："他们就是这样，一步步把女人逼到没有退路。"她还是哭。我紧张起来了，我说："向梅你醒醒，你可不能当真，是你要我讲给你听的。"向梅突然夺过我手中的毛巾边擦眼泪边说："不可能，不可能，你们靠这一两个花招，就把人家搞到手了？你继续说，我倒要看看，你们还有什么花招。"我说："下次再说。"就夺门而逃。我发誓再也不去了。我知道她已经不能自拔了。有一天向梅再次把电话打到我单位说："你再不讲清楚，我会发疯的。"美国攻打阿富汗的那天晚上我们这里下起了倾盆大雨，为了让向梅彻底明白张三是怎样把女人搞到手的，我去电大给向梅送伞。我故意站在雨中把全身淋湿。向梅从教室出来，看我像落汤鸡一样站在雨中，泪流满面："你怎么知道我在这里上课的？"我说："他们就是这样，知道女人心软，故意把身上淋湿，然后使她们束手就擒。"向梅说："你对我太好了，你太让我感动了，从没有人对我这么好过。"向梅到家后一直坐在床边发呆。见她魂不附体，我心生怜悯，一把把她搂在怀里。向梅起初闭着眼睛紧紧抱住我，我正要吻她她突然推开我说："不行，不行，这样不行。"我说："你这样做是对的，但我以后永远没脸见你了，你多保重。"我转身要走，她背靠门泪流满面地说："你留下来吧。"我正想把她往床上推，她已经仰倒在床上了。事毕，我蜷着腿耷拉着脑袋说："他们就是这样，把女人搞到了手。"向梅失声痛哭："你们男人没有一个好东西。"

虽然我现在看到向梅不出汗了，但我想到这件事就出汗。因为我知道，这种事要是让人知道了，就是在美国，也是丑闻。

附2：推迟

文/夏阳

吃过中饭，男人出门时，墙上的电子挂钟显示是一点半。女人浅笑着站在门边，看着他换鞋。男人换好鞋，在她的额头上啄了一下，算是告别。

男人住在老城区，下午要陪老板去参加一个教育设备投标说明会。男人是公司的普通职员，只能坐公交车。说明会两点半开始，地点设在新城区的市政府，时间还比较宽裕。男人坐上公交车后，掏出发言稿默读。因为过于专心，他多坐了两站后只好往回坐。

这个时段内，另一个男人悄悄溜进男人的家门，他刚出差回来，就急不可耐地想与情人幽会。大约是想制造些浪漫，女人止住心急火燎的情夫，两个人相拥进了浴室。这时墙上的挂钟显示是两点一刻。

男人下了公交车，穿过马路南行三百米，来到市政府大院，在门口作了登记，又问了一个人，寻到一栋办公楼。他按照资料上的指引，坐电梯上了七楼，推开会议室的大门，里面却空无一人。男人颇为惊愕，退了几步，才发现会议室的门上贴着通知，上面说说明会因故推迟。男人连忙掏出手机给公司老板打电话。老板说，我也是上午才得到消息，一忙起来就忘记告诉你了，要不你下午就在家休息吧，顺便把我们的材料再捋捋。

男人打电话时，他家里的好戏才刚刚开始，情夫抱着女人一丝不挂地从浴室里走出来，快到床边时，女人调皮地挠了挠情夫的胳肢窝，情夫双手一哆嗦，两个人笑着倒在了床上。床头柜上的闹钟正指向两点三刻。

男人挂了电话，感到有些遗憾。他没有任何想法，只想早点回家。男人上了公交车，在座位上低头看着手机，感觉身后有人在拍他的肩膀。男人扭头一看，原来是一个高中的女同学。女同学盛情地邀请他去喝咖啡。女同学向来名声不太好，也不是男人喜欢的那一款。"不了，我得回家。"男人头也不回地拒绝。身后立刻变得悄无声息。车到下一站时，女同学起身越过他，走到车门时，突然对他说："想知道说明会为什么推迟吗？"男人显然是吃惊了，仰起脸愣愣地看着她。女同学眨了眨眼睛，妩媚一笑，下车了。男人想起女同学的哥哥在市政府上班，还是一个不小的头头，便变得无法控制自己的脚步，尾随着女同学下车，转身进了一家咖啡馆。

男人家里的床戏还在继续，女人展现出不同凡响的贪婪，情夫一边亲吻她的肌肤，一边不时地瞅床边的闹钟。女人一把操起闹钟，向墙角扔去。

男人在女同学对面坐下，叫了两杯蓝山，然后掏出一支烟点着，瞄了两眼女同学。女同学伸出右手，比画了一个V字。男人立马会意，摸出一支烟欠身递过去。女同学拨开他的手，一把从他的嘴里把烟夺下，转而叼在自己的嘴上。顿时，猩红的嘴唇间，吞云吐雾。他只好挠了挠头，尴尬地点燃自己手里的烟。

这时，女人正在床上百媚千娇，莺声呖呖，情夫再也按捺不住，强行扳开女人的双手，进入她的身体。女人叫了一声，世界顿时风雨飘摇，可怜的床成了茫茫大海上的一叶孤舟。

男人耐住性子和女同学聊了一阵，聊到最后，他越发觉得这种聊天毫无意义。女同学也是来参加投标说明会的，晚男人一步，也是从市政府里面沮丧地出来，如此而已。她不能提供有价值的信息，却对他依然语气闪烁，目光炽热。男人感觉有些恶心，一杯咖啡喝完，礼貌地买了单。"不了，我得回家。"他再一次坚定地说。

男人家里的床戏已经到达高潮，却总是被女人蓄意推迟。女人不知道自己的老公已经踏上归程，而且离家越来越近。在男人离家还有一站路时，情夫的发动机终于停止了咆哮，山一样倒在女人的身上。世界顿时坍塌，静寂无声。情夫坐起身要穿衣服，却被女人一把拽住。女人依偎在男人的怀里，葱一般的手指在男人的胸脯上顺时针地画圈圈。"急什么，还早呢！"情夫只好平躺在床上，两只手拢着怀里的女人，眼睛却看着天花板，陷入无限的空茫之中。

公交车继续向前奔跑，在离家还不到半站路时，车胎意外爆了。乘客只好下车，骂骂咧咧。男人没有骂，离家只有几百米，步行回去就行。下了车，男人心情突然大好，脚步也变得格外轻盈。

当男人来到小区门口时，情夫再一次坐起身，开始穿衣服。这次，女人没有挽留，也跟着起身，到处找自己的内裤和胸罩。女人一把捡起墙角的闹钟，发现完好无损，便对情夫埋怨："急什么，才四点半，他六点钟才回来呢。"

在小区门口，男人瞥见一个乡下老表，蹬着一辆三轮车，一边走，一边吆喝："土猪肉嘞，石江山区正宗的走地猪，不土不要钱！"男人心里一动，他想起前天老家亲戚送来的冬笋。男人要了一斤肉，心里不大放心，盘问了好一会儿，又细细看了肉质，确定是土猪肉，才扫微信支付。情夫和女人穿好衣服，女人絮絮叨叨地嘴没有停，情夫不知道怎么有些心慌，说一些不痛不痒的话，然后起身离开。

男人付好了钱，却对那杆手秤心存疑虑，他转身踅进旁边一家士多店，约了约秤，还好，没有短斤少两。因为是熟客，士多店老板还和他寒暄了几句，就这样又耽误了一些工夫。

情夫下了楼，路过小区门口的士多店，他一眼就看到了那个熟悉的背影，正在和士多店老板吹嘘自己认识税务局的谁谁谁，他不敢停留，赶紧走出了小区大门，像几天没吃饭一样，猫着腰，两条腿直打晃。

男人没有敲门，而是用自带钥匙打开家门。女人正窝在沙发上看电视。女人听到门响，有点吃惊，马上一脸浅笑地迎上去，接过那一袋猪肉。"好香的猪肉啦，正好焖冬笋！"开心起来，又在男人脸上"啵"了一下。

很快，天色渐暗，屋子里飘满了冬笋焖五花肉的香味。城市的灯火也亮了，一格一格，星星点点，璀璨如海。

附3：新微型小说

文/滕刚

这篇微型小说的结尾是：农历正月十六凌晨，庄五发现孙女小红死在后院的茅坑。

我之所以一开始就把这篇小说的结尾告诉你，是想告诉你这篇微型小说不同于你以往读过的微型小说。是新微型小说。它一开始就把结尾告诉你，说明它没有出人意料的结尾。因此你在下面的阅读中不要有那种准备和期待。当然你也休想获得一看开头就猜到结尾从而对作者嗤之以鼻的满足。

马陀其实只是个过路的盐商。在即将走出沙漠的那天傍晚，马陀遭遇一伙沙漠劫匪的殴打和抢劫。一个好心的和尚用袈裟裹住马陀赤裸的身子，丢下几块铜圆便匆匆离去。手拿指南针走上盘山公路的马陀又一次迷了路。马陀在伸手不见五指的山路上走着走着，跌倒了，睡着了。马陀醒来时发现自己躺在一个三角形的草堆上，山民们正围着他跪在龟裂的盐碱地上。他的身边放着一个木盆，里面供着酒酿、馒头和山芋。马陀从山民们虔诚的目光中判断，自己被他们误作神灵了。饥寒交迫、末路穷途的马陀于是将错就错。在这个饱受自然灾害的美丽山庄，一个名叫马陀的禅师开始了他占卜算卦的生涯。从庄东到庄西，马陀的占测被一一应证。马陀的占测只有凶险没有吉利，只有灾难没有幸福。马陀像巨大的龙卷风盘旋在山庄上空，美丽的山庄从此乌云笼罩，风声鹤唳。农历正月初九，马陀站在草堆上指着庄五家的院子说，不出一个星期，庄五家就会死一个人。庄五家立即成为全庄关注的焦点。庄五家一共六口人，谁来承担和应验马陀的占测成了庄民们争论的话题。大家一致认为，庄五和庄老太凶多吉少。他们俩20世纪就开始咳嗽了，咳到现在都没有死。现在终于要死了，庄五和庄老太哪个先死呢？

我再一次告诉你，这篇微型小说的结尾是：农历正月十六凌晨，庄五发现孙女小红死在后院的茅坑。庄五和庄老太都没有死，我没有骗你，我没有那样的恶习，因为我正在写的是新微型小说，它没有出人意料的结尾。

太阳就要落山了。小红和小黑在院墙外面的树林里用石头垒假山。爷爷坐在水井旁咳嗽，奶奶躺在床上咳嗽，爸爸在牛棚里喂牛。一个木匠在后院用芦席搭的工棚里打棺材，母亲从工棚里把木匠用下来的木屑装到厨房生火。天很蓝，山很静，空中回荡着木匠的锯木声和爷爷的咳嗽声。

小黑问小红："你猜，爷爷死，还是奶奶死。"

小红说："奶奶死。"

小黑说："爷爷死。"

小红说："奶奶不能下床了。"

小黑说："爷爷咳出血了。"

小红突然推倒垒好的假山说："告诉你一件事，不要告诉任何人。"

小黑说："小狗才。"

小红说："不能说，说出来我会死的。"

小黑说："胡说，没有老怎么会死。"

小红说："我不说，我不说。"小红说着就往山下奔去，小黑追下山去。

你不要看到小黑追小红就想到是小红怎么死的。你甚至会猜测小红死亡与小黑有关。没有关系。实际上小红怎么死并不重要，只要她死了就行，只要她应验马陀的占测就行。我们没有必要制造另一个没有圈套的圈套。说实话，写到这个地方我是有点悔意的。如果我一开始不告诉你，是小红死了，你们怎么也不会想到是小红死了，你们看到结尾会大吃一惊、拍案叫绝，高呼作者万岁的。但我现在写的是新微型小说，我就不能留恋往日微型小说结尾被读者叹为观止的那种快感了。

农历正月十五，离马陀测算的日期还有一天，全庄人都沉浸在紧张、恐惧和兴奋之中。庄五早晨醒来发现自己还活着，既意外又担心。意外自己居然没死。担心自己不死，灾难会降到下一代身上。庄五到厢房一看，老伴也活着，更担心了。自从马陀的预言诞生，庄五的心里一直就很烦。木匠打棺材已经打了一个月了，还没有打好，都是上好的木料。自己则一直没有证实马陀的预言。离正月十六还有十几个小时。如果自己这期间还不死掉，这个灾难就可能降到儿孙身上。饱经风霜的经历告诉他，命运深不可测。这么一想，庄五趁人不注意就从后山投河自尽了。但是山民们把庄五救了上来，庄五被儿子锁进屋里。

月挂树梢。

小红从房间溜出来，蹑手蹑脚跑到后院。工棚门半掩着，小红走过去。母亲双手伏在棺材上，木匠叔叔站在母亲的身后，像拉锯一样，来回拉。母亲的喘息像狗。母亲转身准备换个姿势，看见了站在月光下的小红。

这篇微型小说的结尾是：农历正月十六凌晨，庄五发现孙女小红死在后院的茅坑。

我没有骗你吧。

附4：故事里的事

文/夏阳

有一天，朋友乔迁新居，他去帮忙。他穿得比较破，因为干的是粗活儿重活儿，回来时灰头灰脸，衣服上满是污渍。

他站在街边，向过往的出租车频频招手。每一辆车打他面前经过，先是减速，司机探出车窗瞥了他一眼，赶紧一踩油门跑了。他像个稻草人一样站了很久，最后耐不住，上了公交车。

我现在要讲的这个故事，就是发生在公交车上。故事完全属于虚构，你非要对号入座，我也没有办法。为了方便讲述，我还是继续用"他"作为主人公——

他上车没多久，一个胖胖的女售票员瞅了他几眼，急呼呼地嚷道，买票，买票，上车的同志请买票。说实话，他真没有听见，扛了一天的沙发冰箱，累得七倒八歪，眼冒金星。售票员喊了两遍，见他没反应，气咻咻地走到他跟前，提醒道，说你呢，耳朵聋了？他迷迷糊糊地站起来，问胖女售票员，你找我？胖女售票员说，瞧瞧，第一次进城吧？买票啦。他恍然大悟，掏出钱来，嘴里忙不迭地道歉。乘客们一脸鄙夷。

车上人不多，刚好满座。到了下一站，上来一个更胖的老太太。老太太逡巡了一番，径直走到他身边，用手指捅了捅他的胳膊，示意他让开。如果搁在平时，他真没有异议，但今天确实太累了，还有好几站路呢。他环视了一圈车内，到处是活蹦乱跳的年轻人，但他还是站起来了。老太太毫不客气地坐下，连一声谢谢都没有，仿佛这座位天生就是她的。

下车后，他心情很不好，在离家不远的路上，一不小心碰到一个人。还没等开口道歉，对方已经气势汹汹地吼道：瞎了你的狗眼！紧接着，对方撸起袖子要揍他。他连话都不敢说，赶紧溜了。

很显然，因为他今天穿得不太体面，从售票员到乘客再到路人，都把他当农民工或者社会闲杂人员看待。这身穿着，走路应该像贼一样，贴着墙根猫着腰屏声敛息，坐车应该低眉顺眼，心怀感恩地给每一个人主动让座。在大家眼里，这个城市本来就不属于他。他回到家，越想越窝火，越想越生气。

故事就此打住，好像不能算是一篇小说，充其量只是揭示了一个人人皆知的社会现象。所以，我还得编下去——

第二天，他弄了一辆三轮车，带着一个蜂窝煤炉子，出去卖包子。他专门蹲在他昨天下车的地方。他的早点，只卖给那条公交线路的乘客，还有走路趾高气扬的城里人。蹲了三天，那个胖女售票员像鱼一样向他游来了。他抑制住内心的狂喜，用便宜到让人匪夷所思的价钱，卖给了她一大兜包子。望着胖女售票员远去的背影，他得意地笑了。他在每一个包子里，都吐了一口浓痰。

事情当然不是这样的。我这样编故事，很不道德，有拿农民工开涮之嫌。他连帮人家搬一次家都累得不成人形，天生富贵命，怎么可能会去卖包子？

但是，他确实憋着一口气。他是个城里人，尽管不是特别有钱，但有一份体面的工作，生活得有滋有味。第二天，他精心打扮了一下自己，西装革履，金边眼镜，手里夹着一个昂贵的皮包，还喷了进口的香水。他特意去坐那趟公交车。坐了三个来回，终于遇到了那个胖女售票员。让他失落的是，胖女售票员压根没认出他来，只是脸上堆着笑，提醒别人给他让座。几个人立马站了起来，瞬间，他成了老弱病残孕。他感觉特没劲，赶紧下车溜了。下车后，他才意识到自己刚才忘了买票呢。

　　事情当然也不是这样的，我还是在编故事，他应该不会这么无聊的。当然，为了鞭笞所谓的人性，我还可以继续编下去，编得更有趣些。比如他下车后，心情低落，一不小心碰到一个壮汉，甚至就是昨天所碰到的那个人，还没等他开口，对方就开始道歉了。他嘴里骂骂咧咧，扬手要打人，对方吓得脸色煞白。

　　这样小儿科的重复回环，你不觉得很不真实吗？其实，我貌似还有一个结尾——

　　他作为一个集团公司的老总，在这件事上深受启发，召集各个部门开会，商讨如何善待农民工。有人认为当务之急的是改善就业环境，大幅度提高薪资。有人提出建几栋廉租楼，让他们有一个家，少一些漂泊感。有人建议盖一所学校，孩子的教育问题解决了，他们的心就安稳了。他一一点头同意，立马拍板划拨资金，安排专人负责去落实。

　　讲到这里，你肯定要质问，一个集团公司的老总，日理万机，怎么可能去帮人家搬家，然后站在马路上打的或者挤公交车呢？唉，我说过，这个故事一开始就是虚构的，是假的，为什么不能一路假到底，让生活充满一些阳光呢？

　　事实上，他就是一普通市民，心里愤愤不平地回到家，洗了个热水澡，换上干净衣服，心情又好了。以后，每次见到外来工，他有时也会斜眼而视，抱着戒备的心理躲得远远的。这是事实，你真不能说我在编故事。

电影是一束光

在江苏省中部，长江以北，有一个神奇的地方，叫里下河。

里下河不是一条河。因里运河简称里河，几乎与里河平行的十大盐场的串场河俗称下河，而介于这两条河道之间的平原地区，自古以来被称为里下河。里下河幅员辽阔，涉及扬州、泰州、南通、淮安、盐城等历史名城。这里地势低洼，湖荡相连，湿地遍布，以围垦耕种、水产养殖和渔业捕捞为主。里下河水网稠密，水运体系四通八达，属于南船北马的过渡地界，也是南北艺术交汇相融的风雅之地。

相对其他地域的文学流派，里下河的作家不太着力表现社会生活的复杂性和大变革，尤其面对控诉、揭露或呐喊等沉重压抑的宏大主题，似乎集体在有意回避。取而代之的是，他们更倾心于再现里下河火热的俗世生活图景，以及对传统文化和乡土世界细腻逼真的书写，从而表达他们对温良敦厚的眷恋与致敬。这里鱼虾肥美，水草丰茂，人们渔舟唱晚，民风淳朴。故此，里下河的散文创作历来繁盛，成就斐然，富有浓郁的地方特色。

即便是小说，也是一脉相承，凄婉忧伤，浪漫灵动，自始至终弥漫着湿润的水泽气息。以《大淖记事》荣获1981年全国优秀短篇小说作为始端，经过40年不遗余力地发展，里下河的文学创作早已遍地开花，蔚然成林，涌现了毕飞宇、朱辉、曹文轩、费振钟、庞余亮、顾坚、刘春龙等一大批标杆性的作家，让他们脚下的土地成为中国当代文学版图上影响深远的地域坐标。而坐标中的坐标，当属群星璀璨的兴化与高邮。这种文学现象，引起大众传媒和社会舆论的广泛关注，将他们命名为里下河作家群。

他们的领袖，无疑是被尊为作家中的作家，中国最后一位士大夫，来自高邮的汪曾祺先生。

无论是汪曾祺《受戒》里面小和尚明海和小英子天真无邪的朦胧爱情，还是毕飞宇《平原》中的厚重与难以割舍的乡土情结，以及朱辉通过《七层宝塔》与人性暗疾的对话……捧读这些作品，发现大多语言功底扎实，平淡素净之余，异常鲜活温婉，让读者很容易产生目击现场的恍惚感。盘点里下河作家群，活跃者还有北乔、小海、罗望子、刘仁前、鲁羊、庞羽、王大进、吴晨骏、费滢等一大批好手。这其中，当然包括淮安文学院的专业作家王往。

之所以说这么多，丝毫没有扯大旗给王往站台的意思。事实上，王往非等闲之辈，有着高雅的艺术素养、丰富的想象力和深厚的语言功底。王往不仅写诗，也写散文，数个中短篇小说上过《小说选刊》的头条和年终排行榜，还出版过诗集，举行过诗歌作品研讨会。在里下河作家群里面，王往绝对算是中坚力量。同时，王往在微型小说领域也是独树一帜，以平原诗意系列声名显赫。

我个人认为，关注里下河地域文化性格，了解里下河作家群成长的文化土壤，有助于我们更好地解读与评判王往。事实上，很多评论家在评价王往时，多为就文说文，平原诗意只见诗意，不见平原，彻底忽略了里下河这片土地对王往的孕育和滋养。

在古代，交通运输以漕运为主，京杭大运河被誉为中国南北交通大动脉，而盐是稀缺的生活必需品，贵如黄金。故此，我们不妨想象一下，里下河东边是盐场，中间是鱼米之乡，西边是运河，南通北达，左右逢源，这样的风水宝地，类似今天的高科技工业园，不仅多条高速公路围在家门口，而且还沿江近海。尤其是"十里长街市井连"的扬州和"壮丽东南第一州"的淮安，商贸往来发达，文化底蕴深厚，在里下河一南一北遥相呼应，堪称古代版的深圳特区。也就是说，里下河繁荣富庶发达，仿若一个远逝的王朝，在中国历史上光彩照人。

到了近代，随着交通运输工具的大换血，短途有公路，中途靠铁路，长途首选海运船舶，再加上中华人民共和国成立后盐场收为国有，工业文明在江南的苏锡常地区日新月异，使得里下河经济一落千丈，从国家层面的经济重镇逐渐衰败成江苏省的落后地区。摊开现在的交通地图，会发现无论是机场、港口，还是高铁、普铁、高速公路，与周边地区热火朝天的建设相比，里下河成了被遗忘的角落。

不是不明白，而是世界变化太快。社会大变革，摧枯拉朽，势不可挡，不仅对里下河的经济形成巨大冲击，也让这里的地方文化性格在潜移默化中随之改变。

首先是骨子里的淳朴。历经农耕文化上千年的熏陶，里下河人们勤劳朴实之余，继续秉承晴耕雨读的古训，性格散淡，怀旧好古，崇文重礼。

其次是思维上的僵化。独特的地理条件，比上不足比下有余的安逸生活，根深蒂固的封闭式思维，使得这片土地上的人们固守江河湖汊，耽于小富即安，缺乏探索的精神和闯荡的勇气。

最后是心态上的失衡。整天躺在历史功劳簿上，类似八旗子弟，到处充斥着怀旧与失落。一方面是祖上曾经阔着的阿Q精神，另一方面是现实不尽如人意的落寞与抱怨，以及两者相互碰撞所衍生出来的戾气。

王往的平原诗意，正是立足于里下河这片闭塞颓废而有过辉煌史的大地上，通过对日常生活自然真切地叙述，在逼仄与狭隘中点燃人性之光，以善良与亲和抵消怨恨和敌视。无论是儿童叙事，还是成人视角，王往善于在诗意的包裹下，赋予对人性的解读，以及对现实的批判。这种批判，有别于常规写作中以典型人物的面貌出现，而是对一个群体的形象批判。鲁迅对国民劣根性的批判，暴风骤雨，振聋发聩；王往的批判则是和风细雨润无声，充满着稀缺的温情，犹如一束光，徘徊在封闭落后的里下河上空，释放出一种深沉的爱。这爱里面，有忧伤，有缠绵，也有咏叹。

在微型小说界，地域性写作不胜枚举，但多流于地方风情的描写，抑或村筋俗骨的暴晒。王往的别出心裁，是在温情批判的基础上融入诗歌的语言形式、艺术形象和审美意蕴。这种融入，贵在了无痕迹，仿佛盐稀释于水，无色无相却韵味无穷。看山不是山，看水不是水，因为诗意的升华，王往的平原诗意系列跨越了里下河的时空，在文学意境上多收三五斗，更上一层楼。

综合来看，王往的诗意，并非虚无的镜花水月，抑或键盘上的无病呻吟，而是里下河泥土中绽放出的生活诗意。在王往的笔下，田野在日夜奔跑，河面上漂流着月光，水草疯狂娶妻生子，一切寻常乏味又琐屑不堪的生活，因为大胆的艺术想象，而重新焕发出迷人的星光。文学是对社会生活的一种"诗意的裁判"。王往正是通过精细的诗意叙事，表达了他对乡土世界和人性美好的深切迷恋。

王往有一个哥哥叫王海椿，也是微型小说界的知名作家。有趣的是，两兄弟出生于同一个家庭，在同一种文化氛围下长大，甚至人生某些打拼的经历也有相似之处，但在文学的叙事表达上却大相径庭。相比王往的现代与诗意，王海椿更执着于传统的书写，在古典的传奇中阐发人性的幽微之处，以中国文化的博大精深涤荡着读者的心灵，代表作有《雪画》《狐仙》《唐小虎的理想》《季哥的椅子》等。面对王氏兄弟的创作风格，我无端地想起顾城的诗作《一代人》。这首诗为大众所耳熟能详，堪称当代版的唐诗宋词：黑夜给了我黑色的眼睛，我却用它来寻找光明。细细品味，王海椿属于前半句，王往则属于后半句。

因为诗意，王往的语言隽永耐读，散发着独特的诗的质感。在实际教学中，谈及小说语言，我常拿他的《炊烟》开篇来举例：

在平原上，村庄都是一排排的，炊烟升起时，也是一排排的。

绿树掩映的村庄上空就有了竖排的古体诗。

炊烟是村庄的发丝，是亲人的手势。即便是一条狗，当黄昏来临，也知道抬起头，看着村庄上空的炊烟，略一愣神，向家的方向快步走去……

关于这段文字，杨晓敏老师的鉴赏水平让人信服。他评价道："这些平实而空灵的甚至有点儿怀旧的写意，加上句子本身的节奏美，会如期把读者直接吸引到即将展开的故事中去。作品的文学性是以语言为主要对象的审美方式，精美的叙述会为阅读带来奇特的趣味性。"

我喜欢把杨老师的评价转化为口语，告诉学生："一句'竖排的古体诗'，本是经验的省略，却似乎生动地立在眼前，让我们心甘情愿做'一条狗'，被作者引进村庄去看个究竟。这就是诗意的魅力，一字千金，让世俗本位升级为神性膜拜！"

还有一段，出自他的《油菜花》："她出城不久，就被大片的油菜花震慑了。它们太美了，美得肆无忌惮；它们太香了，香得叫人晕眩。一大片一大片啊，空气中荡漾着香气的炸药，要把她炸飞，要把她和春风混合在一起。"短短80个字，如假包换的诗歌语言，有意调动了视觉和嗅觉之间的切换，形象地描绘了三美——美丽的女孩，邂逅美丽的油菜花，产生的美丽心情。

这两段是王往小说语言的代表文字。其艺术特色在于诗歌意象的运用，很容易带入读者完成二度创作，场景画面历历在目，大有身临其境之感。同时，简洁洗练，寥寥数笔即生动传神，摒弃了笨拙的比喻句。

第一次慕名读王往的作品，是他的代表作《活着的手艺》。读后，我被里面所涉及的人性尊严与精神固守深深吸引。透过作品中的"木匠"，我清晰地感触到了文字背后的王往，洋溢着与生俱来的文学才华，在生活的窘境中精神明亮。我对这种艺术直觉深信不疑，以至于第一次见到王往本人时，我忍不住站在一旁反复打量他的言行举止，怎么看，都觉得文如其人，神形合一，他就是那个蹲在天桥下揽工并且骨子里满是执拗的小木匠，他就是活着的《活着的手艺》。

2010年6月，我创作了《春风沉醉的夜晚》，里面的叙事方式属于我个人独创。它来源于一次"不服气"。

杨晓敏老师在我面前夸过两次，说："王往的《风云散》写得好，1800字的篇幅，竟然写了六个人物。这六个人物都有自己的故事，又共同演绎着当下发生的事件……"这表扬让我心里颇不服气。我当时想，写六个人物算啥本事，说不定我可以一口气写十个八个，甚至更多。

但是，想归想，待到真正操作，我顿时傻眼了。1800字左右的篇幅，真往里面装十个八个人物，每个人物平均不到200字，且故事情节完整统一，人物性格鲜明，还得整点有意思的花花草草搁里面，这样一盘算，还真是无从下笔。

直到那年春天回故乡，和几个朋友站在赣江堤上吃甘蔗，说说笑笑。突然，我脑海里灵光一闪，一种新颖的叙事形式浮现在眼前：为什么不能像吃甘蔗一样，吃一节，扔一节，人物流水一般在某个事件中一闪而过，而且人物不设主角，全部轮岗？

一年多以后，也就是2011年10月21日，两岁的小悦悦在佛山广佛五金城相继遭两部小货车碾压。监控摄像头显示，七分钟内，有18名路人从小悦悦身边路过，均视而不见，漠然而去。小悦悦的悲惨事件在网上引起轩然大波，也无意中坚定了我对着该种叙事形式的信心。同一事件下不同人物的反应，而且人物过了就不再出现，自始至终保持一种底色——比如路人的冷漠麻木——这种底色，就是写作者想表达的作品主题。

《春风沉醉的夜晚》是郁达夫在1923年创作的一个短篇小说，2009年娄烨执导了一部同名电影，获得第62届戛纳电影节最佳编剧奖。虽然两者之间没有任何关系，但我打心眼里喜欢这个富有诗意的标题。

在微型小说版的《春风沉醉的夜晚》中，我把时间限定在从天黑到天亮的某个春夜，情感主线是"春风沉醉"，主题是都市男女在灯红酒绿里的自我迷失。2100字左右的篇幅，我安排了王小毛、李小娟、儿子强强、派出所所长赵大鹏、富婆刘莉莉、诗人周文杰、乡村女教师韩小兰和韩小兰的同学黄燕等八个人在"五节甘蔗"里面纷纷"一闪而过"。这"五节甘蔗"，其实是五个连环的故事，既独立，又完整；这八个人，有着八张不同的脸谱，个性鲜明，心中各有悲喜沉浮。

这篇作品写完后，我对王往的《风云散》，从"不服气"转为心生敬崇。这种自我加压的写作方式真不好受，我也只是偶尔为之。至于写得好不好，已经不重要了，反正王往老师点头说还凑合。

我必须老实交代一下，这篇作品的结尾模仿了曹德权老先生《窝子》的结尾。曹先生是四川人，为我所敬仰的前辈。尽管我和他未曾谋面，但在创作这篇作品时，曹老先生刚刚去世。为了纪念他，我有意在结尾部分对他的名作《窝子》进行了模仿。原文如下：

> 二妞轻轻抽泣起来。好久，她抹去眼泪，抓起乌炮，狠狠地对准那颗启明星一勾枪机。
>
> 嘎咚！
>
> 天空霎时大白。

2012年，王往的新作《看电影》公开发表后，我有幸读到，第一时间打电话告诉杨晓敏、秦俑、陈毓和芦芙荭等四位老师。我向他们兴奋地推介道，如果不出意外的话，本年度最好的作品已经诞生。

是的。好作品不用进行太多的解读，也不用附加太多的理由，读一遍，它就会像电击一样让你喜欢到骨子里去。在我心目中，以《看电影》《活着的手艺》《拾穗》《放水》《银匠》《渡船》《货郎》《花船》等篇什为首的平原诗意系列，是中国微型小说为数不多的纯文学艺术高峰。王往颇像金庸笔下的段誉，凌波微步，轻盈如水，其纯正的文学素养和动不动"神"一下的作品，历来让我心里犯怵。

心里有束光，眼里有片海——《看电影》表现的就是这个主题。这个主题，包括小柿子前后身份的转变，和意大利电影《天堂电影院》相差无几。而王往笔下的里下河，和《天堂电影院》中所描绘的意大利南部小镇姜卡尔多极为神似，封闭孤立，却无法在二战的大环境下独善其身。小镇的人们善良淳朴，既想走出去看世界，又瞻前顾后，患得患失。我还注意到，王往在《看电影》前半部分关于山村放电影的精彩描写，和张艺谋所拍的夏纳60周年纪念短片《每个人的电影》里面的场景如出一辙。当然，艺术是相通的，也许王往至今还没看过这两部电影呢。

提出问题不难，关键是解决问题。很多写作者欣喜对生活的发现，热切地奔波在揭露和控诉的高速公路上，却漠视给读者一个解决问题的办法——一条精神的出路。说一大堆春天，不如给人一个苹果。抱怨身处黑暗，不如提灯前行。在《看电影》中，王往显然是在用看电影得来的经验，去解决现实生活中的难题。"电影里都是这样的"，这种破解的方法看似有些幼稚，但搁置在一个孩子身上，就变得尤为可信，且目光坚定，意蕴深远。

一下白天一下黑夜就是电影时光。当世界暗下来，黑暗之中，那一束光仿佛来自遥远的星球，光柱中却飘浮着熟悉的微尘，让我们在别人的故事里，相遇卑微的自己，毫不吝啬地流着自己的眼泪。然而，当我们随着人流走出电影院，站在真实的大街上，是否意识到散场的电影并未结束，今后的生活由谁来导演？我们自己是导演吗？显然不是。

生活不是电影，生活比电影苦。

——这就是我照葫芦画瓢，以互文的形式，也写了一篇《看电影》的原因。并且有意借鉴了电影《花样年华》和《廊桥遗梦》里面的某些元素，向王往以及他的平原诗意系列致敬。

希望那一束光，也能给我们一条出路。

附1：风云散

文/王往

"风云散"这个小吃店，真是小，只能摆三张桌子，还不是圆桌不是方桌，是"火车座"，坐满了也就六个客人。好在常常客满，生意不错。店主在门前撑了一把太阳伞，伞下一张小方桌。

太阳伞下往往只坐着一个人：店主骆依然。一手夹烟，一手翻着晚报。不看报的时候，就看路对面的棕榈和芒果树。车来车往，全不在眼里，眼里只有树的影子。

店里忙碌的人，只一个——老公常子林，又做厨师又当服务员又当收银员，又招呼又赔笑又当采购员。忙的间隙，还会跑出来，对骆依然说，你呀，烟少抽些。骆依然把烟头朝着烟缸就要摁下去，笑笑，你去忙你的。老公一转身，骆依然又轻吸一口。牙齿白得像瓷器。红鼻子老卢，青眼圈刘雨桦，蚊子腿梁一伟，三个男人，盯上了黄昏后太阳伞下的这位少妇。不坐里头，要坐骆依然的小方桌边。骆依然说你们自己拿凳子去。男人们也不觉得服务不周，自己拿了凳子来坐下。叫了几个菜，自己提了几瓶啤酒。红鼻子老卢叫骆依然开啤酒，骆依然叫老公来开。刘雨桦说：男人开酒，我们不喝。骆依然说：不喝酒吃菜，我们家什么都是老公做，我什么都不会做。这当儿常子林已开了啤酒，进屋了。三个男人刚才都注意了常子林：不足三十，头发茂密，眉眼里还有小年轻的火花，比女主人至少要小三四岁；笑的时候，也是店小二一样谦和，不笑时那眼神却不好捉摸，有点像沉默的子弹。三个男人用眼神传递了一下紧张，赶忙又笑了，很有风度地叫骆依然来一杯。骆依然笑笑，摇头。三个男人就边喝边讲黄段子，骆依然也不脸红，有时还跟着笑。三个男人就很满足。

时间一长，三个男人就更放肆了。红鼻子老卢伸手去桌底下，搭上了骆依然的腿。骆依然说：老卢，是不是要吃红烧猪蹄……把你的手剁下！声音不大，落地有声。红鼻子老卢瞧瞧屋里说：开个玩笑开个玩笑。老卢是怕惊动男主人——那就不是玩笑了。

三个男人还是来，还是黄段子不断，但是动口不动手——不敢动。青眼圈刘雨桦问：骆依然，你们晚上住哪儿？骆依然指指屋里，住上头。原来就住隔板上，难怪店门边竖着一个梯子。红鼻子老卢叹气：唉，做小生意不容易的。蚊子腿梁一伟说：夫妻创业，共建家园啦！骆依然笑笑：睡哪儿不是睡觉。骆依然知道三个男人的心思：假装同情，让她红杏出墙。三个男人都分别约过她去某处，她一个也没答应。

这天，三个男人又带来一个男人，奔驰黄有贵。黄有贵是某公司高层干部，是这三个男人的朋友。奔驰黄有贵给了骆依然一张名片，话没多说，只向她要了手机号码，说改日请赏光喝咖啡。骆依然说万分荣幸。另三个人面面相觑，那意思是别装正经了，我们拿不下你，不信没人能拿下你。女人最终是爱财的。

没几天，奔驰黄有贵真的叫骆依然去喝咖啡了。骆依然真的去了。黄有贵说：你是个有品位的女人，有品位的女人就要过有品位的生活。骆依然说：你打算给我品位？黄有贵说：直说吧，我喜欢你，你要什么条件？骆依然说：你有什么条件？黄有贵说：三室二厅，一部好车，一年再给你十万，行吗？骆依然笑笑：黄总，谢谢你高看了我。我要告诉你，这一切我都有过，而且比你说的要有品位得多，而且是在十年前……后来我进了监狱，就什么也没有了。至于为什么进监狱，恕不奉告。

黄有贵啊了一声，坐了下去，听他们三个说，你那老公……很一般，怎么回事？骆依然说：他也是进过监狱的，当过黑社会的小头头儿。我们同时出狱的，是在出狱回家的火车上认识的。当时，我们互相瞒着。回家后几个月，他先跟我说了他的经历。我比他大几岁，他说我们还论年龄干吗，有些人一辈子就是一辈子，有些人一辈子活了别人几辈子的经历了。我们什么都有过，也什么都还会有。

黄有贵说：那么，你今天来……

骆依然说：来喝咖啡呀！黄总，你说的品位我也想有，可是我知道一个人什么都想有就会什么都没有。你说呢？

黄有贵说：对不起，骆依然，这实在是一个恶作剧。是他们叫我来试探你的。

骆依然也笑：黄总，我也是来试探你的。如果我没记错的话，你也进过监狱，只是比我早一年。犯事前，你是公司老总，我是另一个公司的业务员，因为业务上的事我找过你，你帮了我大忙，我一直记得你……可惜，后来，我走上了歧路。黄总，你出狱后又有了成功的事业，我佩服你，也愿你能够珍惜。

骆依然说话时，黄有贵不断地说是吗是吗，像在梦里。

后来，黄有贵、红鼻子老卢、青眼圈刘雨桦、蚊子腿梁一伟四个人在"风云散"聚了一次，桌子还是拼起来的。等菜全做好了，才开席，因为老公常子林也加入了。那天，酒喝得不多不少，只是常子林喝多了点儿。常子林大着舌头说：各位兄弟，你们不知道，别看依然什么都不会做，没有她，"风云散"就真的散了。

附2：春风沉醉的夜晚

文/夏阳

期末考试，强强考了个全班倒数第一名。

做父亲的王小毛气坏了，抄起鸡毛掸子将儿子猛揍了一顿。李小娟心疼儿子，指着老公的鼻子数落道，你平日里花天酒地，啥时候关心和辅导过儿子的功课？儿子考得再差，也是基因不好。你以前读书吃鸭蛋还少啊……

王小毛怒不可遏，抡起巴掌冲了上去。两人扭打成一团。

战斗结束时，天已经黑了。一地碎盘子烂碗中，李小娟披头散发，摔门而出。李小娟在胡同口哭啼了一阵，擦了擦眼泪，从包里掏出手机，给赵大鹏打了个电话。

街上，春风满地。霓虹灯，星星点点地亮了。

李小娟拦下一辆的士，刚刚坐进去，儿子强强仿佛从地底下冒出来似的，拽着车门说，妈，我错了，我以后一定用功学习。

李小娟忍了半天，眼泪还是流了下来。在牵着儿子回家的路上，她又给赵大鹏打了个电话。

赵大鹏接到李小娟的第一个电话时，正在外面喝酒。当年的校花主动打电话给自己，言语暧昧，他没有理由不心花怒放。赵大鹏激动地对李小娟说，那我们就在酒店开个房叙叙旧吧。

赵大鹏接到李小娟的第二个电话时，心情沮丧。前后才十多分钟，李小娟又回到了以前的冷若冰霜。更要命的是，今晚有家不能回了。他刚刚在电话里向妻子请过假，说右眼皮跳得厉害，担心今晚会有紧急情况，想回所里看看。

妻子不敢不答应。赵大鹏本来是市局的一名普通工作人员，到处烧香拜佛，费了姥姥劲，才挪到了这个郊区派出所所长的位置，到现在屁股还没坐热呢。

赵大鹏的车，随着车流在市区四处转悠。经过自家小区门口，赵大鹏望着16楼那个灯火温馨的窗口，心中对李小娟非常恼怒，狗日的，放我鸽子，害得老子现在有家难归。他也想过找个借口进去，但转念一想，算了，歪打正着，岂能白白浪费。

赵大鹏掏出手机，想了想，拨给了刘莉莉。刘莉莉是个富婆，颇有几分姿色，在赵大鹏辖区内开了两家公司。赵大鹏先用暗号问，材料整理好了吗？刘莉莉在电话那端娇声娇气地说，好了。赵大鹏笑了，说，我想在材料上签字。刘莉莉说，讨厌，周末你不在家里陪老婆，对我签啥字？赵大鹏收起自己的嬉皮笑脸，认真地说，想你，现在。电话那端沉默了几秒钟，说，那老地方吧，我开好房等你。

刘莉莉在皇冠大酒店开好房，左等右等，却没等来赵大鹏。赵大鹏在电话里一个劲地表示抱歉，说所里临时有情况云云。赵大鹏真没有撒谎。他在去酒店的路上，经过自己辖区时，心急火燎，黑灯瞎火中把一辆摩托车撞了。那骑摩托车的，满脸是血，见是警察，惊慌失措，一骨碌儿爬起来扭头就跑。赵大鹏顿时感觉不对劲，撒腿追了上去，把那家伙带回所里。一核查，原来是个全国通缉的潜逃犯。赵大鹏立大功了。几天后，他面对新闻媒体侃侃而谈：为了抓捕这个潜逃犯，我放弃了周末节假日和亲人团聚的机会，加班加点，蹲伏了一个来月。

被赵大鹏撂在酒店里的刘莉莉，也不想回家了。那个家，早已名存实亡。刘莉莉沐浴完，穿了件性感的睡衣，端着高脚红酒杯，软绵绵地站在28楼巨大的落地玻璃窗前，望着脚底下的万家灯火沉醉在一片春风里，倍感孤独。

刘莉莉喝了两杯红酒，给诗人周文杰发了个短信：皇冠2808房，速来。

诗人周文杰，名气不小，但和大部分诗人一样穷困潦倒。刘莉莉私底下很喜欢诗歌，拜读过周文杰的所有作品，非常仰慕他的才华。当然，这些都是刘莉莉个人的秘密。刘莉莉知道诗人不能宠，一宠，就忘了自己姓什么。刘莉莉每个月付给周文杰不菲的薪水，让他主编公司可有可无的内刊，算是间接把他包养了。

周文杰接到刘莉莉的短信，恰好是凌晨一点。这时，他正和女友韩小兰厮守在一起。韩小兰是个乡村女教师，平时住校。今天周末，上完课，挤上开往城里的公交车。等她看到站牌下那个心爱的人影时，城市已经是灯火如海，晚上八点多了。两个人在外面吃完饭，逛了两家超市，采购了一大堆日用品。回到出租房，韩小兰洗了周文杰积攒了两个礼拜的衣服鞋袜，满满两大桶，可把她累坏了。一身汗淋淋的韩小兰进到洗手间，反锁上玻璃门，开始冲凉。稀里哗啦的水声中，周文杰穿个裤衩，躺在床上吸烟，瞅着那个朦胧的胴体，满怀期待。就在这时，刘莉莉的短信来了。

周文杰从床上蹦了起来，快速穿好衣服，拍着玻璃门说，公司出事了，我得马上去一趟，今晚估计是回不来了。走到门口，他又踅回来，继续拍着玻璃门说，是两个同事在外面喝酒跟人家打架，现在闹到派出所去了，我不出面摆不平。

韩小兰双手满是泡沫，正在洗头，扬起脸还没来得及应一句，就听见周文杰急匆匆下楼的脚步声。韩小兰双手在头上停顿了一下，转而机械地搓了起来。

韩小兰冲凉后，躺在床上抱着个枕头，怎么也睡不着。她给周文杰发了个短信：注意安全，早点回来。韩小兰端着个手机，在黑暗里等了半天，也不见任何回复。

百无聊赖。

韩小兰信手翻阅手机里面的通讯录，当看到"黄燕"这个名字时，轻轻地笑了。电话那端很吵，黄燕大着嗓门吼道，我正在东门吃夜宵呢，你赶快过来，我们俩好好喝几杯。

半个小时后，韩小兰打的赶到东门夜市，见到黄燕，异常激动。两个人紧紧地拥抱在一起。老同学，三年没见面，是得好好喝几杯庆祝一下。黄燕的几个朋友在一旁起哄。

喝。

喝了多少，不知道。喝到什么时候散场，也不知道。

等到韩小兰有点知觉时，迷迷糊糊中，发现身上正压着一个陌生的男人。那男人喘着粗气，正在剥她的内裤。韩小兰立马清醒过来，愤怒地挣扎，同时失声尖叫，NO!

窗外，天唰地亮了。

附3：看电影

文/王往

电影是一束光。

在乡村的夜晚，这束带着奇迹的光让黑暗生动起来，让贫穷富有起来，让寂寞欢腾起来。

等一等，天还没有黑，夕阳还没有收起光线的织布机，让我们先说说放映之前的事情。首先是两个放映员出场了。放映机在自行车后座上，胶片在车杠下吊着的帆布袋里。他们俩衣着整洁，神采飞扬，红里透白的脸上带着几分热情几分傲慢。对于大人来说，这是一份吃香喝辣的职业，村干部将借此机会来一顿正大光明的公款吃喝，孩子们不关心这些，对于孩子来说他们是英雄，是神奇的信使。他们跟在放映员后面不停地问，今晚放什么片子？放映员在孩子们面前不摆架子，干干脆脆地告诉他们片名。有些孩子急不可待地回去了，他们要催大人早点儿做饭，早吃了早来占着前面的位置。有些孩子好奇心重，不着急回去吃饭，他们要看放映员埋好两根竹竿，将银幕缓缓拉上。村干部催着放映员洗手吃饭了，他们还在看着空空的银幕，猜想着那束光投射在上面将会出现什么。

有电影的夜晚，孩子们吃饭是潦草的。最怕的是发电机突然响起来，他们会毫不犹豫地丢下碗筷，搬个凳子就跑了，嘴角上粘着的饭粒，鼻子上地粘着玉米渣都顾不上擦一下。

银幕前的人越来越多了，放映员和村干部打着饱嗝出来了，电影开始放映了！

是的，电影是一束光。当它投射到银幕上时，世界也就投射到了银幕上。

人们从电影上知道了村庄之外的另一些村庄，国家之外的另一些国家。在另一些村庄里，人们劳作之余可以喝咖啡而不是喝水，在另一些国家，人们庆贺胜利时就在大街上接吻。当然，人们也知道了世界上还有比自己生活得更差的地方，有些地方还有奴隶，有些地方战火不断。

人们全神贯注于银幕，忘了白天曾经和邻居为了一只鸡而大吵大骂，忘了家里的粮食可能支撑不到明天晚上。电影，将人们带到了一个梦里。

孩子们更专注于对情节的猜测。看到头戴贝雷帽、手夹香烟的女人，他们就嚷起来，"特务！"果然那个女人很快化装成了特务；紧张的音乐响起，树木一动不动，他们立刻断定"鬼子来了！"果然，随着几把刺刀闪现，日本兵猫着腰走向了八路军躲藏的柴垛……

在这些孩子中，有一个叫小柿子的好奇心最重，他总想弄明白电影是怎么做成的。看一会儿电影，他就扭头朝放映机看去，他不明白那束光和胶片之间有什么关系，为什么一束光就能带来一个故事。这些故事让他欢笑，让他流泪，让他对村外的世界充满了好奇。

有一天晚上，电影散了，小柿子没有回家，和几个小伙伴模仿着电影里的故事，玩打土匪的游戏。他拿着木头枪，走进树丛，搜查"土匪"。没走几步，就看到两个抱着接吻的人，男的是村里的欧亚，女的是葡萄，他的大姐。他悄悄退了出来。

就在小柿子回到路上时，看到了他的父母拿着棍棒过来了。

父母看到了小柿子，问他看到大姐葡萄没有，看到欧亚没有。

小柿摇摇头。小柿子从电影里知道，要是一男一女愿意在一块儿，一定是他们互相喜欢了。电影里，如果男的是坏人，他抱着女的，女的一定会打他，叫喊。大姐葡萄没有打欧亚，一定是喜欢欧亚的。他不愿意出卖他们。

又一天晚上，他去小河边捉萤火虫，听见一个女的在哭。他走过去一看，是大姐葡萄。葡萄不哭了，站起来，将一根绳子甩到了树杈上，踮起脚，打了一个扣子。

小柿子赶忙扑向葡萄。

小柿子说："大姐，你可以叫欧亚带你走啊，走得远远的。"

小柿子又说："电影里都是这样的，家里不同意男的和女的在一块儿，就可以去远方。"

葡萄把他紧紧地搂在胸前。葡萄说："小弟，你真聪明。"

……

多年以后，上高中的小柿子正为一笔学费发愁时，葡萄和欧亚带着孩子来了，葡萄给了小柿子一笔钱，对孩子说："你喜欢看电影，叫小舅带你去吧。"小柿子对孩子说："走，小舅带你去看电影。"

后来，小柿子进了电影学院，有机会了解了电影制作的一些程序。

"电影是什么？"

几乎每一位老师都在首次开讲时进行这样的设问，然后从所授专业的角度给出大同小异的答案。

电影是什么呢？

窗帘拉上，书写板上方垂下了银幕，教室进入了黑暗。

电影是一束光。

小柿子在心里说。

附4：看电影

文/夏阳

电影是《花样年华》，王家卫拍的。

一个周末的夜晚，天上飘着细雨，他和她去了电影院。去时，各执一份当天的晚报，一前一后，没有牵手。

电影讲述的是一段婚外情的故事，由梁朝伟和张曼玉主演，风格颇为压抑与沉重。不合时宜的是，大闷热的天，男男女女搂抱在一起，像一对对冻得瑟瑟发抖的北极熊。只有他们俩毕恭毕敬，目不转睛地盯着银幕，全然不顾周边那些异样的啃嗜声。他确实看进去了，全身心地投入。影片中张曼玉所演绎的苏丽珍风情万种，喜、怒、哀、乐等各种神态在她脸上季节分明，尤其是那二十九款旗袍，从艳丽性感到铅华洗净的一路蜕变，让他内心禁不住喟叹，美好的年华，糟糕的爱情。

最后，他哭了。当梁朝伟演绎的周慕云远走吴哥窟，在异乡的废墟中抱着一个树洞倾诉自己的隐秘时，他鼻子一酸，眼泪止不住哗哗地流了下来，直至滂沱如雨，鼻翼翕动。他分明看见自己在过去那些暗影中的卑微和无助，以及内心深处的委屈。他哭得有些失态。身边一直默默无语的她，用胳膊肘轻轻捅了他两下，及时递过来一叠纸巾。

电影结束，他们走在人流中，一前一后，还是没有牵手。夜空依旧飘着细雨，都市的霓虹灯在身后不停地闪烁，远远近近，宛若一幕童话的背景。那一刻，他们本应该十指相扣，肩并肩站在午夜的街头，一起抬头看月亮，看天荒地老。可是，他们没有。一场电影结束，便再无联系。说起来挺遗憾的，这是他们各自的第一次相亲，回复媒人的话却颇为相同：我们真不合适。

十年后，他们却躺在一张床上。当然，各有家室，日子过得半死不活。他们惊讶地发现，兜兜转转一大圈后，原来最初的风景才是最美的，最开始扔掉的那个玉米棒棒才是最大的。他们彼此深爱着对方，经常厮守在酒店的客房里，像两条鱼一样缠在一起，如胶似漆。有一次，她气喘吁吁之后，问他，你爱我吗？

爱！

她停顿了一下，鼓足勇气说，爱我，就娶我吧。我想要名分，想踏踏实实做你的女人，上帝对我们开的玩笑太大了。

他半靠在床头，把她搂在怀里，默默地吸烟，半天，若有所思地问，当年相亲，你为什么没有相中我？

她在他怀里拱了一下，换了一个更舒服的姿势，她说，说了你可不准骂我，我们相亲后，我把这件事当笑话对很多姐妹说过，说姐活得太失败了，和一个男的在电影院相亲，姐貌美如花，但人家只盯着电影里的张曼玉看得聚精会神，把姐彻底撂一旁，最要命的是他还稀里哗啦地哭了，擦了我一大堆的纸巾。

　　他忍不住轻轻笑了一下，说，我们想法类似，只是方向反了。我当时想，这么经典的电影都看不进去，一点艺术细胞都没有，以后日子还怎么过？说完，他扭转头，神情悲郁地望着黑漆漆的窗外。其实，窗外晴日朗朗，市声依旧，只是被厚厚的窗帘遮挡了。他继续感叹道，上帝对我们好过，是我们自己错过了。电影《廊桥遗梦》里面有一句台词，说在一个充满混沌不清的宇宙中，这样明确的爱只会出现一次，不论你活几生几世，以后再也不会再现。

　　她把他搂得更紧了，生怕自己一松手，他就会飞走。她说，其实，我也想过未来，远走高飞，可是很难。

　　是很难。我也想过。我们上有老下有小，都快中年了。唉，回不去了。

　　说着说着，他觉得无比伤感，不由想起第一次相亲时看的那场电影《花样年华》。他说，我们只是看过一场电影，却用了大半生去演它。而且，还不如电影里演的。

　　为什么？

　　因为在《花样年华》里面，他们什么都没有做，实际上什么都做了。而我们，什么都做了，实际上什么都没有做。一切挣扎都是徒劳，一切注定是个秘密，只能放进树洞里。

　　她听了泪流满面。

以笑的方式哭

刘国芳老师，1984年开始写微型小说，至今笔耕不辍，作品数量超过三千篇。作为微型小说专业户，他先后当选省政协委员和地级市作协主席，这在全国还真不多见。

刘老师是江西省抚州市人，与我故乡丰城市接壤，两市区相隔60公里。因为地域相近，笔下人文环境和社会风情极为相似，我对他天生多了一份亲昵感，阅读方面自然绕不开他的作品。

刘老师的微型小说，深受唐诗宋词的熏陶，轻灵飘逸，温婉含蓄，善于把传统美学、现代意象和人文情怀糅合在一起，营造一种唯美至纯的艺术境界去触动读者内心的柔软。业界常用"诗情画意"来概括他的艺术特色：诗，清丽绮美的文学语言；情，纯真烂漫的写作情感；画，富有画面感的故事场景；意，耐人寻味的思想意境。

在叙述结构上，"重复"是刘老师惯用的叙事形式，几乎到了炉火纯青的地步。他的代表作，主要有《风铃》《月亮船》《黑蝴蝶》《河边种薯》《诱惑》《向往阳台》等。但我个人比较偏爱《1963年过年》，认为这是微型小说史上的经典之作。

1963年是什么意思？为什么非要着意强调这个年份？

这是开启全文阅读的一把钥匙，也是写作者的匠心所在。众所周知，1963年乃新中国三年困难时期结束后的第一年，百业凋零，民不聊生，属于一个特殊的时间拐点。这样的历史时刻，犹如洪水刚刚退去，大地疮痍，可供写作的素材太多了。《1963年过年》的高明之处，没有苦大仇深，满纸是泪，而是以"过年"作为切入点，隐而不发，凭喜庆稀释愁苦，借温情慰藉伤痛。在短短1600字的篇幅里，因为家庭的担当，"男人"千百次打碎自己，用疼痛照路，在给千家万户送去微弱之光的同时，也照耀着自己对生活美好的憧憬。

感谢上苍的赐予，几乎在同一时间，我有幸听到民谣歌手白水的音乐作品《庆符镇》。作品以悠扬的吉他和空旷的箫声为背景，一个老婆婆用川南方言讲述她在这座小镇的故事，一辈子无儿无女，孤单无靠，生活拮据。故事时断时续，声音时隐时现，零零碎碎的独白中，爽朗的笑声随地飞溅，惊艳了天井上空缱绻的白云苍狗。

越是个体的记录，越有存世价值。每个人都是一个鲜活的生命，背后藏着一大串令人动容的故事，生存的压力，人生的艰辛，无数喜悦与苍凉突如其来，裹挟着我们一路泥泞前行，跌跌撞撞，直至化成火葬场上空的一缕青烟。因为经过，所以懂得；因为懂得，所以慈悲。和庆符镇的那位老婆婆一样，经过大灾大难大悲大喜的洗礼，早已生死看淡，通透若光。

多年以后，如果有机会和他面对面聊起尘封的往事，你会惊讶地发现，生命细细的，含着阳光，全然没有当初那些刻骨铭心的痛恨，咬牙切齿的诅咒。相反，他像个胜利者，满脸微笑，像讲别人的故事那般平和淡然。平和淡然，是劫后余生的大彻大悟。放下心中的屠刀，和世界达成和解，深怀佛门的出世，也兼具道家的淡泊，更是人至中年在苦难的泥泞中绽放出来的韶光淑气。

苦难中的微笑——因为《庆符镇》里面笑声飞扬的神助，我对《1963年过年》背后的疼痛有了新的认知。这些认知如鲠在喉，令我不吐不快，于是当即通宵达旦草就了《扒火车》一文。

路是大地一道难愈的伤痕，人生的每一步都隐隐作痛。

初次阅读《1963年过年》，对于里面的家庭担当，我的脑海里无端地冒出一句心灵鸡汤，"有时生活给你苦难，是在铺垫浪漫"。这是该作品从苦难上升至微笑的文本核心。故此，在构思《扒火车》时，我突发奇想，为什么不能把"男人"回家改为出门，改为"生活看似浪漫，实则源于苦难"？这种灵光，引领我凭借儿时依稀的记忆，对父辈走村串户鸡毛换糖等一大堆素材进行优选，再融入故乡地域特色，炮制出一对贫贱的小夫妻、妻子送丈夫去扒火车卖米糖的故事。

过年，对于中国人的意义非同小可。和刘老师一样，我也借用"过年"作为切入点，以此牵动读者内心某种异样的情愫。刘老师采用了第三人称的上帝视角，为减少雷同感，加强作品的真实度，我有意选取"我父亲""我母亲"作为叙述视角。这种叙述视角介乎第一人称和第三人称之间，在一定的前提下，既可兼顾全知全能式的叙述，又饱含文字情感的温度。无可讳言，这是我在观看张艺谋执导的电影《我的父亲母亲》所感悟到的。该电影改编自久居广州的东北作家鲍十的同名小说。

因为喜欢，所以模仿。向《1963年过年》偷师学艺，本是我一人之乐，没想到数年之后，山东女作家高沧海步我后尘，因《扒火车》而写出了《冬夜》。的确，小说创作是有所继承的，后浪推前浪，推陈出新，在汲取前辈的经验上闪转腾挪，极尽穷奇之趣，这是写作者的快乐，也是圈内公开的秘密。

《冬夜》一经发表，便赢得诸多好评，先后被《小小说选刊》《微型小说选刊》等刊物转载，还荣获了2016年全国小小说佳作奖。关于《冬夜》的孵化过程，高沧海后来专门写了《读书与借鉴》一文，坦言灵感来自我的《扒火车》。作为写作者，作品能够收到这样的回响，还真是莫大的幸福与荣耀。

实际上，我算是《冬夜》的第一读者。当年，我作为郑州小小说培训班的辅导老师，手下为数不多的学员里面就有高沧海。她是那一届的佼佼者，语言功底扎实，文学素养纯正，这在《冬夜》中已经显山露水。《冬夜》初稿完成后，她第一时间发给了我。我读后赞不绝口，鼓励她大胆往外投稿，并说，很多天资平庸的作者，一辈子也恐怕写不出一篇《冬夜》，但你不一样，还有大把上升的空间。我的意思很委婉，作品的确不错，尤其是生活细节的铺陈与结尾的精妙，给我留下了深刻的印象，但感觉离经典尚有一段差距。

我不知道高沧海有没有认真想过，为什么《冬夜》只是一篇佳作，而非经典？

今天重读《冬夜》，完全印证了我当初的艺术直觉。归纳一下，我个人认为主要存在一瑕疵一缺陷——

瑕疵方面，是年份的选择。在《读书与借鉴》中，高沧海是这样阐述的：

> 我也不知道要把这份穷安放到哪个年代合适，于是干脆就直接引用了夏阳老师文中的1977年。我相信夏阳老师设置在1977年是有把握的，是经得起话语权考量和挑剔的，他是一位认真的负责的作家。《冬夜》发表后，我在一些评论中看到，1977年是中国改革开放的前夕，是时代的分水岭，冬夜的黑暗之后，将是充满希望的春天。

这段话与其说是阐述缘由，还不如说是供认状，无意之中出卖了自己的懒惰行为和对历史的糊涂。1977年是什么历史背景？它经历了一轮又一轮打倒土豪劣绅和全民公社化的政治运动后，中国大地上还存在康麻子这样的大户人家，实在是匪夷所思。退一步讲，即使现实生活中真的硕果仅存，那在文学世界里也行不通，典型的小说情节失真。读者在实际阅读中，不一定会深究细研，却总是隐隐感觉有些不对劲。

如何修改？我个人认为应该把故事背景挪到中华人民共和国成立前，让旧社会去背这黑锅。倘若非要寻找某个特殊的时间拐点，在作品内部爆发出更大的艺术张力，那么"第二天，全国解放了"再合适不过。

缺陷方面，是指作品思想境界的浅尝辄止。《扒火车》对《1963年过年》的继承，主要是根植苦难中的微笑与温暖，眼泪在眼眶里打转却保持微笑，在苦难的伴随下坚强地活着。而《冬夜》则相反，自始至终在哭着讲故事，涕泗滂沱，讲苦难对生活的破坏力，直至对命运缴械投降为止。结尾虽震撼，但文学意义不大，更像是某篇长小说的局部。

同样是在《读书与借鉴》中，作者有一段话将这种写作的"小家子气"暴露无遗："当时的想法是，夏阳老师写穷，我也写穷，写穷谁不会，我甚至可以赛着法儿地写穷，写得比《扒火车》中的人物还穷三分。于是《冬夜》里爹和娘这两个穷困潦倒的人物就这样最先出场了。"

唉，日子过得好好的，斗啥穷呢？又不是耍凡尔赛体，躺在别墅里啃窝窝头晒朋友圈。笑。很显然，争"穷"好胜挫矮了《冬夜》的艺术高度。当然高沧海对此也解释道："写穷的同时，还要赋予这个穷一个情怀和境界，也就是志识其身。夏阳老师在《扒火车》里，设置了一个向车厢里扔馒头的老人，我在《冬夜》里设置了三姐这个人物，为了全家人的温饱，为了爹妈以及幼弟，她毅然舍弃了自己的爱情，嫁给了跟她爹年纪差不多大的康麻子，1977年那冬夜的凛冽，她留给了自己。"

这种解释多少有些自圆其说。我们从中只读到了命运的凛冽与无奈，以及父母人性的沦丧和爱的荒芜。在《冬夜》里面，到处漆黑一片，没有亮光，没有抗争，没有寒夜里那盏灯微弱而温暖地升起。《冬夜》类似日本作家川端康成《父母心》的反面，生不逢时，欲哭无泪。

这让我想起当下众多电视娱乐选秀节目。当评委问参赛选手为什么要来这个舞台时，答案多半是一段苦难生活的讲述，比如为了弟弟妹妹读书，或者爷爷奶奶无钱看病，或者屡遭挫折为了证明自己。假如在讲述时，大同小异的苦难故事，一个笑着却满含泪水，另一个痛哭流涕抱怨命运不公，请问作为电视机前的观众，哪一个更能打动你？答案不言而喻。

写作也是某种程度的讲述，隐忍节制，以笑的方式哭，相对一把鼻涕一把泪，更容易感染读者。作家的使命不是发泄，不是控诉或者揭露，更不是扩大苦难，他应该向人们展示高尚，每个微笑的背后，都是一个咬紧牙关的灵魂。生活，只要慢慢活，就意味着存有希望。作家应该用超然的目光看待世界，对卑微赋予更多的同情与悲悯，给真善美一条精神出路，而不是廉价地乞讨同情，以及生不如死的绝望。读者也不容易，生活到处是真苦难，假欢喜，当他们在捧读文学时，早已无法忍受太多的真实，他们要的是力量，活下去的勇气与生命的尊严。

综合而言，《1963年过年》文笔老到，一气呵成，透着文学大境界；《扒火车》里面老人投馒头的细节略显突兀，情节设置不够自然；《冬夜》始于苦难，止于苦难，最终湮没于苦难之中。

以笑的方式哭，在死亡的伴随下活着。这不是我说的，是余华在《活着》里面写下的金句。不是吗？世界以痛吻我，我却报之以歌。

附1：1963年过年

文/刘国芳

男人挑了一担灯芯，要出门。一个女孩儿，蹦蹦跳跳跑了过来，女孩儿说："爸爸要去哪儿啊？"

男人说："卖灯芯。"

女孩儿说："爸爸什么时候回来啊？"

男人说："过年回来。"

男人说着，出门了。女孩儿跟了几步，女孩儿说："爸爸，给我买新衣裳过年。"

男人应一声，走了。

男人很快出了村，往荣山方向去。从这儿到荣山，有六七里，但男人不会在荣山卖灯芯。荣山这一带的人，几乎家家户户都栽灯芯草。这一带的人，也和男人一样，会挑了灯芯，去很远的地方卖。男人现在要经过荣山，去一个叫抚州的地方。从荣山到抚州，有六七十里。男人肩上挑着满满的一担灯芯，但灯芯没重量，一担灯芯只十几斤，男人不把这担灯芯当回事，他一天就能走到抚州。

果然，这天傍晚，男人到抚州了。一到街上，男人喊起来："卖灯芯，点灯的灯芯。"

有人应声说："多少钱一指？"

男人说："三分。"

应声的人讨价还价："两分卖不卖？"

男人说："拿去。"

就有人走到男人跟前来，犹犹豫豫掏两分钱给男人。男人拿一指灯芯给人家，很少的一指，只有小指头那么粗。又有人过来，要买一角钱，男人也拿了一指给人家，这一指大些，大拇指那么粗。再没人过来了，男人又挑起灯芯喊道："卖灯芯，点灯的灯芯。"

此后，抚州大街小巷都听得到男人的声音。

在抚州卖了几天，男人就离开抚州了。男人一路前去，去流坊，去浒湾，再去金溪。金溪过后往南去，先去南城南丰，然后去福建的建宁、泰宁和邵武、光泽。再回资溪南城，最后返荣山回家。这样来来回回，男人要在外面待一个多月。但不管走多远，男人都会在过年前赶回来。

这天，男人到浒湾了。

浒湾有上书铺街，还有下书铺街。两条街其实算不上街，只算得上两条小巷子。天晚了，街两边的房屋透出灯光，就是用灯芯点的灯。很暗的光，星星点点。这样星星点点的光，无法照亮巷子。一条巷子，黑漆漆的。男人挑着灯芯，高一脚低一脚走在巷子里，仍喊道："卖灯芯，点灯的灯芯。"

一户人家，没点灯，屋里黑漆漆的。黑漆漆的屋里走出一个人来，这人说："你来得及时，我屋里的灯芯刚好用完了。"

说着，拿出两分钱，买一指灯芯回去。

一会儿，那屋里有光了。

也有人不愿花钱买灯芯，这天走到金溪，就有一个人听了男人的喊声后，开口问道："我用鸡蛋跟你换灯芯，可以吗？"

男人摇头，男人说："鸡蛋会打碎，不换。"

这个想用鸡蛋换灯芯的人，站在一家小店铺前，男人见了，就说："你店里有棒棒糖吗，我用灯芯换你的棒棒糖。"

那人说："怎么换？"

男人说："一指灯芯换三个糖。"

那人点点头，同意了。

在男人换糖时，男人家里的女孩儿在想爸爸了，女孩儿问着大人说："妈妈，爸爸什么时候回来啊？"

大人说："还早哩，过年才回来。"

确实还早，男人那时候还在金溪。随后，男人去了南城南丰，再去了建宁和泰宁，还去了福建的邵武、光泽。这一路花费其实很大，男人白天要吃，晚上还得住旅社。这一切开销，全在一担灯芯里。为此，男人一路很节约。有时，男人一天只吃两个包子。而且，这包子不是拿钱买的，是用灯芯换的。但该买的，男人还得买。男人有一天就在邵武买了好几块布，好看的花布，是给家里女人买的。男人还买了一件红灯芯绒衣服，买给女儿的。男人还买了一根扎头发的红绸子，也是给女儿买的。这东西可买可不买，男人犹豫了很久，拿出二分钱，买下了，然后放在贴身口袋里。

男人回来时，灯芯全部卖掉了。但男人肩上的担子，没轻下来，反而重了。男人担子里放着布，放着衣裳，还放着麻糖、花生糖和拜年的灯芯糕。在荣山街上，男人称了几斤肉，买了盐和酱油。然后，男人就挑着东西回家了。女孩儿早就等在家门口，老远看见男人回来了，蹦蹦跳跳跑过去，女孩儿说："爸爸，给我买了新衣裳吗？"

男人说："买了。"

女孩儿就跳起来。

不一会儿，女孩儿就让妈妈帮她穿好了红灯芯绒的衣裳。男人买的红绸子，也扎在女孩儿头上。随后，女孩儿含着棒棒糖出去了。在外面，女孩儿看见几个孩子了，于是把口里的棒棒糖拿出来，然后跟几个孩子说："我爸爸回来了，给我买了新衣裳，还买了扎头发的红绸子和棒棒糖。"

女孩儿说着时，有爆竹噼噼啪啪响起来。

过年了。

附2：扒火车
文/夏阳

父亲扒过火车，在浙赣线上。

他扒的是拉煤的货车。火车经过车站时，父亲挑着一担米糖，身影如风，和火车进行赛跑。他的脚下，像装了风火轮一样，越跑越快。就在火车驶离站台的一瞬间，父亲纵身一跃，一手稳稳地托住肩上的担子，一手凌空攀上车门边的把手，三下两下，身手敏捷地上去了。天边的夕阳正在缓缓坠落，在这个背景的衬托下，父亲站在火车顶上黝黑的剪影，伟岸，如松。

其实，这是我对父亲的想象，和儿时连环画上的铁道游击队员差不多。我承认，这是我理想中的父亲。而现实中，父亲让我颇为失望，他个子瘦小，身单力薄，别说是挑一担米糖追赶火车，就是让他在平地上挑稍微重一点的担子，也是吭哧半天，举步维艰。但是，他确实扒过火车，在浙赣线上。

我老家丰城以产煤而闻名江南，素称煤海，途经的浙赣铁路，特意设了一个小站，每天挖出山一样的煤炭，从小站的煤场装运出发，过樟树，过新余，过宜春，过萍乡，一路西行到达湖南株洲，然后换火车头，转京广线南下或者北上。我的家，就在小站二十里地开外的一个小山村。

　　1977年冬末的黄昏，万物萧条，母亲挑着一对空箩筐，走在去镇子的路上，父亲袖着双手，缩头缩脑，亦步亦趋，躲在母亲的背影里。时，寒风凛冽，如刀，从平原那边一刀一刀割过来，两个人走到镇上时，又冷又饿，仿佛要虚脱。母亲娘家的舅舅住在镇上，开一爿铁匠铺。母亲带着父亲在她舅舅的店里，厚着脸皮团团喝了两碗稀粥，仰仗舅舅担保，在镇子东边的糖店里赊了六十斤米糖。

　　和往年一样，母亲摸黑又送了五里路，把担子交给父亲，紧了紧父亲扎在破棉袄上的腰带，叮嘱道，警醒点，一家人能不能过个年，就指望你了。黑暗中，父亲点了点头。母亲又从怀里掏出两枚煮熟的鸡蛋，放进父亲里面衬衣的口袋里，说，明天是你的生日，带上吧。父亲又是点了点头，然后在母亲的注视下，挑着六十斤米糖，一步三颤，嘴边呼呼地冒着白气，像只鸭子一样摇摇晃晃，朝煤矿火车站的方向一路歪下去。

　　不远处的村落，隐在荒凉的山坳间，灯火稀疏，偶尔几声狗吠，在寒冬的夜空中，空荡荡地响起，空荡荡地落下。父亲走走停停，停停走走，凌晨四点，终于到了煤矿火车站。偌大的车站，空荡无人，几盏昏暗的路灯，亮在半空中，异常冷清。

　　父亲观望了一阵，然后蹲在铁路脚下，从箩筐里摸出两个用针线缝补起来的大蛇皮袋，将箩筐套在里面扎牢固，还特意在外面留了很长的麻绳。忙完这些，他爬上火车尾部的一节露天车厢，手攥住麻绳的另一头，像用水桶在井里打水一样，站在车顶边沿，将那两个大口袋吃力地拽了上去。

　　这时，一盏马灯从扳道房里游离出来，灯光昏黄如豆。父亲忙猫腰隐在旮旯里，心里无比恐慌。那盏马灯一路逡巡，从车头到车尾，走走停停，走到父亲这边的车厢停住了，父亲听见脚底下有男人瓮声瓮气的嘀咕声，今天老汉我六十岁生日，高兴哩，每人发六个馒头。紧接着，车下扔上来一个塑料袋，准确无误地砸在父亲头上。父亲瞬间明白了什么，忙站起身去看——一个穿铁路制服的老人，举着马灯，左脚有些跛，已经蹚回身，一高一低地朝车头摆去，不时往车厢里扔东西。

原以为神不知鬼不觉，没想到还有一群同路人，更没想大家早已在老人的眼皮底下。父亲看着老人远去的灯光，温暖无比，他想说些"寿比南山，福如东海"之类的祝福话，但话到嘴边，还是咽了回去。父亲捏了捏自己衬衣口袋里两枚圆溜溜的熟鸡蛋，踮脚望了望老家小山村的方向，眼泪无声地涌了出来。

火车是在第二天下午才开的。

火车一声长鸣，浑厚深沉，惊醒了沉睡在煤堆里的父亲。他蓬头垢面，全身黑乎乎的，像一个挖煤工。父亲探出脑壳，警觉地看了看四周。冬天的下午，没有阳光，天幕低垂，病恹恹的，满是阴霾。远处，是枯瘦的山水，空旷的田野，还有一排排光秃秃的直刺向天空的白杨树。火车过樟树，过新余，过宜春，一路呼啸，向西驶去。火车头喷出的一团团白雾，在喑哑的黄昏里，炊烟一样袅袅升起，把父亲看得如痴如醉。

父亲心想，家里该喂猪打淅，做晚饭了。

附3：冬夜

文/高沧海

康麻子来提亲，康麻子看中了我三姐。

两床红缎子被面，一匹蓝平纹棉布，重要的是，康麻子找人背来一袋面。天爷呀，那可是精打细作的一袋面、细皮嫩肉的一袋面、不掺麸皮不掺糠的一袋白面呀，爹手指肚儿捻着白面儿说，皇帝佬儿吃啥，咱吃啥哩！

娘抱着棉布抽抽搭搭地哭了，在她有限的关于布料的记忆中，她所能拥有的布从来都不是以这种奢侈样子出现。去年，娘家兄弟娶儿媳妇，她偷偷裁了二尺半的确良，给自己做件新衣裳，在娘家人面前不能太寒酸，多少添些体面。吃酒回来，爹脱下脚上的鞋，用鞋底狠狠地教训了她一顿，败家娘们呀，老李家，家门不幸！

抿过二两小酒的爹乜斜着娘，乜斜着那卷布，他说，败家娘们，可劲号！

娘号啕大哭，哭过后，不知哪来的胆量，她竟然把爹的酒杯从桌子丢地面上，还一脚踢到墙旮旯儿，她说她要一下做两身新衣裳，谁也管不着。爹撅腚拱腰把酒杯掏出来，用袖子擦擦。天爷呀，爹竟然在笑，他竟然如此无视娘的无礼和败家，而不是像原来那样欺上身去劈头盖脸地揍一顿。

爹从村东到村西穿街而过，他说，看看今儿冰冻封住河没有，他又从村西到村东迂回而来，听说有三只狗在村东树林里打架。爹像一条鱼，娘说，爹把身上的鱼鳞来来回回都蹭掉了。

爹的心思，估计家里的狗都明白，只是狗不会像人那样吹捧爹，老李呀，赚了个有钱女婿，恭喜，恭喜！

爹做梦都双手抱拳说，同喜，同喜！

爹已经完全以康麻子的老丈人自居了。

至此，三姐将来要嫁给康麻子，是铁板上钉钉，铁打的事实。

但是三姐不同意，她把被面扔到娘身上，谁爱嫁谁嫁！

爹把桌子拍得震山响，他添酒的三钱小酒盅都从桌子上跳起来，爹说，反了！三姐起身要出去，爹说，锁起来！

爹说，捎信给康家，过年节礼跟上轿衣一起送。定喜日，年前接人。

爹又交代娘，咱也不能作践自己，便宜了康家是不是？跟媒人说，咱厚道，康家来礼，也要厚道，厚实！

三姐被锁在西厢房里，我从窗棂里看，三姐说，七弟，你还记得张生吗？我当然记得张生，夏天里我跟三姐割猪草，张生还往三姐的筐里扔写字的纸，三姐就像吃了糖。

三姐让我告诉张生，来救她。我说，张生早就来了，天天在咱家后面转悠，爹拿铁锹，打跑好几回了。

腊月十六，康麻子来送礼，爹把西厢房的锁去掉，叮嘱我看好三姐，等夜里客走了给我吃鱼吃肉。康家彩礼肩挑手挎，果然厚实，爹高兴，把三钱小酒盅换成了一两一个，从日晌喝到天黑黑，滋溜滋溜痛快淋漓，脚下无根，脑壳跌破了鲜血直流，爹还唱，好年景了，骡子马子一大天井了。

三姐问我，七弟，张生还在外头吗？我说，在外头。

三姐说，她去看看张生。三姐跟我拉钩，说一霎儿就回。我说，好。

三姐抱住张生，三姐哭着说她不嫁那个麻子。

张生说，我带你走。

三姐挥手对我说，七弟，自己好好回家。

我正发呆，娘出现了，娘说，妮，先别走。

月亮亮堂堂地照着娘的新衣裳，蓝棉布的新褂子新裤子，蓝棉布的新鞋面，康麻子是贵客，贵客上门，娘自然要表现得体面，这种从头到脚的光鲜，甚至百年都难得有一回，谁叫贵客是康麻子呢，有钱的康麻子，富贵的康麻子，百里挑一万里挑一的康麻子，跟咱是一家人。

娘捂着脸蹲下，康家的面，咱吃了，康家的布，咱穿了，康家的钱，咱花了，咱家落下的饥荒，康家替咱扛了……妮，爹娘老了，只有你七弟这一根男苗，康家的债，你忍心，他替你还？

三姐看一眼张生，寒夜霜重，风冷心凉，他衣衫单薄，瑟瑟发抖，三姐一阵哽咽。

她给张生整一整衣衫，理一理头发，三姐说，回吧，回去找个好女子成家。

腊月二十六，美丽的三姐嫁给了很老的、跟我爹一般老的康麻子，1977年那冬夜的凛冽，她留给了自己。

河上有风

认识非鱼有些年头了。

那时，非鱼正红，铁锅炖鱼，香飘十里，武极天下。我作为一个后来者，寂寂无闻的晚辈，见了，自然是心生仰慕，满嘴虔诚，"非鱼老师""非鱼老师"，叫得她一脸慈祥。

写作同道，通常是先读其文，再见其人。读其文，易先入为主，未见之前，人已在心中落地生根。非鱼的文字，于我等庸碌之辈来说，多半是外表冷艳，思想冷峻。这冷艳冷峻的背后，藏着一双看透三界的慧眼——洗净尘俗，心怀慈悲，倾听众生——有点观音菩萨的范儿。否则，《王小倩的腰》不会风情万种，暗藏揶揄；而《幸福生活》中的细节，酣畅淋漓，绘声绘色；至于《一条忧心忡忡的蛇》，更是孤独清冷，哀婉蕴藉。仅这三篇作品，便让我这样一个天资愚钝的后来者，闻之胆怯，读之沮丧。这种胆怯与沮丧，犹如一个喜欢越沟跨壑到处跃跃欲试的毛孩子，某一天站在珠穆朗玛峰的脚下，彻底傻眼了。

记得第一次见到非鱼，是2009年4月18日夜，彼时在河北京娘湖畔开会。那一夜，她正在酒店的客房里和两个女作家促膝相谈，七大姑八大姨，家长里短，惹得窗外的湖面上一片云飞雪落，流星璀璨。当时，我喝了点酒，冒失地闯了进去，不合时宜地霸占她们的话题。在剩下的两个多小时里，几乎成了我一个人的独角戏。巧舌如簧，疯子般自说自话，指点文坛，挥斥作家，道尽八千里山河月。

现在想来，确实荒唐，陌生人甫一见面，二话不说，先拉开架势要一通猴拳，让人家见识见识。唉，说来说去，还是源于我不够自信，内心的自卑作祟。面对非鱼这样重量级的老师，如此方寸大乱，无非是显摆一下自己几斤几两，让人家高看自己一眼。那一夜，我上蹿下跳，嬉笑怒骂，两个女作家在一旁花容失色，非鱼却仿佛置身事外，笑盈盈的，不多说话。

后来接触多了，发现非鱼其实挺善谈，很享受朋友间聊天的快乐，算是名声在外的树洞女士。但置身于大庭广众之下，尤其是上百号人的笔会，她少有发言，坐在角落里不显山不露水，猫一般寂静。

何谓"寂静"？

百度一下，有两种解释：一是没有声音，安静无声；二是一种境界，摆脱了一切烦恼忧患的纯净心境。仔细品呷一番，发现这两种气场在非鱼身上兼而有之，且和谐统一，互不矛盾。

掐指数来，今年恰好是非鱼从事写作十五周年，在文学这口大染缸里摸爬滚打十五载春秋，却不见任何有关非鱼的绯闻和花边消息，道听途说也没有。她一直很安静，安静到让人忘记她的存在。面对我这样的超粉，彼此交流更多的不是文学，而是孩子的教育、单位的庞杂和家庭的经营。她没有任何避讳，也不刻意去遮掩什么，乐于将自己原生态的一面示人。

非鱼就是这般活着，素面朝天，真实自然，看似世俗拙朴，少了一些仙气飘飘，实则大俗即雅，隐隐禅透着生活的大智慧——摆脱一切烦恼忧患，将自己活得简单纯净。这性情甚合我心意。记得小女呱呱坠地后，经过一番冥思苦想，我特意打电话给非鱼请示："小女名叫李非鱼，准否？"

非鱼在电话那端犹豫了一下，满口应承。我调侃道："幸亏你是女的，孩子是我老婆生的，否则还真有口难辩，您老人家一世英名就毁于我手。"

非鱼听了爽朗地笑，没心没肺的样子："嘴巴长在人家身上，人家爱怎么说就怎么说呗！"

对！君子坦荡荡，小人穿内裤。她的爽朗，顿时给了我无限的勇气。从此，这世间便多了一个小非鱼。欣喜的是，非鱼还真视如己出，小非鱼让她在遥远的广东多了一份莫名的牵挂。

我个人比较偏爱非鱼的作品。有学生让我推荐供他们系统学习和研读的作家时，我会习惯性地报出"非鱼"这个名字。严格来说，从题材的广泛度、内容的丰富性和语言的多样化来论，业界少有人可以与非鱼媲美。尤其是让我念念不忘的《荒》《猪肉飘香的下午》《论王石头的重要性和非重要性》，分别属于非鱼创作初期、中期和当下三个时段的代表作，我一直想仿写，乃至超越。可惜心比天高，命比纸薄，冥思苦想数年，也毫无进展。

和我一样，非鱼充满着巨大的文学野心，从未故步自封。不同的是，我喜欢未做先说，满世界瞎嚷嚷；非鱼则习惯低头做自己，做完再说。七八年恍然而过，稍不留神，或者说待我一朝醒来，惊奇地发现她已构建出一个属于自己的文学王国，悄无声息，兵不血刃。在非鱼精心打造的文学王国里，集束性系列写作精彩纷呈，体现出她独特的文学悟性。

田小系列是非鱼早期的作品，可列为打工文学的范畴。但和传统的打工文学明显不同。非鱼在避开常规写作中打工谋生的艰辛和血淋淋的控诉之余，将更多的笔触伸向了打工者的精神困境与情感世界。从乡村逃往城市，从城市皈依乡村，来来去去，反反复复，夹杂着无比的焦虑、孤独和痛苦。这是一个庞大群体闯荡四方的生存写照，也是一代人内忧外困的精神迷茫史。他们在故乡找不到物质的满足感，在都市又渴望情感的归宿感，如身陷人生的围城，漂泊无助，进退两难。

打工文学通常是体验式写作，作者站在沿海城市对故乡百感交集的回望，而像非鱼这样身居豫西闭塞之地，长期窥探和关注沿海城市的打工群，逆行式的写作姿态并不多见。其文学价值对于微型小说来说，缺席太久。田小系列，可视为非鱼在探寻城乡二元经济结构下人类精神隔膜的深度思考。该系列包括《今夜月圆》《美好时光》《爱情来临》《向南方》《到四五街去找二哥》《谁看见了彩虹》《提醒你的过去》《苍凉与温暖》等作品。

非鱼告诉我，"田小"的人物原型，来自她在东莞打工的外甥。为了补齐自己对生活占有的短板，她外甥每次回去，都得经受非鱼一番"严刑拷打"，比如薪资多少、上班环境怎样、如何谈恋爱和具体业余生活等。记得非鱼第一次来东莞时，望着满大街人潮涌动的打工者，眼睛里满是新奇。对此，我突有顿悟，正是因为她缺乏真正的打工生活体验，才旁观者清，避实就虚，另辟蹊径，成功开创了自己对打工文学的突破。

于我的语言嗅觉来说，"观头"是个莫名其妙的词汇，却为非鱼在灵宝老家村庄的名字。灵宝地处豫秦晋三省交界，南依秦岭，北濒黄河，历史悠久，人文荟萃，属于仰韶文化、龙山文化、道家文化和虢国文化的发源地。"虢国往事"系列是非鱼在挖掘故乡历史文化的基础上，老树发新芽，以全新视野打造的一个古代题材，作品包括《申白》《午良》《梁姬》《真相》《铁剑》《虢季》《盗墓者》等篇什。

近年来，非鱼将目光投向观头村，倾力追忆地坑院的日常生活，以及那些在光影中随世流转的人和事，创作了《一罐棉籽油》《大巧巧》《五姑》《喜鹊》《桐花开》《木头，木头》《看戏》《谁也不与鸡同眠》《一棵椿树的存在方式》等观头村系列微型小说。品读这些作品，会发现非鱼笔下的乡村生活，蕴含着一个关键词——温情，以温情的笔触，温情地书写了乡村生活维系在贫苦和艰辛背后的温情。

乡土题材是中国微型小说最重要的底色之一。所谓乡土题材，无非是暴晒村筋俗骨的龌龊，或讽刺国民的劣根性，或控诉底层的腐败黑暗，或颂扬农民的憨厚朴实。非鱼的观头村系列，颠覆了我们以往的阅读经验，将笔墨倾情于粗鄙琐屑的日常生活，并把这些细节描绘得摇曳生姿，含情脉脉，在烟火气中盈满绵绵的人情味，让人读后流连忘返。

《在观头的一天》也许不是非鱼最好的作品，但在我看来，最能够体现非鱼的写作风格，温婉有致、诙谐幽默，又携带了众多苦涩与讽喻。它看起来有些散，实则内里逻辑严密，行文紧凑。其中，"观头"是地点，"一天"是时间，城里人下乡是主题，心态浮躁是暗线，故事简单是特色。诸如这些元素，我一直想融入自己的创作中来。几年前的清明节，我在微信朋友圈里读到故乡祭祖的路上人满为患，车辆堵得水泄不通，不由生出众多旧式文人的感慨，于是就有了这篇《祭祖》。遗憾的是，《祭祖》开篇貌似有《在观头的一天》的几分神韵，但后来越写越老实，絮絮叨叨，逐渐远离了非鱼的轻逸与灵动。

我注意到，在非鱼的笔下，过去的观头村没有车辆，只有恬静的村庄。潺潺的溪流、甘甜清新的空气，清脆婉转的鸟鸣，香气扑鼻的花草，以及瓦蓝的天空下，人类与万物和谐生长，构成了观头村一派宁静古朴的田园风光。这种写作匠心，与当下国人集体寻找乡愁、亲近自然的怀旧心境颇为吻合。故此，观头村系列"望得见山，看得见水，留得住乡愁"，用文字重构精神家园，这对于当下的文学传播来说，具有与时俱进的写作意义。

先锋写作系列也是非鱼的特色之一。《换客时代》《来不及相爱》《逃》《缝山针》《高速列车》《给我一块橡皮》《谁会同我一起走》《扶自行车的人》《最后一滴眼泪》是其中的佼佼者。这些作品风格荒诞大胆，选材别出心裁，立意上注重国民人性的开掘。非鱼在把故事讲得活色生香之余，惯于玩一些小花样，不断探究文本的可能性。

《真的很疼》属于拼贴式结构。跳楼现场进行直播的女主持人和围观的群众——电视机前收看直播的一对青年男女——跳楼者林虹，四轮从下至上扫描式的重复叙述，成功地将"她""你""我"三种叙述人称浓缩在短短的1470字之内，让人大开眼界。毋庸置疑，我也必须指出，正是这种"浓缩"所产生的结构凌乱，让普通读者一时无所适从，很难抓住写作者的意图。另外，《真的很疼》还涉及一个业界少有人关注的写作课题：时序。即写作者的时间、作品故事发生的时间和读者阅读的时间。时序在《真的很疼》里面被非鱼处理得井井有条，为我们提供了一个实验性的文本。

关于时序，著名作家马原在《小说密码》中写道：

> 作家罗伯·格里耶忘了一个基本事实，小说对于读者永远只能是过去时态的。他把作者的创作行为创作方面的想法强加于读者，以为读者可以和作者在同一个时间刻度上共同完成作品，愿望代替想当然却代替不了基本事实。另外一些聪明的作家比如海明威和我，我们只是利用这种不寻常的创作方法把读者导入幻觉状态，让他们以为是在共同参与，这是个复杂的对象心理学话题。作家自己应该明白这是一种手段（手法）或把戏，不要自己编撰之后把自己骗过了。

几年前读这段话时，有些云里雾里，直到非鱼在《真的很疼》里面叙述电视现场直播跳楼者的故事情节，我才突然醒悟：以即时的方式叙述，让所有人同步观看一件正在发生的事情，时间便显现出前所未有的魅力，观众自然被紧紧地锁定在电视机前。微型小说能不能借用这种"现场直播"的方式来进行叙述呢？就像马原说的"把戏"一样，故事情节发生的时间和读者阅读的时间同步进行，"把读者导入幻觉状态，让他们以为是在共同参与"。

这个问题困扰了我很长时间。它最终的解决，得益于某个深夜，一个异地的朋友打电话给我，说明天来东莞看我，想喝喝酒掏心窝子说说话。第二天早上，我还没醒来，就接到他满怀歉意的短信，解释昨晚喝多了，让我别见怪。这个插曲瞬间点燃了我，便有了这篇《新鸳鸯蝴蝶梦》。

讲述正在发生的事儿，将作者本人和读者放置在同一起跑线，让时间本身产生某种爆炸性的张力，用未知性紧紧抓住读者，彻底激起他们参与其中的兴趣。一切正在进行，一切尚未发生，一切有待见证，也许就是个奇迹。但是，写作者一定要明白，所谓的现场直播，只是一个幌子，一种将读者导入幻觉状态的创作方法。它和真正的电视现场直播还是有所区别：

首先是叙述序列。电视现场直播是位于多架摄像机下，以事情发生的先后顺序，按部就班地推进；而在小说方面，则允许顺叙、倒叙、插叙同时存在，不一定需要照搬事件发生的顺序去进行叙述。

其次是叙述密度。电视现场直播是按照真实的时间，一板一眼，忠实记录即将发生的事情；而小说里面则有加速、减速、放大、缩小等多种剪辑手段，其叙述密度不一，可长可短。

最后是叙述方向。电视直播以事实为准绳，对于下一秒所发生的事情根本掌控不了，尤其是突发性事件，和观众一样茫然无措；而小说完全受作家主宰，可以按照作家的意愿朝前尽情奔跑，而且随时能够停顿下来。

试想，如果真按照电视上的现场直播去写小说，而没有经过任何艺术加工，读者不骂娘才怪呢。

因为《真的很疼》给我带来"人称"和"时序"两方面的阅读思考，才有了我的《新鸳鸯蝴蝶梦》一文，算是勉强完成了非鱼老师给我布置的家庭作业。但是，我很想多此一举地解释一下，作品中的"我"优越感太强，过于自负，让我颇感恶心。幸亏高中的语文老师明确说过，作品中的"我"不代表就是作者本人，我由此便卸下了罪恶感。

在非鱼众多系列中，都市系列依然值得让人称道。作品人物以时尚个性的王小倩、落寞哀怨的祝红梅、阴郁沉闷的唐度、憋屈压抑的李胜利为主，这些典型的平民式人物，貌似我们身边的左邻右舍，很容易对号入座，产生亲切感。其中《王小倩的腰》《尽妖娆》《像花儿一样自由开放》《如果这样》《痕迹》《绿肥红瘦》《不会说话的爱情》《百花深处》《论王石头的重要性和非重要性》等，入选过诸多选刊、选本，以及高中语文试卷阅读题，可谓该系列的代表作。

作为一个作家，以系列写作占据文学山头，已是业界常态。但像非鱼这样，多个系列并辔而行，芬芳馥郁，千姿百态，还真不多见。在这些系列中，我们能够清晰地感受到非鱼作品的变幻无穷，以及她对现实生活真诚地解构。这种解构，来自她对生活长期的敏锐观察和深度思考。非鱼善于以细腻的笔触逼近生活的本质，拷问事件背后的真相，并重组一个崭新的文学世界。非鱼最近两年的河上有风系列，便充分证明了这一点。

河上有风系列，与黄河有关。河这边是河南三门峡市区，河那边是山西平陆县农村，再向前走五六公里，便是平陆县城。河上有公路大桥。1300米长，一桥飞架南北，横跨两省，像一根扁担，一头挑着城市，一头挑着山村。桥下，浑浊的黄河奔流不息。桥上，车辆拥挤忙碌，人群熙熙攘攘。我曾经夹杂其中，在一个凛冽的冬天穿过大桥，去对面的平陆县喝传说中的羊肉汤。一打听，才知道两省人员来往密切，几乎是零距离的无缝对接。很多平陆人在三门峡市区购置了房产，平日里的娱乐消费和设宴摆酒，无不以三门峡为荣，甚至家里来了重要的客人，想买好一点的菜蔬，也习惯骑个电动车蹿到河对岸去。三门峡这边几家大型超市里，从营业员到顾客，到处是平陆人人头攒动的身影。

三门峡这边也大抵如此。人们常经过黄河公路大桥，驱车前往对岸，一两分钟的时间，就可实现从河南转到山西，在平陆的地面上吃油泼面、喝羊肉汤，到山上挖野菜，去三湾近距离观赏天鹅，或者去附近的村子里转悠，找农家乐。

在三门峡的第二天傍晚，夜色将暗未暗，我缩着脖子迎着寒风去散步，特意绕上黄河大桥，站在桥的中间处极目四望，左边是高楼耸立霓虹闪烁的市区，右边是山川连绵暗寂无声的农村，而脚下，是承载着数千年忧愁的黄河之水，大浪淘沙，漫流无声。我的身边，南来北往，川流不息，各种面孔或奔向喧闹，或归于静默，急切如时光白驹过隙。对此，我忍不住想，世界如此好玩，居然将豫晋地域特色和城乡文化冲突交汇在一座桥上，任其碰撞，任其融合。

其实，那一刻只是片刻遐想，转瞬即忘。直到2019年5月的某一天，我偶尔读到非鱼的三篇被命名为"河上有风"的作品，激动得喜不自禁。我立马意识到这条河这座桥是一个取之不竭的文学宝库，如果将三教九流面目各异的人物聚集于此，让它承担人生故事演绎的窗口和情感发散的舞台，那么这将是一个伟大的系列，堪称中国版的《都柏林人》和《米格尔大街》。为此，我给非鱼一口气打了将近两个小时的电话。电话的最后，一再叮嘱她："你已经'怀孕'了，千万别无动于衷。"

欣喜的是，两年过去了，非鱼像吴刚捧出桂花酒一样，精心酿出了《刘某甲》《韩某乙》《齐某丙》《赵某丁》《司某戊》《高某己》《万某庚》等二十余篇作品。标题新颖别致，借用天干地支的排序，意味着这个系列已步入尾声，到了收获的季节。

黄河大桥，因为非鱼的河上有风系列，将成为独特的文学地理标识。

未来的某天，倘若非鱼凭借河上有风系列摘取诸如鲁迅文学奖等国家级大奖，我丝毫不会感到奇怪。河上有风系列内涵丰富，意蕴厚重，充满着自信、宁静、庄重、淳朴的理性精神，尤其致力于对底层人物精神世界的人文关怀，完美体现了生命个体的生存状态和精神世界。在尊重生命价值和崇尚情感尊严的前提下，非鱼通过黄河大桥这个舞台塑造了一系列性格鲜明的人物形象，全景式多维度地揭示了桥上行走者隐秘的内心世界。这对于短平快的微型小说来说，创作难度已接近天花板，属于非常人能及的殿堂级写作。

从整体上看，非鱼的作品没有宏大叙事的题材，没有生离死别的场景，没有曲折离奇的情节，没有大开大合的结局，而一旦走进她的作品，逐字逐句逐段于细微处去探寻细嗅，其张弛有致的语言、干净利落的叙述、跳跃纷飞的过渡，常令人会心一笑。这一切得益于她对语言娴熟的驾驭能力。非鱼的语言风格多样繁杂，性别模糊，典型的杂食主义者。具体来说，男性的雄浑、女性的柔婉、男花旦的清丽、女汉子的豪放，这些似乎都有，似乎又没有，颇有集百家之长自成一脉的大气，乃当今业界少有的中性化写作。

非鱼出生于河南农村底层，郑州大学中文系科班出身，长期混迹于公务员队伍，并作为家庭主妇维系着一个大家庭在现代都市与老家乡村的人际交往。立体式的生活阅历，使得非鱼深谙民间疾苦，熟晓社会风情，几乎什么都敢写，而且什么都能写好。从官场机关到市井民俗，从针砭时弊到关注民生，从开掘人性到调侃生活，从古代历史到荒诞想象，从乡村民风到都市情感，从传统叙事到先锋实验，她均有涉猎，题材丰富多变，不断有名篇佳作问世。

透过这些作品，我们不难发现非鱼的创作特色，那就是立足三门峡，深耕一城，专执一念，倾情于底层平民生活和小人物的喜怒哀乐。

河上有风，心有苍生。

附1：在观头的一天

文/非鱼

是他说要和我一起到观头去的。

观头这个地方一点也不有名，但风景很好。我从小在这里长大，有山，有水，这就够了。当然，还有安静。

每天清晨，在鸡、牛、羊的叫声里醒来，阳光从窗户爬进来，抚摸仍躺在床上的人的脸。院子里，高大的泡桐树上，会有野画眉在很耐心婉转地叫。低处，是葡萄、月季、芍药、牵牛花等等。在一段时间里，还会有成熟的果实，葡萄或者石榴，新鲜甜美。

于是，我经常会回到这里来。

自从乔智听我说到观头这个村庄，他就像一只辛勤的蜜蜂一样缠着我，不停地在我耳边嗡嗡嗡。他说他要找的就是这样一个地方。风景区？喊，太俗，人还那么多，下饺子一样。

普罗旺斯，听说过吧？我摇摇头。

乔智冲我一耸肩，嗳，嗳，我说你都知道什么啊！你总不能整天趴在桌子上，把自己弄得像一只忠实的狗一样。见我斜眼看他，乔智明智地闭上了嘴巴。

耐不住乔智的死缠烂打，我终于答应下周末带他回去，到我的观头村去。

"观头，我的普罗旺斯。"乔智在我身边转了个圈，很柔美地做了个拥抱的动作，脚底一旋，拥抱着虚处，旋走了。

按照约好的，星期六一大早，我带着乔智坐上了开往观头的汽车。看样子，乔智有点失望，他以为我们会开车去。

公共汽车里人太多，很多人在抽烟，咳嗽，还有人响亮地朝窗外吐痰。有人拎了一捆芹菜上来，放在乔智脚边，车厢里弥漫着新鲜芹菜的味道。

到达观头的时候，是早上十点。

乔智顾不上放下背包，很兴奋地在院子里喊，做深呼吸，翻弄葡萄叶，看有没有成熟的葡萄。我从屋里搬出两个小凳子，放在房檐下，又搬出一张矮小的桌子，准备泡茶。

停，停，别忙乎了。乔智打断我。我们去村里走走。他的兴奋像高烧一样持续不退。

于是，我领着他在村里走走看看，给他一一介绍。村中央的柿子树，年岁很大的枣树，沟里的竹林，打麦场，麦秸垛，这些都让乔智觉得新鲜，他拿出数码照相机，很专业的样子，热情地把这些一一拍下来。碰到在巷子里玩耍的孩子，乔智更是对着猛拍，孩子们停下来，不知所措地看着他。

快到中午的时候，乔智开始显得有点焦躁了。他先是说脚累，要回去，然后又频繁地掏出手机，翻看短信，播放音乐。我问他怎么了，他回答，有信号啊。

果然，乔智忍不住了，站在一个硕大的麦秸垛旁开始发短信。不一会儿，滴水一样清脆的短信铃声响起，乔智打开看，笑了。

朝回走的路上，乔智把照相机装了起来，手里换了手机，一直不停地摁来摁去，收发短信。乔智说：这些女孩子，不好哄哦。

中午饭很简单，我从院子里掐了一把苋菜叶，用一只小电炉煮了两碗方便面，乔智直喊：好吃，好吃。吃了中午饭，乔智问我，这里能上网吗？我摇摇头，不知道。我是真不知道，我从来没在这里上过网。

乔智很麻利地从他的背囊中掏出一个笔记本电脑，放在小桌子上。我惊奇地看着他，他诡秘一笑，试试，试试。

一试还真可以，乔智一边轻快地点击，一边嘟嘟囔囔埋怨说网速太慢。我告诉他知足吧，这里是农村。他掏出照相机连线，把照相机里的照片倒腾到电脑里，压缩，裁剪，一会儿工夫又传到了网上，一个又一个网站。我很奇怪，他怎么熟悉那么多地方。

乔智打开那些网站，给我看他发的图片和文字，让我看那些回复。"我的普罗旺斯，一个叫观头的地方"，乔智激动得不停摁鼠标，另一只手来回搓自己的腿。

人气，人气。瞧瞧，瞧瞧，马上就成热帖了，我就知道是这样。

那个下午，我们哪儿也没去。村外的水库，泉水眼，苇子沟，乔智之前要去的地方都没去。乔智没提出来，我也懒得再动，院子里也很好啊。

我们坐在观头的屋檐下，欣赏着乔智拍的观头，既熟悉又陌生。看着一个又一个跟帖的人发出赞美的声音，我也有些激动了。

天，就这样接近黄昏，远远有牛拖长了声音在叫。

我催乔智，该走了，要不就得住在这儿。乔智似乎还没有住在这里的打算，他答应一声，恋恋不舍地关了那些网站，关了电脑，跟着我离开我的观头，离开他的"普罗旺斯"。

回去的路上，乔智还在不停地赞叹：太美了，这一切太美了。

附2：祭祖
文/夏阳

他们回乡去扫墓。

他们是，他和妻子，还有读高二的女儿。

望着漫山遍野的油菜花，还有青翠如黛的山坳，妻子和女儿仿若误入桃花源一般欣喜雀跃，端着个手机到处拍个不停。他很想斥责她们几句，现在时代不同了，要搁在以前，哼，女人连上坟的资格都没有，你们还不懂得珍惜，祭个祖，弄得像春游一样，瞎乐呵啥？话到嘴边，他还是咽了回去。想想也是，别说她们，就是他自己，所谓清明节祭祖扫墓，也无非是走个形式罢了。父亲从小是孤儿，去世又早，他除了对父亲尚存依稀的印象外，对于父亲的父亲、父亲的爷爷等这些先人颇为陌生，谈不上有任何感情。

祭完祖回到家，母亲正在洗菜做饭，忙里忙外。所谓家，其实是哥的房子。哥一直在外面做生意，赚了一些钱，在村里盖了一栋三层半的小洋楼。小洋楼装修得金碧辉煌，耗资不少，却扔给了七十多岁的老母亲，他自己一年到头也住不上几天。母亲沏了一杯茶，招呼他坐下来歇歇。他顿时感觉自己像做客一样，站不是，坐不是，满身不自在。因为是哥的房子，事实上他也很少回来。

母亲、妻子、女儿，他生命中最重要的三个女人，今天又一次聚集到了一个屋檐下。他站在二楼的阳台上，望着她们在院子一角的厨房里忙碌的身影，感觉其乐融融。很快，他又发现这一切只是表象：母亲站在水池边洗菜、切菜，沉默着，微笑着，小心翼翼，很少说话。妻子在锅台前一边忙着炒菜，一边不时地掏出手机看朋友圈，回复她那些闺蜜对油菜花照片的点赞和评论。女儿进进出出，打着下手，耳朵上却别着耳机在听音乐。他心里极不是滋味，很想发火，可是嘴张了半天，却不知道说什么。说什么呢，作为一家人，再多的话，见面三分钟早就说完了。至于不痛不痒的嘘寒问暖，她们不习惯，也不在行。

其实，他自己也一直心神不宁。他在焦急地等一个电话，村支书的电话。

他老家这个行政村有六个村庄，一村一个姓，人口不多，却出了一个厅长——隔壁徐家村的徐厅长。每年清明，徐厅长一家老小会回来祭祖。因为父母都已过世，老家也没什么人，于是祭祖后的这顿中饭就由村委出面张罗。为了烘托气氛，村支书会请几个在家的有名望的人作陪。他就是其中之一。他清明扫墓成了所谓多年的传统，甚于春节，说白了，就是冲这顿饭来的，冲徐厅长来的。挣扎于宦海多年，他能够爬到正处这个位置，实属不易。但是，这只是一个闲职，手上没多大权力，还不如一个乡党委书记实惠呢，而且这样的角色在省城一抓一大把。按照年龄，这两年如果不挪挪地方，他的仕途恐怕就要到站了。作为一农家子弟，他在上头无任何背景，只能祈盼徐厅长念及家乡之情，帮扶一把。虽然平日里两个人都在省城，相隔也不是很远，但真找不到合适的理由前去贸然拜访，更无法张口请求人家提携之事。毕竟他们不同宗不同族，也不是一个姓。

于是，他想到了清明，想到了祭祖，想到了在村委这顿饭上进行感情投资。这样的良机，天时地利人和，一旦抓住了，肯定会事半功倍。他这些深藏不露的心机，厨房里的那三个女人估计打死也看不明白。然而，他只能干坐着等电话，毕竟大小也是一个正处，这个行政村的第二号人物，如果村支书不打电话邀请一下，说几句诸如大家都在等你之类的话，他确实不好自己找上门去。

坐立不安地等了快半个小时，村支书如约来了电话。临出门时，母亲两只手湿淋淋地从厨房里追了出来，诧异地问，又不在家吃了？他苦涩地笑笑，摊着两只手说，唉，没办法，不去，人家会说我们官架子大。再说了，小鬼难缠，你和哥还在人家地盘上，归人家管，怎么说也得给人家几分面子不是？

他出门时，是自己开车去的。回来时，是村会计代驾，两个棒小伙架着他送上了二楼母亲的卧室。为了哄徐厅长开心，他喝了不少，直到溜到桌子底下为止。在母亲的床上刚躺下不久，他觉得胃海翻滚，酒劲儿直往上蹿，禁不住一张嘴，哇哇地吐个不止。吐了几次，吐得满床都是，方才昏昏沉沉地睡去。

睡到下午四点半钟，手机里的闹钟炸响，他一个激灵醒了过来，发现母亲正坐在房门口的小竹椅上，一边纳鞋垫一边守着他，目光里满是慈爱。逆光中，他望着母亲灰白的双鬓和枯瘦的剪影，两眼发热，却不知道说些什么。闹钟响，是他怕耽误事，喝酒前设置好的时间，女儿今天还得归校上晚自习呢。也就是说，他得回省城了。

回去是妻子开车，他躺在后座上，迷迷糊糊，头疼得厉害。这时，妻子说话了。妻子说，你叮嘱给老人家的两千块钱，她怎么都不肯收，说人老了，要这么多钱干啥用。

妻子说完，女儿在一旁接腔道，对了，老爸，奶奶打包了一保温桶莲藕花生排骨汤，放在后备厢里，说你小时候就爱喝这个。

他突然感到很难受，黑暗中，眼泪无声地涌了出来，涌得满脸都是，像一个孩子。

附3：真的很疼

文/非鱼

那个女人坐在十三楼的窗口，摄像机镜头拉近再拉近，她穿一件粉红色的睡衣，头发松松地扎着，她的表情——哦，她没有表情。相反，倒是楼下的女主持人情绪很激动，好像要跳楼的是她。她来回走动，手里的话筒一会儿拿起来，一会儿放下，另一只手不停地扯话筒线。围观的人越来越多，他们保持着同一个姿势，像一群嗷嗷待哺的小鸟，张着嘴巴。一个又高又胖的警察在喊话，尽管拿着扩音器，他的声音刚爬到九楼还是被风吹散了。

小青紧紧地拉着你的胳膊，能感觉到她的身体在颤抖，你不知道她是兴奋还是恐惧。你揽着她的肩膀，她把身体又向你这边靠了靠。你们在看电视，电视里那个女人要跳楼。这跟你们有什么关系呢？

门是反锁的，他们推不开。我能听见他们在门外喊我的名字：林虹，林虹——我猜猜，门外会有谁，警察？对，肯定会有几个警察，救人是他们的职业。还会有我的家人，对不起，对不起，我实在没有能力照顾你们了。心力交瘁——你们不能理解那种感觉。别敲别喊了，我想安静地坐一会，把一些美好的事再回想一遍。瞧，楼下的那些人都等不及了。

"各位观众，现在是十七点二十六分，时间已经过去两个小时，警察正在想尽一切办法营救跳楼的女子，消防员也赶到了……"主持人的声音有些颤抖。她穿得太薄了，初冬的风很硬。太折磨人了，她要尽快做完直播，晚上还有重要饭局，说了她不到不开席的。

小青问你下午吃什么，你摇摇头。你很想弄明白那个女人为什么要跳楼，十三楼，跳下去多疼啊。小青说她饿了，她去翻冰箱找吃的，然后去厨房转了一圈，回来手里拿了一块蛋糕，她放下蛋糕，又去冲了一杯咖啡。她问你喝不喝，你说不喝。

再唱一首歌吧，唱什么呢？一时半会想不起来了，那些熟悉的调子都去哪儿了？那首歌，怎么唱来着，我要飞得更高，飞得更高……

"各位观众，现在是十八点一刻，消防员和警察还在努力，让我们一起为跳楼的女子祈祷。"主持人心急如焚，手机在兜里不停振动，短信催好几遍了，这该死的直播还不能完。大姐啊，你倒是跳还是不跳。

气垫铺好了，被围观群众堵塞的马路也疏通了。那些嗷嗷待哺的小鸟们换了一拨又一拨，先来的给后到的义务讲解，他们团结一心，目标一致，仰望着楼上的林虹。

小青拽着你的胳膊，要你起来出去吃饭，你说：等会，等会。小青说：你怎么那么关心她啊，她是你什么人？你说：不认识。小青说：不认识你瞎起什么劲？走，先去吃饭，说不定回来她还坐在那儿呢。你真不认识她？你说：真不认识。小青生气了，她拿着钱包走了。你盯着电视屏幕，盯着坐在窗边面无表情的林虹。

好了，好了，你们都累了，我马上就跳下去了。没什么可说的，头有点晕。没有鸟儿一样的翅膀，可我总有飞翔的权利和勇气吧。生和死，没什么区别，最终，我们都要相会在天蓝色的彼岸，我在那里等着你们。

"各位观众，现在是十九点整，我相信你们的心情和我一样，一直在关注……"主持人突然看到一只粉色的大鸟从天空飞过，她打了个哆嗦。谢天谢地，终于要结束了。

好了，我这就跳。飞啊……像鸟儿一样飞啊……像风一样飘啊……我闭上眼睛，眩晕的感觉来得如此迅猛，我没有掉在气垫上，在碰到八楼的阳台后弹到了水泥地上。疼，真的很疼啊。

你听到小青用钥匙开门的声音，接着看到那个女人像一只粉色的大鸟从眼前一闪而过。一声闷响之后，人群"哄"地散开，又"哄"地围上。主持人被挤在人群中间，看不到她了，屏幕上乱成一团。

你关了电视，再次摇摇头。那个女人死了，跟你有什么关系呢？你又不认识她。小青和你，继续在沙发上看电视、接吻、吵架、和好……

几天后，走过那条街，你抬头看了看那个空荡荡的窗口。地上的血迹被这个冬天的第一场雪覆盖，什么也看不到了。

附4：新鸳鸯蝴蝶梦
文/夏阳

她敲门进来时，我正在写一篇小小说。对，就是你现在看的这篇。我端了杯水给她，对她说，你等等，我快要写完了。她微笑着在沙发上坐了下来，手里握着我递给她的透明的玻璃杯，挺有教养地等着，目光安静地注视着我时而思索时而奋力敲打键盘的样子。其实我的本意想拒绝她进来，告诉她，抱歉，我没有空，正在写作。但那样说，我担心会伤害她，于是话在舌头上就拐了个弯儿。你应该知道，我在撒谎，这篇小小说才刚刚开了个头，不仅你没理清楚我想说些什么，我自己也是一头雾水。

在说她之前，我还是说点儿别的事儿吧。我不想让她这么早加入进来，因为这篇小小说里，她不是女主角。女主角是谁？是谁呢？写到这里，我的脸有些红了——女主角是一个诗人。大概，不是大概，是千真万确，千真万确在大前天晚上，十点半钟，女诗人主动打了个电话给我。手机响了好一阵，我都没听到。我老婆禁不住从沙发里欠了欠身，丢开电视里的宫斗剧，别转头瞅了我一眼。那一眼，内容有些复杂。

其实我和女诗人不太熟，开笔会彼此见过两面，相互留了手机号码，加了微信好友，便无任何接触。女诗人长相一般，但私生活有点类似她写的诗歌一样天马行空。江湖上传说她练过瑜伽，床上功夫类似孙猴子一样十八般武艺高强。据说，女诗人喜欢相忘于江湖，从不留后遗症，也不拖泥带水，颇有男人缘。

女诗人在电话里声音很嗲，话很简洁，暧昧且双关：我明天去你那儿，行不？我一听，朗声答道：行，绝对行！我明天去机场接你？女诗人说，好。女诗人说完，把电话掐了，依然不拖泥带水。但我这边还没有结束。我继续对着手机吆喝：刘主编您别太客气，我们全家热烈欢迎您的到来……嗯，好，好，我明白，那明儿机场见。说完，我佯装挂了电话，对老婆说，刘主编明天来东莞，让我带他玩几天。说到这里，我挤眉弄眼地说，他说带个女诗人来，特意叮嘱不想抛头露面。妻子听了，也挤眉弄眼地笑了。

结果你肯定猜到了，女诗人没来，她食言了。我在深圳机场足足候了一天，候到晚上六点钟，实在按捺不住，拨通了女诗人的手机。女诗人的解释依然很简洁：我啊？还在家，来不了，下次吧，下次我再联系你。说完，就把电话摞了。我兜里揣着一盒伟哥，站在密集的人流中，傻眼了。她这样耍弄我，是酒后胡言，还是夫妻吵架？抑或是和我玩心眼，试探我？不管怎么说，她应该对我有好感，否则不会平白无故这样打电话给我。既然现在有家回不了，不如干脆临时买张机票，飞到她那里去算了。

不好意思，我忘记告诉你，我现在所待的房间，是酒店的客房。我住下后，没有急着给女诗人打电话，她诗歌一般简洁的语言让我心里犯怵。我换了一种方式，在微信上发了一些照片，里面尽是孤独的我，孤独的客房，孤独的酒店，孤独的路牌，以及她这座繁闹的城市。我想告诉女诗人：我来了，就在你身边，在等你。我很满意这种做法，隐秘，浪漫，同时不失尊严。你说什么？故事是假的，有破绽。唉，我只能这样告诉你，天下有几个男人会傻到让老婆真正知道自己的微信和QQ？你别打断我，让我继续讲下去嘛。我讲到哪里了？对，我到了她这座城市，在酒店里等了两天，足足两天，女诗人没有任何反应。这时，我真生气了。我疯子一样敲打键盘，准备写一篇非虚构的小小说，就是你现在看的这篇，让心中的愤愤不平一泻千里。这时，她敲门进来了。

请注意，现在开始说到她了，文章开始的她。严格来说，我也不认识她。她解释说，自己是我的一个粉丝，这几天刚好在这里出差，看见我的微信，按照上面的指引，来看看我。我想了一会儿，想起她确实是我的微信好友，一个大龄剩女，有点儿忧伤的味儿，常在微信上倾诉对爱情的执着对家庭的渴望。写到这里，我不禁抬头看了她一眼，发现她依然坐在沙发上，手里握着我递给她的透明的玻璃杯，挺有教养地等着，目光安静地注视着我时而思索时而奋力敲打键盘的样子。等了多久？快一个小时了吧。晕，我怎么能够一门心思为了泄愤，而忽略了她的存在与感受。我带着歉意离开电脑，给她续了一些水，又给自己也倒了一杯，然后坐在她对面，和她闲聊天儿。

我们聊了很多，多半是关于她对我作品的理解。一个微信上的单身男人和一个宣称自己是男人忠实粉丝的单身文艺女青年，坐在同一个房间里，坐得久了，要说心里不乱，那是假话。更何况，她长得还算漂亮，漂亮得足以让一个中年男人的心里乱成一团麻。下午的阳光和煦，屋子里有些闷热，我烦躁地抽了两根烟，然后强撑着站起来，脚步踉跄地把靠阳台的门打开，一阵清风徐徐地吹了进来。

她离开时，我礼貌地把她送到房门口，站在走廊上看着她进了电梯，我又重新回到电脑前，好一会儿才静下心来，准备给这篇小小说弄个结尾，安排女诗人感动万分地粉墨登场。突然，我发现她喝过的玻璃杯下面压着一张纸片。我拿起来一看，发现纸片被折叠成心形，一打开，原来是一张登机牌——今天早上，从一个遥远的城市飞到这里来的登机牌。

江湖的全部

　　站在15年后的今天，重新打量2006年的微型小说，无不热血澎湃。那一年，江山如画，各路英雄豪杰图王霸业，金戈铁马，逐鹿中原——

　　王奎山的《在亲爱的人与一头猪之间》、陈毓的《伊人寂寞》、申永霞的《武侠梦》、王往的《活着的手艺》、于德北的《秋夜》、周海亮的《刀马旦》、刘兆亮的《青岛啊，青岛》、魏永贵的《王得光最后的要求》、田双伶的《壁花了——》、奚同发的《最后一颗子弹》、谢志强的《黄羊泉》《桃花》、非鱼的《荒》、乔迁的《锄禾日当午》……无一例外，它们诞生于2006年，这种集体式的井喷现象简直不可思议。

　　倘若前后稍微延伸一下，我们会发现，安勇的《一次失败的劫持》、邓洪卫的《甘小草的竹竿》、滕刚的《百花凋零》、相裕亭的《偷盐》均问世于2005年，而2007年尽管势头渐弱，但也涌现了申平的《记忆力》、蔡楠的《水家乡》、曾平的《厂子》等圭臬之作。

　　为什么会这样？

　　要知道，微型小说发展40余年，作品数十万篇，历经近半个世纪的大浪淘沙，沙里洗金，具有思想穿透力、审美洞察力、形式创造力的名篇佳作，还真是为数不多。如果不是盘点，谁都无法想象，2005年至2007年，经典会来得如此猛烈，如此密集，短短三年，下饺子一样，占据中国微型小说殿堂级作品的大半壁江山。而其中的2006年，当之无愧为巅峰之年。

　　遥想当年，陈毓、滕刚、蔡楠、于德北、侯德云、刘建超、魏永贵、芦芙荭均在40岁出头，清酒金樽，唅饮江湖；而申永霞、邓洪卫、安勇、王往、非鱼、周海亮和田双伶则三十啷当岁，鲜衣怒马，扬鞭千里。这支队伍，堪称史上最豪华的黄金一代。他们骑最快的马，爬最高的山，吃最辣的菜，喝最烈的酒，玩最利的刀，写最狠的文，共同谱写了一段盛世华年的江湖传奇。

盘点2006年，还有一个人无法回避——宗利华。那年老宗35岁，意气风发，刚刚斩获第二届金麻雀奖，春风得意马蹄疾。循着这条线索，我慕名去拜读山头，从他的代表作《越位》开始。

初读《越位》，不是很喜欢，感觉有文本试验之嫌。待沉下心来再去读，从语言风格、叙事结构、哲学意味、文本内容等方面一一考量，发现其面貌奇特，内里别有洞天，山山水水间，意蕴丰厚。

《越位》讲述了现代都市红男绿女在婚姻中偶尔越界犯规，然后知错就改，收回即将迈出的一小步，重新回归原有的生活秩序。1500余字的篇幅，一个小情小爱的题材，且故事本身俗套粗陋，却被作者妙手回春，经营得风生水起。这是我再次阅读的感受。另外，《越位》属于三段式正文补叙一个结尾，叙事结构颇为新颖，尤其是多视角的切换与穿插，颇具足球盘带之美，迂回包抄，左右倒脚，看似凌乱，实则有序，看似粗犷，实则细腻。

《越位》的创作源头，来自2002年日韩世界杯。那是中国足球第一次出现在世界杯的绿茵场上，凡有中国人的地方，无不群情激昂。大家看完球赛，对着天空骂了一通后，哈欠连天洗洗睡，该干吗干吗。然而，同样不懂足球的老宗，却成功"越位"，很快创作出了《越位》一文。据说在看球的过程中，当解说员嘴里蹦出"越位"一词时，老宗的脑海里瞬间电光火石，灵感四溅。一个馒头可以引发一场血案，几只蚂蚁可以毁塌一座堤坝。同样，一个关键词，也可以催生一篇经典之作。这样想想，写作真是件奇妙的事儿。

然而，在我看来，《越位》写得过于机巧，有点瞌睡遇到枕头的味道，无法真正展露一个优秀作家全面的才华。同样，就微型小说而论，单篇作品再优秀，那也只是芸芸众生出人头地的求索。高手之间的对决，拼质量之余，更多是拼质量的数量，拼苦心修炼数十年后独领风骚的规模。这种规模，绝非三三两两的散兵游勇，而是以十为计，方阵列队，形成巍巍然的群峰规模，令后来者不敢高声喧哗。

所谓华山论剑，首先得攀上华山，有君临华山的高度，方能有论剑的资格。我读自己心目中排名前五位大佬的作品，常心生沮丧。因为我发现，从他最好的一百篇作品中随便扒拉一篇出来，也值得庸碌之辈皓首穷经奋斗一生。换句话说，常人引以为傲的代表作，在他那里勉强算是二流。再换句话说，天才在凌晨的梦呓，与庸才夙兴夜寐之作相比，甩其好几条大街毫不稀奇。这的确是既生亮又生臭皮匠的悲剧时代。

很显然，《越位》只是让我刮目相看，而非顶礼膜拜。再读老宗的其他作品，比如《租个儿子过年》《身份证是个大问题》《哈酒》《老六》《文人》《广陵散》《皮影王》等，依然维系这种感觉。甚至在他的成名作《绿豆》中，我一不小心窥探到了老宗曾经一脸青春痘的幽幽时光，心中不免幸灾乐祸。

直至有一次，我偶遇他的《浪迹江湖（三题）》，一口气读了三遍。读完，浑身战栗，触电一般无法自禁，矜持的膝盖终于无声无息地软了下去。在我眼里，《浪迹江湖三题》属于旷世之作。这并非肉麻地吹捧，而是我实打实的阅读感受。

《浪迹江湖（三题）》的语言虽然含有老宗昔日的影子，但这次惊世骇俗，犹如街头美眉的裙子，越穿越短，短到胳肢窝。"终于，到三楼。又一个大厅。很宽。也并不暗。"类似这样遍地开花的短句，以及废话少说的对白，如鼓荡的孕肚，蓄势待发，饱具张力，始终洋溢着深沉的情感和迷人的光泽。

我一度徘徊在老宗的句式中，浅吟低唱，痴迷不已。把玩再三，总是感觉这一切似曾相识，却雾里看花，抓不住头绪。某次深夜，我独自站在天桥上，望着脚底下的车辆川流不息，仿佛光的河流在疾速地奔涌。这时，我的灵感突如其来——简洁，明快，迅疾如电，从不拖泥带水；冷峻，奇崛，传神走心，力求一字千钧。这不是古龙开创的武侠小说的语言风格吗？

少年聊笔江湖梦，轻马快剑破红尘。

《浪迹江湖（三题）》在老宗的笔下轻马快剑，进退自如，完美地继承了古龙的衣钵。语言一旦恣意纵情，便摇身一变，成了三少爷手里的剑。读时，清锋三尺，剑雨江湖；读后，空谷清音，桃花流水。

如果光有语言，那只是一种浅薄的炫技，《新华字典》的搬运工。《浪迹江湖（三题）》更胜在故事文本的繁茂与复杂。大哥、大嫂、儿子，故事情节密不透风，一波未平一波又起，一环紧扣一环，在危局的设置中翻手为云，覆手为雨，直至暴风骤雨，血洗江湖，草掩白骸。无尿点，本是电视剧剧情的颜艺大手，却被老宗成功笑纳，且运用自如，让人赏心悦目。

《浪迹江湖（三题）》发表后，有人转载到了"小小说作家网"，顿时惊起一片大呼小叫。其中，雪弟老师评论道："一个俗套的故事，在宗利华笔下，它依然显出生机和活力。一方面来自作者的宏观框架，用一个血脉相连的三口之家，来演绎江湖的本质。另一方面，它来自作者叙事视角的巧妙运用……三种叙事各自打开一道心门。"此说颇为精准。我们拜过太多的山，蹚过太多的河，也走过世间无数的路，却不曾读过"他""我""你"三种叙述人称与三篇微型小说完美结合，而且这三篇还是一个系列。这种新颖别致的叙事手法，引起我极大的兴趣。

如果仅止步于此，恐怕还不至于让我如此大惊小怪。毕竟，业界出于某些非文学原因而人为拔高的伪经典，使得经典泛滥成灾，分猪肉一样，几乎人手一份。何谓经典？真正的经典，是指在文体上具有独创性，蕴含社会与历史意义，凝聚着很高的审美价值，具有长久生命力的典范作品，是思想精深、艺术精湛、制作精良的传世之作。

我不敢遑论《浪迹江湖（三题）》可否列为经典，但从经典的释义来观照，它已经非常接近了。其文学独创性，或者说艺术价值，在于"三题"的宏观构建：既浑然一体，又独立成章。

在这之前，微型小说的系列创作，多为叠加法，比如将一堆故事搬到一个地方，或村或镇或州；比如将所有剧情聚焦于一个人身上，或张三或陈七或阿六；比如让一个性格特殊的人诸事缠身，或精神病或变态狂或守财奴；甚至一个家族一个单位一家报社一处妓院一个甲子年一份族谱，也是写作者的匠心所在。一竿子捅到底，说白了，就是找一媒介，类似小说中的道具，或纵深或横向，将众多奇葩之人斗妍之事付诸笔端，或聚一地或聚一人或聚一时。

受这种定式思维指引所出炉的系列，说好听些，就是多角度全方面，精彩纷呈；说难听点，无非是一堆沙子的堆积，聚沙成塔，沙子是否同质是否有黏性不重要，关键是堆积成形。拜读这些系列，发现大多浮于表面，靠三两篇较好的作品撑门面罢了。

林深见鹿，海蓝见鲸。《浪迹江湖（三题）》的横空出世，为系列写作提供了全新的版本，穷奇之趣，将不可能折腾成可能。倘若你稍加思量，会发现"三题"创作思路的核心在于语言风格、叙事节奏和人物形象和谐统一，以及叙事手法、故事情节和思想立意特立独行，各具特色。换句话说，三篇组装在一起，具有短篇小说的故事情节和思想容量，一旦肢解，随便拎哪篇均可单打独斗，不负文学使命。

众所周知，微型小说因篇幅短小，门槛较低，作品良莠不齐，甚至有些打着世界华文头衔的写作者，作品还停留在故事的层面，却四处上蹿下跳，沦为文学活动家，在世人面前拉低了整个文体的水准及声誉。不少作家一谈起微型小说，总是无声地摇头，一脸不屑。甚至有人在我面前直言不讳，说微型小说不过是儿童写的文学，小玩意，连儿童文学都不如。然后，又安慰我道，怎么说也比高中生作文强一点吧。

几片烂树叶遮住了整座森林，我心有不甘，却无意反驳。但是，《浪迹江湖（三题）》澄思渺虑，顺事婉陈，通过深刻的主题内蕴、典型的人物塑造、曲折的故事情节、丰饶的意境营造、隽永的语言修辞等，为这个新生的文体赢得了该有的尊严。我们终于可以自豪地说，谁说微型小说是小玩意，你去读读《浪迹江湖（三题）》再下结论。

我曾经认真考证过老宗的写作来源。

我发现，在乔伊斯的《都柏林人》中，由十五个故事组成，头三个以自传的形式大体表现了从童年到青年的成长，接下来的七个都是有关成人的生活，后面四个则是关于社会生活的，最后一个作品《死者》为全书的归纳和总结。整体由简单到复杂，脉络清晰明了，每个作品宛如一出戏剧，讲述一个灵魂的挫折和失败。所有的人物渺小苍白，孤独沉沦，彼此没有交集。而到了V.S.奈保尔的《米格尔大街》中，同样是真实地再现一群生活在社会底层的小人物，却让人物出现了交集和流动。也就是说，同一个人物，经常在不同的故事中抛头露面，使得《米格尔大街》作为系列，十七个作品既各自独立，又葆有整体性。

当然，这只是我个人的一种猜想，我没有和老宗探讨过这个问题。但按照老宗的阅读面和文学悟性来说，他不可能对这些起起落落无动于衷。

2010年4月，我曾经混迹于一群人之间，以作家采风的名义在石龙镇混吃混喝一天。事后，按照主办方的规定必须写作一文，题材当然是与石龙有关。吃人家嘴软，拿人家手短，第一次被要求写软文，这对于习惯卖身不卖艺的我来说，实乃无米之炊，巧妇难作。临近交稿之际，依然一筹莫展。那时儿女尚在襁褓之中，每天家里啼哭号叫，鸡飞狗跳。为了寻个清净，我在离家不远的酒店开了两天房。窗帘被拉得严严实实，将外面的车水马龙隔开，一个人躲在黑暗里冥思苦想。散文可以写些花花草草滥竽充数，诗歌再没感觉，也可以玩文字排列组合，可是小说怎么投机取巧？

就像便秘一样郁结难排，我蹲在马桶上拼命抽烟，痛苦不堪。忽然，我在随行所带的《石龙镇志》里翻阅到一段话：民国初期，有匪上千人，盘踞东江流域，拦截过往商船，巧取豪夺……寥寥数十字，让我瞬间电闪雷鸣，醍醐灌顶。最后，用了一天半的时间，《青春杀人事件》仓皇呱呱坠地。

《青春杀人事件》属于三题系列，算是《浪迹江湖（三题）》的模仿之作，也是我唯一涉及年代有些久远的作品。同样，《青春杀人事件》也是通过"我""他""你"叙述视角的变幻，纵横捭阖，试图构建一个中长篇的框架。很可惜，在语言功底和叙事节奏上，还是与《浪迹江湖（三题）》相差甚远。

有据可查，《浪迹江湖（三题）》大获成功后，老宗又趁热打铁，写出了《江湖（三题）》。该作品烛照现实，题材大胆，涉及官方媒体所忌讳的校园暴力。虽然老宗的语言雄风不减，叙事能力犹存，甚至还掺入了芥川龙之介的《在竹林中》的某些叙事元素，但我还是得说实话，从文学价值来说，它比《浪迹江湖（三题）》逊色不少。正是《江湖（三题）》这个软柿子，让我重燃信心，跪到已经神经麻木的双腿，哆哆嗦嗦地站了起来，因为我孵出了《收藏（三题）》。《收藏（三题）》正是踩在《江湖（三题）》的肩膀上，被我作了三处改进：

1. 淡化校园暴力。故事场景由中学转移到小学，恶性治安事件降为儿童之间的欺负打闹。

2. 虚化时代背景。故事时间从当下转为遥远的20世纪80年代，以童年的黑白记忆代替当下的血腥斗殴。

3. 变化小说主题。由教育失败的反思与诘问偷换成城乡二元架构下国民性的扭曲和变异。

其实我还写过《明星露露的3月18日》《女人二十·三十·四十》两个三题系列，虽然不甚成功，但这些作品的源头，均离不开老宗的言传身教。另外，我注意到，《浪迹江湖（三题）》发表之后，引发了业界三题系列热，各种三题如雨后春笋般冒了出来，其中非鱼的《苍凉与温暖》、安石榴的《匿迹》、于心亮的《细粮·粗粮·杂粮》，让我印象深刻。

2007年3月，中国小说学会与《齐鲁晚报》联合主办了2006年度中国小说排行榜，《浪迹江湖·大嫂》位列榜单，可谓实至名归。以局部展现全部，我想这既是对老宗的一种肯定，也是出于所谓微型小说文体规范的需要（上榜的还有长篇、中篇和短篇小说）。同时，该三题还荣获2006年度全国小小说原创作品金奖。

除了《浪迹江湖（三题）》，2006年，老宗还创作了以《十诫》为标题的十题系列。顾名思义，《十诫》的主题，来自《圣经》所记载的上帝（天主）借由以色列的先知和众部族首领摩西（梅瑟）向以色列民族颁布的十条规定。从这个角度来看，我们不难发现老宗在尝试微型小说的各种可能性，试图以极限运动打通微型小说和其他领域的诸多通道。

没吃过猪肉，只见过猪跑，还真说不出猪肉的香。三题系列，三篇之中只写一篇，尚属不易，但一口气写三篇，并要求三篇面目各异，又纹理一致，此举无疑是自己为难自己，绑着沙袋跑步，异常痛苦。更何况是层层加码，《十诫》之十题，赫赫煌煌。这种推着巨石上山的行为艺术，除了老宗敢跃跃欲试，恐怕圈内难找第二人。受《十诫》的启发，我对《七宗罪》七题系列窥视已久，但至今无从下笔。

对此，评论家冯辉先生曾经感叹道："宗利华已将小小说写到了内宇宙（据藏传佛教的宇宙观认为有三个宇宙，内宇宙指人类身体）。"我认为更中肯的说法，是老宗已立地成佛，自成宇宙。虽然，《十诫》今天少有人提及，也毋庸讳言，后面几题写得有些勉为其难。但这丝毫不影响老宗在我心目中的伟大，以及对文体革命所带来的冲击。

故此，2006年，中国微型小说的巅峰之年，各方诸侯叱咤风云，狼烟四起，此等江湖盛会，怎么能绕得开老宗？

恨不相逢未嫁时。作为后来者，我常为自己缺席2006年而懊恼。几乎是前后脚，在我以新人的姿态在大众面前亮相时，老宗突然销声匿迹，转场写中长篇去了。《香树街》《水瓶座》《盛宴》和《佳城》的出版，老宗离我越来越远，远得连背影都望不见。2020年，同样在圈内摸爬滚打12年的我，在日渐淡出之时，突然发现老宗又出现在大家面前，有重操旧业的迹象，这次几乎也是前后脚。命运如此叵测诡异，让人不可思议。

尽管我与老宗神交已久，实际上只见过一次面，平日里联系也不多。2012年夏天，我去山东莱芜办事，回来的路上，特意去了淄博，为的是一睹老宗的风采。酒酣耳热之际，我对老宗说："任何事情都有正反两面，三题系列，既害得我们的队伍失去了一员骁将，又成就了你本人进军中长篇。"

老宗不解地望着我。

我继续说道："别人不写，是江郎才尽，写不出来。而我从你2008年发表的《唐卡》《傩舞》等三题来看，你是越写越长，越写越阔，无法控制自己，最后成了微型小说的门外汉，被迫退出江湖。"

老宗闻言深受感动，眼含热泪，举杯对我说："兄弟，你是真正懂我。"

附1：浪迹江湖（三题）

文/宗利华

大哥

掌心里的那块玉佛，是温热的了。

临出门前，女人将它挂在他脖子上。

"会保佑你的。"女人声音似泉。

他微笑着，搂过女人肩膀，轻轻凑过去，双唇触一下她的耳垂。儿子那时从门外突然闯进来，站在那儿，拿一个脚尖，点着另一个，歪着小脑袋笑。他和女人拉开一段距离。儿子吹一声口哨，一张手："我什么都没看见哦。"

那动作，分明是他的习惯。

此时，坐在司机的身后，他的嘴角稍稍一动，笑。

雨点突然凌厉，打在玻璃上，噼噼啪啪。一条条小河，流淌着。

他居然开始习古筝！女人是这方面的天才。一双小手，在弦上翻飞如蝶。他却远远不能。手太硬。尽管枪在他手上，也可以旋转成蝶。但是很简单的一个大搓手法，却硬是弹不准音。女人一边看，一边笑得浑身抖颤。"大哥呀，不是这样子的。"

女人伸手来。于是，蝴蝶蝴蝶翩翩飞。

女人也喊他大哥的。

所有人，都喊他大哥。

"大哥，到了。"阿龙悄声提醒。

他正闭着眼睛，抿嘴微笑，闻听此语，睁开眼。一道精光窜出来。眉头紧皱了。阿龙撑一柄油纸伞，一手探向车顶。他缓缓地从车里出来，竖起黑色风衣的衣领。"把伞给我。"声音沉着，但不怒自威。

"大哥！"阿龙小心翼翼看着他。

他将头迅速一扭，打量着阿龙。阿龙哆嗦一下，低头。他接过雨伞，顺手拍一下阿龙肩膀。阿龙站在雨里。他迈步走向那座大厦。闪闪发亮的皮鞋，缓缓拍打着雨水。有水花溅起。却突然停住，他回身摆摆手。阿龙跑了去。

"你账上已经有些钱。回家去一趟吧。老太太的病，不能拖了。"

"大哥，"阿龙哽咽，"你怎么知道？"

"我是大哥。"他继续微笑。

是一幢未完工的空楼架。非常适宜毒品或武器交易。踩着高低不平的地面，他经过一楼大厅。空荡荡的楼房深处，脚步声来来回回碰撞。他直接走上正中间的楼梯。楼梯上，长久未经打扫。一脚踩去，尘土飞扬。二楼楼梯口，一只小鼠迅速扭回身来，竟不怕人。终于，到三楼。又一个大厅。很宽。也并不暗。

一个男人的背影在窗口。

他一步步走近，直走到他的身边。

"大哥，我来了。"他轻声说。

那人回过身来，除却面上一道不甚分明的疤痕。居然跟他一般，书生样子。声音却冷如冰霜："我让你失望了。没想到我还能活着回来吧？"

"大哥。"他再次轻叫一声。

"我不是你大哥！"那人目露凶光，不再说话。却拿出一枚硬币，亮一下，"你挑。"

"大哥，一定要这样？"

那人突然亮出一把枪，指着他的脑袋："你跟我，都没有选择。"他又微笑："好吧，你先挑。"那人挑反面。挑完，拇指一弹，硬币带着一丝颤音，飞向半空。落在地上后，快活地弹跳几下。两人去看，是反面！那人盯着他，一声不吭，向后退。退了十米左右，缓缓举起枪来。

他突然说："大哥，你，能不能，照看一下我儿子？我死了，他会很危险。"

"我会把他带大。"那人似乎愣一下。

他慢慢闭上眼睛。那人举枪的手，忽然有些抖动。

枪响！

他迅速睁开眼睛。那人手里的枪砰然坠地，身体摇晃，向后倒去。他在急速转身的那一瞬，手里已经多了一把枪。阿龙的影子在楼梯口闪出来，他立即扣响扳机。"混蛋！谁让你进来的？"阿龙的身体猛地后仰，从楼梯口滚下去。他扭回头，喊叫一声："大哥！"

把那人抱在怀里，手里满是鲜血。

"我，知道，不是你的错。其实，我想杀你，早就下手了。可我一想到那女人和你们俩的儿子，我就无法开枪。"

"大哥！当时，所有消息都说，你已经死了。所以，我才和她在一起。"

那人惨然一笑："你，在走我的老路。一个大哥，目光里有了柔情。那，他的大哥生涯，也就，快结束了。"

"我本来不想做大哥。"

那人呼吸越来越困难，却拼着最后气力说："大哥不是想做，就能做的。你，要想给她，幸福，就带她，和孩子，走。"

那人的脑袋歪到一边。

一滴眼泪，滴在那人脸上。啪，四散成一朵花。

阿龙捂着一只胳膊，慢慢走近。他没有抬头。却自言自语："大哥，你说，我能走到哪里去？"阿龙小心翼翼："大哥。"他抬起头，缓缓说："阿龙，知道我为什么没打死你吗？"阿龙哭："大哥，我知道，因为我老妈。"

"你走吧！我太累了。"他仍然抱着那具鲜血淋淋的尸体。

"大哥！"阿龙扑通一下跪倒在地，突然拔枪对准自己的脑袋！"只求你，在我死之后，打发个人去看看我老妈。"

他的手臂一动，枪就响了。阿龙手里那支枪，应声落地。

"你要活着。如果你还有良心，就常去看看我儿子，和你大嫂。"

说完，他把枪口对准自己的额头。阿龙跳起来，拼命扑向他，嘴里喊："大哥，不要！"阿龙迈动第一步的时候，看到大哥的手指已经扣动扳机。大哥的脑袋向后猛地一扬。大哥头顶有一柱鲜血，挥洒开来。阿龙被一块木板绊倒，他伏在地上，抬头看着大哥，嘴里无声地呼喊。然后，拿手捶打地面。

最后那声枪响爆裂开来的时候，有一个女人手指下的一根弦，突然"嘣"的一声，断了。

大嫂

当筝上那根弦突然断裂的时候，我就明白，我的厄运骤然降临。

实际上，作为一个大哥的女人，这种厄运，几乎无处不在。

我并不知道，他要去见的，是那个男人。他的大哥。每次他离开家门，我都要提醒他，戴上那块玉佛。但显然，这一次不同。他已经谋划好，要杀死自己。所以，玉佛没能保佑他。他跟他的大哥，两个大哥，拥抱着，幸福地死在一起。

是啊，这样去死，何尝不是一种幸福？

我一直问自己，你被两个大哥同时爱上，是你的幸福，还是悲哀？我知道，那男人同样一直爱我。他保护我，不许别人碰我一下。可是，有一天，他突然消失。黑帮老大有这样的结局，一点儿都不奇怪。

而我真正爱上的，是他。他的老大消失后，他成了大哥。

我爱他，是因为他有思想。

这同样算是悲哀。如果他没有思想，他也许不会选择自杀。

毕竟，他有我，还有儿子。他死了，我们怎么办？

我告诉儿子："你爸，他死了。"

儿子脖子一拧："妈，告诉我，谁干的？"

天哪！他才是个刚刚六岁的孩子！

我伸手给他一巴掌："不管是谁，你，都不要再问！"

我们娘俩开始逃亡的历程。我们必须得离开这座城市。他的兄弟为他举行了一个隆重的葬礼。葬礼进行的时候，发生枪击事件。对手的主要目标，是我们的儿子。当然，兴许我也算一份。有一颗子弹，打中他一个兄弟的眉心。

我们无处可逃。

我们被一路追杀。

我的手里，随时都准备着一支枪。可我从来就没扣动过扳机。我不知道，枪究竟该怎么用。有一次，大哥帮着我，扶正枪身，告诉我，应该这样，这样。可是，当我触摸到那冰凉的枪身时，我嗅到一股浓重的血腥气味。我差点呕吐。

现在，我却必须枪不离身。

有那么一段时间，我以为危险过去了。

我找到一个藏身之处——夜总会。没别的办法。我得靠自己的身体挣钱。养活自己，养活儿子。我把儿子寄放在一个农村老太太家里，我嘱咐他，哪里都不要去！有一天，我去给他送钱。他追问："妈妈，你在做什么，有没有危险？"我差一点哭出来。但我笑了。

我说："妈妈非常安全。"

可是，噩梦再次降临。那天，有个客人走进来。我们俩都愣在那里。那男人脱口叫道："大——"他把后面那个"嫂"字很及时地咽回去。愣了半天，他突然晃着脑袋笑，"真没想到啊！大哥的女人，居然做妓女。"

我冷冷地说："先生，你认错人了。"

他点点头："也许。"

这个丑陋的家伙狠狠地把我摁在床上。像是发泄内心的怨恨。我把头扭到一边，咬着嘴唇。努力不让眼泪流出来。我不能哭。至少，我得等这个男人走了之后再哭。他发泄完。我跟他要钱。他笑了："你他妈还跟我要钱？我告诉他们你在这里，我敢打赌，你会被子弹打得浑身是窟窿。"

我低下头。

他走过来，伸手捏起我的下巴。这样，我不得不跟他四目相对："那时候，每次见你，我都忍不住想，哪怕我跟这个女人睡一个晚上，我这辈子，也就知足。没想到，山不转水转哪！"

我想，也许就是那个时候，我所受的压抑突然爆发，膨胀。但是，我是老大的女人。我知道，什么时候该镇静。于是，我叹口气："你大哥死了。我只好如此。如果你想要我，我可以跟你走。"

他眼珠一转。

我就明白，他在捉摸，我能值多少钱。

他笑了："大嫂，其实，我一直喜欢你。"

我跟他走出夜总会，温顺得像一只小猫。我挽着他的胳膊，走进一条小巷。在那个时候，我把枪掏出来。我知道，枪膛里，已经装满子弹。我需要的，只是扣动扳机。终于，在一个僻静处，我站住。我把枪举在手里。他似乎感觉异样，突然转回身。我对着他的额头，毫不犹豫开了枪。

那个血洞，灿若桃花！

枪声吓得我浑身一哆嗦！但很快就镇定住。我把枪塞进包里，戴上墨镜，扭身就走。我居然一点都不怕了。第一次开枪杀人，竟然这样顺畅无比！

我把随身携带的佛具塞进一个垃圾桶。

杀了人，还能带那些东西吗？

我重又潜回那座城市。可这次回来，心态大大不同。我在一家医院找到阿龙。他的老妈快要咽气。阿龙一看到我，脸变作灰色。

"大嫂，你，不要命啦！"

我简直有点佩服自己。语气居然如此冷静："阿龙，想不想做大哥？"

阿龙张大嘴巴。阿龙说："我这条命，是大哥给的。"

我和阿龙开始频频出击。我们收回大哥的好几个赌场和妓馆。毕竟，大哥在世时，也有一帮兄弟。他们随时都准备替我卖命。

他们所有人，都一直喊我"大嫂"。

我生命的尽头，是在一个傍晚。那是个让我很不愉快的夜晚。在赌场内，我第一次发号施令，惩治一个很不顺从的人。那人为自己的言行付出了代价。阿龙很干净利索地切掉他一根手指。当时，我捏着那截手指，哈哈大笑。

出门以后，我迈步走向那辆黑色奔驰。阿龙在左，阿彪在右。照例，阿龙会给我打开左边的后门。阿彪坐在副驾驶位置。阿龙依旧是司机。

可就在阿龙俯身开车门的时候，我突然感觉，有一丝阴森之气袭击全身。我迅速转身，发现四面八方，都有人影往这边走。我张大嘴巴！同时，一首古筝曲子骤然旋响。在那音律中，我看到阿彪扑通一下趴在车身上，在我脸上哧啦一下溅一道鲜血。我看到我自己掏枪的速度，也是很快的。而且，我迅速趴在地上。结果，我看到阿龙像一截木棍，砸向地面。我没看清，他的什么部位被枪击中。我躺在地上，几条人影倒立着跑过来。我开枪打翻一个，然后，滚向旁边的一辆车。可是，来的人太多。我刚想试着站起身，就觉得胸口被撞击一下，我的身体就贴在了那辆车上。

我的身上，出现无数个窟窿。

无数根琴弦，散乱开来。

有个人走来，揪着我的头发，把我的脸提起来。

他说："骚货，记住，这是男人的世界。"

就在那一瞬，我突然想，好久好久没见到儿子了。

儿子

让我计算一下。是的。你爸爸，也就是我大哥，走的时候，你才六岁半。你妈妈，我大嫂，被子弹打成血人的时候，你刚过八岁生日。那时候，你还是个地道的孩子啊！

是啊，大哥大嫂死的时候，我都在场。而你毫不知情。你肯定毫不知情。你就是在现场，你也不会明白，我们大人之间，究竟有什么仇怨，非要这么残忍地互相杀害。

老实说，我也不明白。

这就是江湖。

这就是黑社会。

关于大哥大嫂的死，刚才我已经告诉你。你现在可知道了？可惜，你知道了，也没什么用处啦。如果我早一点找到你。也许结局就不会这样。你瞧瞧我，浑身上下都是伤疤。你妈妈死的那天，我也差点丢了性命。你看，这里，这里，就是那天留下的。我如果早些时间找到你，就会把我这一身伤疤的来历，一处一处讲给你听。

我可不管，你是不是愿意听。

你要不听，我就扭下你的脑袋。

你阿龙叔叔这点本事还是有的。

更何况，我大哥大嫂都嘱咐过我，要我管教你。

可惜，直到昨天，我才见到你的模样。我为了这一天，寻找了足足十年。十年里，我仅仅见过你一次面。还是在电视里。你贩毒。被判刑两年。我看到那个新闻了。我时不时跟死去的大哥大嫂说，阿龙失职啊！我连你们的儿子都找不到，我怎么照顾他？

十年里，我一直寻找着你的踪迹。所以，我对你走的路。倒是略知一二。

按照你妈妈曾说过的地址，我找到那个村子。那已经是大嫂死后的第二年。此前，我一直在死亡线上，滚过来，滚过去。所以，我根本顾不上你。我到了那里，人家说，那老太太病死了。我问，她不是收养了个孩子吗？人家说，走了。好像去了福利院。

另外，我顺便想问你一下，村子里曾经丢失过几只鸡，还有一条狗被勒死，挂在村头的柿子树上，是不是你干的？我打听过好几个人，他们都认定，除了你，别人干不出这种事儿来。我知道，你在那里，受尽村里孩子的欺负。做这种事情解解恨，倒也不为过。但大丈夫行走江湖，应该光明磊落。这种偷鸡摸狗的事，终究不是英雄所为。

我接下来去了福利院。

人家说，是有你这么个人。可是，住了没两个月，你就跑了。在跑之前，你把其中一个孩子的鼻梁打断。而且，还在福利院那个女院长的被窝里，塞进一条蛇去。

那个女院长狠狠地骂了我一顿。

因为，我说，我是你叔叔。

此后，我就没了你消息。直到几年以后，你因为贩毒被判刑。我从电视里了解到你此前的经历。你从福利院逃走后，曾经要过饭，也曾经去找过你妈妈。可是，你没找到。你永远都不可能找到了。在那座城市里，没有找到你能依靠的人。于是，你开始坑蒙拐骗。还跟一个小偷学会掏包。从那段不是很长的新闻里，我还发现，你参与过抢劫。尽管那是小行动，和我跟你老爸当年相比，简直太小儿科。

当然啦，我跟你老爸，我大哥，在闯江湖之前，也基本上是这个路数。

你开始越做越大。居然一下子就摸到门道儿，开始贩毒。是的，我承认，这是很赚钱的生意。我跟大哥当年也做。但我们从没吸过。再说，我们的业务范围主要不在这一块。我们搞地下赌场，搞色情场所。不过，我对贩毒这一块，也是相当熟悉。对于你的手段，我一边看电视，一边冷笑，你简直不像大哥的儿子。

大哥的儿子，怎么会这么笨？

我曾经去打听过你究竟在哪里服刑。可是，没人告诉我。你知道，我对警察，对法官，也是非常害怕。但我自信，我还是有办法。有人给我提供了一个监狱。我想去看看你，结果，进去一问，你被转走了。原因是，你在监狱的监室内，很快就做了老大。而且，搞出许多轰轰烈烈的事儿。比如，把邻舍的一个犯人的腿给弄折了。

没人再告诉我，你去了哪里。

我自己也有点儿灰心丧气。因为，你离大哥大嫂嘱咐我的事情，已经越来越远。大哥大嫂都在最后时刻，悟到这样的人生经历，是残缺不全的。所以，他们不希望你重蹈覆辙。而事实是，你已经走上这条道。走得很干脆。

你知道，昨天我为什么会来吗？

是的，我同样是看到新闻。

你这次栽得太彻底了。死刑！好家伙！大哥做过那么多的事儿，也够大，够血腥，可是，还没被判作死刑。而是自杀。大嫂是被黑吃黑。在那种环境中，这种死法，倒也像个爷们。可怎么到了你这里，就成了被判处死刑呢？

我一看报纸上的照片和报道，就知道是你。

我想，我总得来看你一眼。我说过，我不敢接近那些警察和法官。

你知道，一不小心，我也会被打进监狱。这些年，我寻找你的过程，实际上也是隐蔽自己的过程。所以，我来给你送行，是小心翼翼的。甚至，我都不敢跟你面对面。我不知道，能和你说些什么。

一切都晚了。

昨天，法官宣判的时候，我就在观众席左边最后一排坐着。我唯一对你有所感触的是，你听到宣判后，居然还是仰着头。你的眼睛里，没有丝毫恐惧。这一点，像你老爸。

这让我突然明白，你是很适合做大哥的。

我不知道，你对我这样安葬你满不满意。你瞧，你的右边，是我大嫂。你的左边，是我大哥。你总算和你爹妈在一起了。

好啦。该絮叨的，我也絮叨得差不多了。我走了。你知道，尽管我退出江湖，已经很久。可是，难保会有人继续关注你们这一家子的事儿。我其实内心里惶恐不安。也许我刚走出墓地，就会被一颗不知从哪里飞来的子弹，"嘣"一下，干掉小命。

那时候，你说，谁会给我收尸呢？

附2：青春杀人事件

文/夏阳

青春

第一次见到苏三，我清清楚楚地记得，是1904年春天的一个下午。

那个下午，红棉街两边的木棉花怒放，一树一树的橙红，燃烧着整个石龙城。

我照例去小学堂看表哥。

每次，我都不进去，隐在门口的树后，静静地听里面的孩子书声琅琅。我还会踮起脚尖，透过木棂窗，张望他在黑板上奋笔疾书的身影。

表哥是我梦里的人。

小学堂在竹器街上。竹器街商铺鳞次栉比，卖的是各式竹篾制品。医院今天休假，我顺着人流，像一尾鱼儿在竹器街的青石板上游来游去。往前再走一步，就离学堂近了一步，离我心爱的人儿近了一步。越往前走，越害怕又一次扑空，好几天没看见他的身影了，学堂刚刚成立，他忙呢。

阳光透过街两边各种林立的招牌、骑墙和窗门，稀疏有致，暖融融地在狭窄的街面上画着图案。远处，隐约传来东江江面上船工春天般悠长的号子声。

这时，我无意中看到了苏三。

苏三精瘦，个小，像一只泥猴儿。他可能比我小几岁，在一家竹椅店里当学徒。

我看见他时，他正抱着一对竹椅腿儿在火上烧烤定型。很显然，苏三技艺不精，招来旁边的师傅一顿数落。师傅骂得越凶，苏三越手忙脚乱，毫无章法，气得师傅一把夺下他手里的活儿自己忙开了。苏三满头大汗，一脸尴尬地侍立一旁。

苏三师傅的数落像唱戏一样好听，抑扬顿挫，时而火车隆隆般气吞山河，时而苍蝇嗡嗡般幽咽低语。我从没见过如此会骂人的男人。我站在店门口，像看戏一样，被深深地吸引了。

我从没意识到，仅仅这一下逗留，竟然改变了我的整个人生。在以后漫长的岁月里，我常常悔恨自己的年少轻狂，我一个名门望族的大家闺秀，一个石龙城叶家的大小姐，一个惠育医院的头牌女护士，竟然会肆无忌惮地站在竹器街一家小店门口，心情愉悦地观赏一个地位卑微的学徒的狼狈相。

我甚至心怀侥幸地想，如果苏三当时没有抬头看我，也许以后的许多故事就不会发生了。可是，苏三最终还是抬头了，一抬头，便顿时像电击了一般，嘴巴半张着，失态地望着我，呆呆地定格在那里，如一尊雕塑。

他的目光不是呆滞空洞，而是灼热四溅。我清楚地看到，他眼里燎着的那团火，正冒着蓝色的火焰，一寸一寸地，呼呼地直往在我身上蹿，蹿得我满脸绯红，羞赧不已。苏三像不相信似的，用手揉了揉眼睛，仿佛面前站的不是一个惠育医院的女护士，而是琼楼玉宇里下凡的仙女。他的手本来就黑乎乎的，这一揉，揉出一对熊猫眼，在脏兮兮的脸上惟妙惟肖，让我禁不住笑出了声……

有些事儿，对我来说也许只是一瞬间，而于对方却是永远。譬如我和苏三的偶然一遇和临别一笑。

不久后的一天，我刚到医院上班，就送来了一个病人。病人左手前臂被利刃所刺，一条半尺多长的伤口鲜血淋漓，深至白骨。一个中年男人不顾病人的惨叫和疼痛，在一旁喋喋不休地骂道：狗杂种！驴嘴舔不到屁眼儿，篾刀却能割手臂……

听着这熟悉的唱莲花落一般的骂声，我扑哧一下笑了，这不是竹器街竹椅店里那对师徒吗？我留意了一下病历，他的名字叫苏三，和戏台上里那个蒙受冤难的苦命女子同名。一边给他缝针，一边迎对他火辣辣的目光，我想起了自己上次在竹器街的遭遇，感觉有些不自在，脸开始发烫。

缝针后，苏三每天都会来洗伤口，上药膏，换纱布。每次来，他只找我，偶尔我不在，他就老老实实地蹲在门边的角落里等，脸色蜡黄，远远地望去，像一张薄薄的纸。

苏三的伤口很奇怪，反反复复，两三个月了，一直不见愈合的迹象。每次换药，他像一个乖孩子，默不作声，目光如一只蜜蜂，安静地追随着忙碌的我。

我对苏三已经喜欢上我或者爱上我是浑然不知的。我只是觉得他是个苦命的人儿，和戏台上的那个苏三一样值得同情和关怀。甚至，因为苏三学徒的身份，在我眼里，他还只是个大孩子。我承认自己对他的伤口悉心照顾有加，我是受过新式西方医学培训的护士，这是我的职业。

那个黄昏，和以后很多个日子一样，不该来的时候却来了。

那个黄昏，白天的暑热未退，知了依然在窗外永不停歇地鸣唱，让人躁动不安。

同事们都已经下班了，空荡荡的医院只剩下我和苏三。我小心地揭开他伤口上的纱布，发现里面已经溃烂生蛆。我心疼不已，一边叮嘱他要多注意伤口卫生，一边为他细心地清洗伤口。就在我起身去拿药架上的药膏时，苏三突然一把从后面抱住了我，呼吸急促，将他瘦弱的身子紧紧地贴在我的后背上。

面对这突如其来的袭击，我当时吓蒙了，差点尖叫起来。我第一次这样被异性热烈地抱住，第一次听到一个男人的心脏在我后背上剧烈地狂跳，不由一身汗涔涔的。在此之前，我和指腹为婚的表哥连手都没拉过。我止住内心的恐惧和惊悸，努力将自己平静下来。我知道不能去做无谓的反抗。我一动不动，把自己平静成一截冰冷的树桩，许久，我感到这种冰冷慢慢爬进了他的身体，他的手不再是那么强硬有力，而是奄拉松懈了下来。

我轻轻掰开他的手，转过身，对他妩媚一笑，冷冷地说：你也配？

他怔了一下，脸上变形地抽搐着，走了。

就当什么都没发生，还像以前一样，多用点心，争取早日把他的手臂治好——那晚，我不停地洗身子，一边洗一边泪流满面地咒骂苏三祖宗十八代，直到天亮，我才说服了自己。

可是，苏三再也没有来过。

杀人

炮声震天，激战了一夜，双方死伤惨重。

凌晨，天色熹微，胜负的分界点，最后成了他和陈九的决斗。

不是你死，就是我亡。他骑着一匹黑骏马，从寒溪水开始败退，一条鞭子如暴雨一般落在马身上。

陈九骑着一匹枣红色的快马，挥舞着皮鞭，在后面紧追不舍。

其实，他完全可以立即结束这场战斗。他只需将马速放缓一下，拿出他的绝活儿，一枪足以撂倒陈九。他的枪法百发百中，他自己是知道的。

杀还是不杀？他一边逃跑，一边问自己。这辈子，他杀人如麻，从不眨眼，内心却没像今天这样犹豫过。

他杀的第一个人是他养父，也是他师傅。

他在十岁那年，被贫苦的亲生父母卖给这个苏姓的竹器世家。从进苏家门那天开始，他就变得沉默寡言。他知道，这辈子只能和竹器为伴，安分守己地做一个靠手艺吃饭的匠人，在养父兼师傅的打骂声中忍气吞声地活着，像狗一样活着。

木棉花开的那个春天的下午，他在竹器街遇见她，究竟是上天的安排还是命中的劫数？很长的时间里，他一直在苦苦追问自己。他竹篾匠的命运转折点，或者匪首的人生起跑线，就是开始于那个下午，开始于那个惠育医院的女护士。起初，她是大大方方地站在店门口，一双水灵灵的大眼睛望着自己，最后临别时含情脉脉地一笑。

从此，他疯了。

为了能天天见到她，厮守在她身旁，他用篾刀砍了自己的左手臂，然后每天深夜把伤口泡在凛冽的东江里，直到流脓生蛆。他知道，伤口一旦康愈，他就没有理由去找她。

疗手伤的那段日子，是他一生最快乐的时光。

养父见他伤口迟迟未能痊愈，且花钱颇多，终于忍无可忍，把他赶了出去。其实被赶走倒无所谓，关键是他没有医药费，不能接近她。

于是，他把养父杀了。第一次杀人，他很害怕，闭着眼睛，用篾刀狂剁熟睡中的养父，像剁大白菜一样。鲜血溅射出来，喷了他一脸。黑暗中，他的眼里射出两道寒光，冷冷地看着整个睡梦中的石龙城，就像不久后的那个夏日黄昏，她冷冷地看着他的自不量力。

老子不配？谁配？

五年后，他成了东江流域令官民闻风丧胆的悍匪头子。他手下弟兄上千人，均荷枪实弹，全副武装。他的名字叫跛三，因为他的左手残废了。大家当面都毕恭毕敬叫他三爷。

他打家劫舍，敲诈勒索，杀人放火，无恶不作，却有两个规矩让手下弟兄颇为疑惑：一是从不娶压寨夫人，对女人历来是先奸后杀，无论容貌多么倾国倾城，一概不留；二是从不进石龙城，最多是在东江水域上设卡收钱。

石龙城草木皆兵。一帮富得流油的商家未雨绸缪，自发成立了商军团，声势浩大，军纪严明。但在他眼里，那只是一盘随时可以用来佐酒的小菜。

养虎为患。他不去石龙城，商军团却自己找上门来。商军团成立十周年的那天，花巨资请来省城部队，水陆空联合围剿他的老巢。一夜鏖战过后，他的部下在飞机大炮的轰炸下，遭到了灭顶之灾。

东方露出了鱼肚白。一黑一红两匹战马，宛若两道闪电，疾驰在东江堤上。

他望了一眼对岸的石龙城，凄楚地想，她现在安好？如果她知道大名鼎鼎的跛三竟然就是苏三时，她是高兴喜悦，还是道歉忏悔，或者依旧冷冷地拒绝他？

他恓惶地环视四周，东江水面上，血流成河，浮尸累累，空气中弥漫着浓浓的血腥味。远处，商军团在清理战场，几堆焚尸的大火越烧越旺，浓黑的烟柱，向天边的曙光滚滚而去。他心如刀绞，老泪纵横，嘴里喃喃自语：我确实不配，对吧？

马速缓了下来。他犹豫了一下，还是一马鞭狠狠地挥了下去。他知道，跑了大半宿，马已经尽力了，和他一样，年岁不饶人。唉，战火纷飞，枪林弹雨的事儿，那是年轻人的天下。他这把年纪，本应该坐在幕后运筹帷幄的。

他无论如何也没想到，陈九，身后这个要置他于死地的陈九，关键时刻背叛了他。他曾经对陈九宠爱有加，视如己出，按接班人的标准苦心培养。陈九是被他派人从石龙城陈家书院偷来的。纸包不住火，终于有一天，陈九知道了真相，知道了自己是认贼作父。

他有生以来最大的打击不是省城部队，不是水陆空联合的狂轰滥炸，而是陈九的背叛。望着陈九决绝远去的背影，他似乎望见自己呼啸东江两岸二十多年的王朝已经分崩离析。而这次，围剿自己的商军团团长，正是调转枪口的陈九。他得知消息后，在黑暗里坐了一夜。一夜，可以使嫩枝抽芽，也可以使一个人彻底苍老。

马有些跑不动了。后面的陈九依然活蹦乱跳，死死地咬住自己不放，时不时地还追上几声冷枪。年轻，真好！他心中喟叹。

他知道自己随时都可以取陈九的性命，探囊取物一样简单。他把毕生的功夫都教给了他，但还是留了一手。杀还是不杀？他内心极度煎熬。

突然，他一个镫里藏身，人挂在马腹下，隔着急速跑动的两条马后腿之间的空隙，一抬手，手里的枪便瞄准了身后已在射程之内的陈九。他似乎看见一颗子弹带着袅袅青烟，缓缓地从陈九的头颅中间穿过，穿出一朵绚丽的木棉花。然后，陈九就像他养父那样，悄无声息地死在他面前。

这是他的绝活儿，从未失手过。

他暗骂：小子，是你自己逼人太甚，不要怪老子心狠手辣。你不死，我得亡！他的枪口，准确无误地瞄准了陈九的头颅。

在扣动扳机的那一刹那，他的枪口还是无力地垂了下来。唉！他对自己轻轻地摇了摇头。

战机，稍纵即逝。吓出一身冷汗的陈九，忙举枪射击。

马中弹倒下了。在马倒下的一瞬间，他就地十八滚，躲开了陈九雨点般的子弹，一纵身跳进了东江。

陈九对着江面疯狂地射击。射击了半天，陈九怔怔地望着湍急的江水，突然双膝一软，跪在江堤上，咧着嘴叫了一声"爹"，掩面痛哭，如一泪人。

事件

你母亲咽气时，天色已经暗了。昏暗的油灯下，满屋子悲恸的号啕声，随着穿堂而过的寒风，在城北陈家书院上空飘来荡去。几只乌鸦从夜色里飞出，低低盘旋了一番，最后栖落在门前光秃秃的树上，唤出几声凄厉的啼叫。

乌鸦的啼叫里，你止住眼泪，带着两名副官，快马扬鞭，过打铁场，石湾、福田，上了罗浮山。你来寻明慈和尚。明慈出家在罗浮山华严寺，身为和尚，却是岭南方圆数百里有名的碑刻高手。

在此之前，你已经派过两名副官上山，携厚礼求见。明慈闭门谢客，言出家人不问尘俗之事。

你心中暗笑，这和尚修炼来修炼去，屁本事没长一个，倒把架子修炼大了。你身为堂堂一个师长，只能屈尊造访了。其实你很不情愿去，但是你知道你该去了。

在华严寺门口，你顾不上山风寒冷，在夜色里脱去戎装，换上一身素白的孝服。

你见到明慈时，他正在屋里打坐。黑暗里，枯寂如坟。

明慈往灯碗里续了些豆油。你分明看见他挑灯芯的手有些抖，抖了一阵，屋子里霎时亮堂起来。你没有说话，从怀里取出一卷条幅，徐徐展开，"陈母叶氏月蓉之墓"，行笔遒劲，苍凉如月。明慈神色哗变，惊问，走了？

你郑重地点了点头。

明慈端坐在蒲团上，闭合眼睛，手捻佛珠，口里念念有词。一弯明月的清辉，顺着窗棂爬了进来，泼在屋子的角落里。

你默默地注视着他。你很想告诉他，你已经大有出息了，如今是罗浮山驻防军的师长，如果不是在你的地盘上，华严寺怎么可能接纳一个来历不明的和尚，更不可能诞生一位碑刻高手。

很长一段时间里，你一直在暗中关注他的碑刻作品。这一关注，便是十年。终于有一次，你在一幅作品前站了整整一天，从露水沾衣的清晨开始，你一动不动，直到夜鸟归林，你方喜笑颜开，大呼：三爷终于死了。那天，你喝了不少酒，喝得酩酊大醉，兴奋异常。现在，你只能垂立一旁，默默地注视着他。

良久，明慈徐徐睁开双眼，欣慰地说，令堂温婉娴雅，西去路上，有于右任先生的手书相伴，也算是一大福佑。

你赞道，大师好眼力，此乃于先生视察石龙时，家父特意讨取的。于先生还说让其手迹在碑石上存活者，天下无几人。

明慈凄然一笑。

你从怀里掏出十锭金子，毕恭毕敬地码在桌上，说，晚辈备下薄礼，恳请大师亲自执刀。

明慈摆了摆手，石头样沉默。他伫立窗前，遥望山下的石龙城，神情悲戚。那盏油灯在寒风里摇曳，火焰忽东忽西，明灭不定。

明慈转过身，缓缓道，老衲乃出家之人，要钱财有何用处？若请老衲镌刻此碑，你须应诺一件事——在令堂坟茔对面的蟾蜍岭，为老朽置一坟地，死后烦劳草葬。

蟾蜍岭？

对！京山村后之癞蛤蟆山。

你面呈难色，说，容晚辈回去禀告家父，明日回您话。

你出门不久，屋里的灯就灭了。一声叹息在屋里响起：她笑起来真好看。唉，可惜再也没见过。那叹息，重重地，似地穴里轰鸣而出，在山坡上滚来滚去。

翌日，你如约登门回话，家父答应照办。

明慈诚惶诚恐，对你深鞠一躬，说，请转告令尊，老衲感激不尽。你三日后来取。

三日后，你再次登门，发现明慈形销骨立，发白如雪，溘然长逝。

院中躺有两块巨大的碑石，四尺高，一尺半宽，半尺厚，上等的罗纹石料。

一碑勒石而刻"陈母叶氏月蓉之墓"，八个大字，笔走龙蛇，字字皆活，刀法精、准、深、透、匀，不死板，不逾矩，极富神韵，如同于先生墨宝未干的一张宣纸，而非一块冰冷沉默的碑石。

另一碑，空无一字。

你对着那块无字碑一边磕头，一边对天嗟叹：爹，您还没死啊！

你没有食言，操办完你母亲的丧事后，开始厚葬明慈。

入土时，旁人提议请工匠在明慈的碑石上刻字，以资旌表。你连忙摆手，说，天下之大，无人敢于明慈的碑上刻字。无字碑，是他最高的荣誉，也是最好的墓志铭。

数年后，你父亲也走了，葬在你母亲墓旁。

隔着一条东江，三座坟墓郁郁苍苍，遥遥相望。

你也许不知道，六十年后，这里被开发商用来建别墅。开发商在报纸上刊登公告，明令迁墓。

迁墓的那天很隆重,你的子孙特意请来一辆货车。一行人把两块墓碑搬上车,浩浩荡荡,取道南岸大桥,行至京山蟾蜍岭脚下时,就听到山坡上一声巨响。那块无字碑轰然垮塌,断离的那一大截,沿着山坡呼啸而下,一直滚到车后才止住。

你的子孙下车看了看,对其他人说,这石头不错。来,搭把手,我搬回去盖猪圈,正缺呢。

当秧歌遇上探戈

蔡楠曾经拯救过我。

2008年8月8日，北京奥运会盛大开幕，乘此东风，第二届全国小小说新秀选拔赛也拉开了帷幕。类似湖南卫视的超级女声，首届举办非常成功，所产生的全国十强在文学界影响很大，可视为新人登上小小说大舞台的快速通道。我当时寂寂无闻，未发表过任何作品，对于这次比赛，自然是格外珍惜。

受上一届的鼓舞，很多人精心准备了一年，厉兵秣马，只待一赛成名。我当时手头只有两篇拿得出手的作品，《寻找花木兰》和《蚂蚁，蚂蚁》。比赛是在小小说作家网举行的。第一轮海选，符合参赛资格的新人每人限投一篇。考虑到参赛者众多，稍不留神就会遭淘汰，我不得不抛出被认为最好的《寻找花木兰》。这篇作品我前后修改不下50遍，几乎是一个字一个标点符号抠过去的，将自己当时的水平发挥到了极致。

9月7日，《寻找花木兰》从海选669篇参赛作品中脱颖而出，进入80强。第二轮，我走了一着险棋，以临时赶制的《守望》田忌赛马，如愿在9月21日晋级30强。按照计划，第三轮30进20，我打算派上自己信心十足的《蚂蚁，蚂蚁》，至于最后一轮，就只能听天由命，滚多远算多远。但人算不如天算。为了体现比赛的公平公正，第三轮赛制临时改革，将30强分为三队，分别进行"和平""环保""教育"同题赛，要求一周内完成。

我平生最怕命题赛，历来考试作文都是低分。如果是"和平"，我还可以写战场的残酷、杀与不杀的人性拷问或者还原英雄的真相；即便是

"教育"，似乎也能够以社会启蒙、田野教育或者三人行必有我师之类的滥竽充数，跳出学校教育的窠臼。但是很遗憾，我被抽到"环保"队。第一感觉就是无话可说。

现在想来，往事历历在目。我在电脑前一连坐了三个晚上，紧盯着"环保"两个字，一筹莫展。至暗时刻，心灰意冷。这个时候，开始有人上传参赛作品，他们的捷足先登和出手不凡，加速了我内心的崩溃。第四天，我闭门不出，殚精竭虑，山川河流原野花草在脑海里呼啸而过，又转瞬被我一一否定，一直折腾到深夜，筋疲力尽，依然颗粒无收。我发疯一样在家里转圈，恨自己无用无能。在转圈的过程中，我一度想过玩不转就干脆不玩了，高挂免战牌，放弃比赛。但我很快对自己摇了摇头。比赛实行全程开放，每天上千人在网上围观，数百帖子摇旗呐喊，一群特约评论员、特约记者跑前忙后进行动态评述，而且评委由业界大佬担任，背后还蹲着十几家文学报刊。夸张一点说，世界在一眼不眨地盯着赛况。放弃比赛，就意味着告知天下自己进入30强是个天大的笑话，也意味着冷寂十几年的文学理想好不容易燃起一撮小火苗，又被自己噗的一声吹灭了。

在历经昏天黑地的四天后，第五天，我总算冷静下来，该出门出门，该吃饭吃饭，不再坐在电脑面前咬牙切齿作困兽斗。就在那一天，我走在大街上，突然想起母亲常说的一句话："有样没样，看看世上。"老人家的意思很简单，告诫多向旁人学习。世上的"样"在哪里？"环保"的"样"是什么？当然是被公认为环保主题第一篇的《行走在岸上的鱼》——蔡楠老师的成名作。

僵局就这样被打破，剩下的一切就变得顺畅多了。因为《行走在岸上的鱼》所带来的启发，在剩下的两天里，我潜心写出了《捕鱼者说》，赶在大赛关门的最后时刻，信心满满地完成了递交。10月7日，我顺利晋级20强。10月22日，又凭《蚂蚁，蚂蚁》杀入10强，最终累计四轮比赛综合得分，荣获第五名。

按照当时的情况，几乎可以断言，如果没有《行走在岸上的鱼》对我的及时拯救，我的文学之路很有可能夭折。这是我第一次因阅读而品尝到成功的喜悦，蔡楠老师成了我文学的"第一块糖"。在以后漫长的成长中，我始终保持着这种良好的阅读习惯及阅读思考，多年来从未间断。这也成了本书写作的垫脚石。

《行走在岸上的鱼》创作于1997年，荣获第七届全国小小说优秀作品奖。该作品在结构和题材上标新立异，具有独特的深度思考和人文情怀，在当时可谓惊世骇俗，石破天惊。作为时代经典之作，蔡楠独树一帜，以丰富的想象和奇特的夸张，将一个世界性的生存问题，巧妙浓缩于白洋淀一条被迫生出四肢在岸上行走的红鲤身上，超越现实却深刻反映现实，触目惊心，喻世警醒。《行走在岸上的鱼》属于业界第一次大胆触及环保题材，其普世价值和思想前瞻性不可估量，为整个文体赢得了巨大的荣誉和尊严。

在新秀赛30强进20强时，我临阵磨枪，将《行走在岸上的鱼》反反复复读了五遍，一字一句，反复琢磨，最终找到一个突破口：突出地域风格，乾坤大挪移，把故事场景从白洋淀搬到夏阳河，把江河污染扩大至人性污染，即伦理道德的沦丧。最开始设计的是家公爬灰的故事，但在写作的过程中感觉冲击力太弱，就改成了父子共妻。站在《行走在岸上的鱼》的思想层面去观照自我，现实之中的我们，又何尝不是一条一天到晚游泳的鱼？一条被环境污染被渔网猎杀的鱼？要想生存，我们的人生开始某种异化或蜕变，在现实的各种围追堵截中四处逃窜，在恶劣的生存环境下把自己武装成打不死的小强。这是鱼类极其无奈的抗争，也是人类命运的真实写照。

2009年，《捕鱼者说》荣获第十二届全国小小说佳作奖。我不是唯奖是从，但站在伟大的《行走在岸上的鱼》面前，无论是文本意识，还是思想内涵，它的确矮如侏儒，只配佳作奖。

《捕鱼者说》的标题，脱胎于韩愈的《捕蛇者说》。我注意到湖南籍女作家盛可以挪用了这个标题，2012年在《人民文学》发表短篇小说《捕鱼者说》，以一个孩童的视角叙述成人世界。而其他人借用此标题进行散文、小说创作的，在百度上可查到七八篇之多。

　　更有趣的是蔡楠的《行走在岸上的鱼》。同为河北籍的小说作家胡学文，在2005年第6期《十月》杂志上发表了三万字的中篇小说《在路上行走的鱼》，并以此作为书名，2009年在春风文艺出版社出版个人中短篇小说集。其他诸如以"行走的鱼"为题的作品，在网上不计其数。另外，周星驰在2016年执导上映的3D喜剧电影《美人鱼》，公开说是改编于安徒生的同名童话，实际上在涉及海洋环境污染恶化等方面的想象，有借鉴《行走在岸上的鱼》中的某些元素之虞。至于那句珍惜用水的公益广告，"别让地球上最后一滴水，成为人类的眼泪"，仔细想想，其想象与夸张，和《行走在岸上的鱼》有异曲同工之妙。

　　由此可见，《行走在岸上的鱼》在社会上的传播力度何其深远。事实上，该作品问世迄今24年，依照当下的审美标准，它丝毫没有落伍，仍褒有非同凡响的警世力量。随着最近十多年来国家有关部门对环保的大力提倡，引发不少写作者跟风，环保一度成为热门题材。其中，我个人认为，安石榴的《大鱼》和杨光洲的《鱼鹰》算是成功的后起之作。

　　《行走在岸上的鱼》不仅让蔡楠蜚声文坛，而且对他本人的创作也产生了重大影响。该作品发表时，蔡楠正值35岁，在此之前，他有过长达14年的苦苦摸索，虽然创作了《习水》《水灵》《水韵》《熏鱼》《夕阳红》《大波》等一批清新纯美之作，但始终默默无闻。《行走在岸上的鱼》大获成功后，蔡楠乘势而为，一发不可收，写下了数十篇白洋淀地域性作品，并先后出版《行走在岸上的鱼》《白洋淀》《鱼图腾》等多部微型小说集，赢得"荷花淀派"新时期传人的美誉，真正意义上继承了孙犁先生的衣钵。这在业界算是一大文学现象，值得写作者深思。

继《行走在岸上的鱼》之后，富有文学追求的蔡楠，一直憋着一口气，想写出与之媲美的姊妹篇。直至2007年底，《水家乡》终于赢得满堂彩，重现"行走的鱼"昔日的荣光与神韵。因为这口气，蔡楠足足憋了十年，实属不易。客观来说，在这十年间，蔡楠所创作的《鱼非鱼》《鱼图腾》《马涛鱼馆》《焚船》《芦苇花开》《从乐园飞向乐园》等篇什，朴素而厚重，新鲜又活脱，虽有可圈可点之处，却始终未达到《行走在岸上的鱼》的艺术高度。

关于《水家乡》，杨晓敏老师有一番评述颇为精妙，兹录于此：

> 《水家乡》足以让蔡楠锲而不舍的努力得到回报。《行走在岸上的鱼》述说由于人类无节制的捕捞使水里的鱼逃避上岸，无奈成为一种变异的品种。《水家乡》在思想内涵的掘进和艺术探索上则作出了新的努力，在这里赖以栖息生存的丰茂水泽正渐行远去，和人的泪水一齐趋于干涸，野性的水鸟已颓为"老等"，人和动物在严酷的现实面前怅然垂泪，同病相怜，无处可遁。

我个人认为，《水家乡》恣意洒脱，疏密有致，清新而忧伤，散发着作者对白洋淀的深沉眷恋以及对精神家园的热切呼唤，具有独特的艺术感染力。在留白之美、曲线之美、色彩之美等传统美学上，《水家乡》超越了《行走在岸上的鱼》。

通过最近几年的观察，我发现蔡楠一直为"白洋淀三部曲"的二缺一而笔耕不辍。从2016年的《回灌》《造船》、2018年的《跑步鱼》《老赛与瓦子》、2019年的《船家》和2021年的《谁敢动我的杨树》等一系列作品来看，到目前为止，这个目标他还未达到。2017年，历史没有如期眷顾蔡楠，没有像1997年的《行走在岸上的鱼》和2007年的《水家乡》那般当惊世界殊。很显然，蔡楠一直在路上，为的不是战胜别人，而是超越自己。世界上最困难的事儿，莫过于自己挑战自己，将自己视为对手。

退一步说，蔡楠即使在2017年完成了三连贯的目标，他也不可能从此止步不前。一个视写作为生命的人，会不断地向第四篇、第五篇发起冲击，进入舍身忘我的文学境界。作家只有勤于执笔，耐得住寂寞，才能真正体味到写作中的无限快乐与奥妙。

蔡楠的文学成就，还体现在对叙事形式的各种探索。

就像蔡楠的《叙事光盘》有A面、B面之分，如果白洋淀系列称为A面，那么作品叙事形式的创新，就是他卓越的B面。蔡楠身怀强烈的先锋写作意识，是个富有探索勇气和创新精神的作家。他以新颖别致的结构和丰富多变的叙事手法，给微型小说注入新的活力，从而开拓了微型小说在叙事空间方面的无限可能性。甚至，蔡楠高擎"小小说是创新形式的艺术"的旗帜，鲜明自觉地把形式探索当作个人毕生的文学追求。在业界，蔡楠被誉为中国小小说叙事大师。原因很简单，他在这方面走得最远，远过任何人。

和所有入门者一样，在过了微型小说热恋期后，我对千篇一律的作品开始喜新厌旧。举目之处，无不是一竿子插到底的平铺直叙，或者顺叙中玩一下倒叙，顺便在结尾加一个反转，三板斧横行天下，让人生腻。在这种情况下，我欣喜地发现蔡楠B面的存在，瞬间激动得不行，犹如嗷嗷待哺的羊羔一头扎进丰茂的草原，一时不知如何是好。通过长时间的研读，我将蔡楠大部分的叙事形式命名为"组合式"。它的内核由两个或多个片段叠加组成，多纬度、多层面、多视角地展现现实生活的复杂性，使作品的内涵和社会意义大为提升，同时也增大了作品内部的艺术张力。

蔡楠组合的方式，就主要作品来说，两段式有《叙事光盘》，三段式有《水家乡》《鱼非鱼》《忠魂补》《猫世界》《老莫上网》《关于年乡长之死的三种叙述》，多段式有《千万别当小说读》《车祸或者车祸》《如何讲述我和刀哥的故事》《孟夏发出的18条信息》等。这种组合，并非简单意义上的叠加，而是在叙事视角、叙事节奏、叙事语言的加持下，使得片段之间的关系或递进，或颠覆，或并列，或互补，山山水水，千转百绕后呈现出一个故事的全貌。组合式的写作意旨，主要是通过蔡楠笔触社会底层，在现实中挖掘人性的善恶、温情与悲悯，同时也书写了当代社会洪流中人对价值选择的迷惘、失衡和人格异化。

风起于青蘋之末，浪成于微澜之间。世上无论大事小事，都是你依我侬，没有一件是孤立的。每一发生，每一发展，均一生三，三生九，九生万物，瞬间蔓延开来，迷宫一般四通八达。作家只有一支笔，如何写得过来？

这就逼着我们去思考，如何临摹这个复杂的世界，如何去发现自己，发现自己的世界，发现自己的世界的美？或者倒过来说，发现了美，如何再去发现世界，再去发现自己？这种哲学层面的思考，会把人逼疯的。真正意义上的作家其实是个苦差事，身无半亩，心忧天下。

这种没完没了，似乎只能"花开两朵，单表一枝"，抑或"花开数朵，各表数枝"。表完这一枝，再表那一枝，一枝一枝来，上演插花艺术。我想这就是蔡楠组合式的思想精髓。我尤其注意到，在《忠魂补》《千万别当小说读》《关于年乡长之死的三种叙述》《飞翔或者冰清化蝶》等作品中，蔡楠深受芥川龙之介《在竹林中》的影响，运用多重叙事视角、多声部的复调，不断地向人物的内心深处掘进，用自己的笔呈现出隐秘的悲伤、疼痛、无奈、焦虑和惶恐，揭示人物内心复杂幽微的世界，试图从多个角度去还原事件背后的真相。

讲述故事的方式和被讲述的故事同样重要。

小说无法像故事那般口头复述，完全体现出了叙事技巧的艺术魅力。相对于讲什么，优秀的微型小说同样也注重怎么讲，怎么运用一种巧妙合理的外在形式与文本内容相得益彰。但是，对于蔡楠来说，如果完全忠实于这种条条框框，不玩遍十八般武艺，岂不枉费叙事大师的美誉吗？故此，从这个角度去看，我们会发现蔡楠有不少实验性的文本，轻思想内涵而重文本形式，充满着到此一游或占据山头的文学野心。

比如《有一种感觉叫疼痛》《1963年的水》《我看到孔木哭泣的眼睛》等三篇作品，均以数字在自然段前加以标注，数字多达十几个。我对此百思不得其解。原以为是各个段落之间跳跃性太大，特意附上数字辅以过渡。读后才发现，内部逻辑严密，段落之间起承转合很老到，数字还真是可有可无。对此，我不由漫想，如果数字是凌乱的，无顺序可言，按照文本本身去阅读，是一篇不错的作品，而按照数字顺序去读，则是另外一篇甚至完全相反的作品，那么数字的特殊意义就出来了。这类似某些画作，正看和倒看，完全是两幅风格迥异的作品。

比如《我说的都是真的》，全文无一个标点符号，单段成文。这种人为设置的阅读障碍，就像通信基本靠喊一样，严重阻隔了作者与读者的互动性。一般人看到那些密密麻麻的文字挤成一团，就心生畏惧，脑瓜子疼。据说这篇作品至今还没有纸媒愿意公开发表，多少有些文字游戏之嫌。我在写本文时，想起有这样一个无标点符号的文本存在，却一度把作者记成了滕刚。当问到蔡楠时，他非常自豪地纠正我："是我写的！"我想，这应该是该作品存在的最大意义，它可以证明一个写作者行到什么样的水穷处，玩到怎样的极致。

比如刊登于《小小说选刊》2006年第7期的《一波三折》，所谓一波三折，是男主角站在别墅门口开门前的三种想象。初读，我被这种新颖的形式深深吸引，再读，多少有些失望。它让我想起一个精美的器皿，上面摆放着雕工绝伦的黄瓜条和萝卜丝，造型漂亮别致，有山有水，极富神韵。但就是吃不饱，也没有多少营养价值可言，可远观而不可近赏。在思想内涵上，它和形式类似的《关于年乡长之死的三种叙述》还真不是同一个级别。完全不顾思想内涵，单单追求一种形式，只是形式的新鲜、奇特，或是美丽吸引读者，作为一种形式美的开掘，似乎也可以，但仅止步于此。

鉴于以上思考，我加入少许味精和盐，烹饪出了《幸福可望不可及》。毫不避讳，在很多公开场合，我坦言照搬了蔡楠老师《一波三折》的叙事形式。我觉得这是一种荣耀，而非羞耻。值得一提的是，因为题材过于敏感，《幸福可望不可及》的命运也是一波三折，兜兜转转多处，没有纸媒愿意冒这个风险，直至2009年6月15日被《羊城晚报》"花地"副刊作为头题发表，才得以真正问世。这篇作品没有获过任何奖，至今还常被外界提起。和《捕鱼者说》一样，《幸福可望不可及》也是我写作初期的重要作品。

形式创新有时宛如双刃剑，慧极必伤，过犹不及。在蔡楠现代主义风格的作品中，我个人比较偏爱《叙事光盘》和《车祸或者车祸》，不喜欢《关键词》与《如何讲述我和刀哥的故事》。倘若论及最爱，则非《生死回眸》莫属。在我眼里，《生死回眸》从标题开始，从第一行开始，一直持续到最后一个字，都无懈可击，哪怕合上书页，它依然会长时间地萦绕在脑海里，让人久久难以释怀。

《生死回眸》呈现出小说自身的艺术魅力，神奇的叙事形式、自圆其说的故事编排，对无论是轻信还是机警的读者都会产生无法抗拒的诱惑。虽然它在思想立意上略显说教之嫌，但丝毫不影响它的完美存在。

《生死回眸》采取一种时光倒流的形式，来盘点一个腐败分子短暂的一生，在叙事形式上属于典型的倒逆式。这种倒逆式，和倒叙不同。倒叙是顺叙的过程中插入回忆式的片段，严格意义上来说，它在回忆时依然按照事态的发展而进行，可视为局部的一种顺叙。但蔡楠笔下的倒逆，则是顺叙的倒放，一步一步逆生长。我一直想找出《生死回眸》的师承，奔波多年，至今依然未果。倒是有一些电影充满着鲜明的倒逆式叙事风格，比如大卫·芬奇执导的《本杰明·巴顿奇事》，改编于美国作家菲茨杰拉德的同名短篇小说，讲述了一出生便拥有80岁老人形象的本杰明·巴顿，随着岁月的推移逐渐变得年轻，最终回到婴儿形态，并在苍老的恋人黛茜怀中离世的奇异故事。

倒逆式写作，最困难的不是故事情节，而是起承转合，一步步倒逆中的过渡。像《生死回眸》这么短小的篇幅，要想做到严丝合缝，自然顺畅，我承认依靠我目前的功力，还模仿不来。倒是蔡楠自己在2019年写有《姨妈》一文，将倒逆式和数字标注合二为一，虽然被《小说选刊》转载过，但离我膜拜的《生死回眸》还是相差甚远。

写作和写作文完全是两码事儿。写作贵在艺术创新和个性展现，求新求异；写作文在于达标或拿个不错的分数，求稳求正。博尔赫斯曾经感叹道："古往今来的故事，其实都出自少数几种故事模型而已，几乎已经穷尽，所谓的新意仅仅是变体。"这种变体，指的是作者观察视角的转换，以及叙事形式的遴选。这样想想，作家的悲哀就出来了，语言需要长时间的积累，一时半会儿无法一蹴而就，故事类型只有少数几种，而思想立意方面，人性主题大行其道，成了人人都可以涂抹一把的万金油，一俊遮百丑。数来数去，似乎只剩下叙事方法可以供大家尽情折腾，才让文学丰富起来，多元起来。

写作既不能重复自己，也不能抄袭别人，好不容易才从一种模式里跳出来，不承想又落入了另一种规范，实在是费劲。如果只用一种框架去套小说，流水线生产，就像所有的人穿一模一样的衣服，这个世界该多无聊多寂寞啊。然而，叙事形式的探索和创新又何其艰难，它每前进一步，都是一次对自己伟大的跨越，都需要背后大量的阅读和思考。故此，作为一个写作同道，我对蔡楠一直持敬仰之心，他是探索者，也是我学习的榜样。

关于蔡楠的艺术特色，诸多评论家进行过解读和总结。其中，有不少人把蔡楠的创作分为两个时期——早期，白洋淀系列；后期，形式创新系列，并分别贴上唯美主义和现代主义的标签。对于这种非黑即白的机械式的分类，我个人持反对意见。参照蔡楠的创作年谱，我们不难发现，白洋淀系列和形式创新系列大部分时间都在交错进行，而且很多作品，把中国传统的写实手法与西方现代主义巧妙地融为一体，不可能硬生生地割裂开来。写作者做不到，评论家更不可能。

在蔡楠所有的作品中，我极为欣赏《行走在岸上的鱼》《水家乡》《生死回眸》，认为是传世之作。何谓传世之作？打一个粗俗的比喻，就是看见世间美好的女子，会失去所有的理智，一门心思占为己有，犹如曹操铜雀台锁二乔奋不顾身。

以《水家乡》为代表的白洋淀系列，至真至纯，唯美空灵，带着白洋淀荷一样清香、苇一样葱绿、水一样澄明的新鲜气息。这种传统书写，深得古典文学的熏陶与滋养，让我想起中国北方土生土长的秧歌，大红大绿，唯美烂漫，洋溢着一种浓浓的民族风情。

以《生死回眸》为代表的形式创新系列，旁逸斜出的精巧构思，逆向思维的现代主义风格，书写着当下芸芸众生灵魂的丑陋，具有鲜明的现实意义和强烈的批判意识。它变幻莫测的叙事手法，犹如舞步华丽高雅、热烈狂放且变化无穷的欧美探戈。

以《行走在岸上的鱼》为代表的融合系列，传导出多层面的文化信息，既有白洋淀系列的唯美伤怀，又融合了现代主义荒诞、诡异、黑色幽默等叙事手法，还兼有安徒生《美人鱼》的童话特质和卡夫卡《变形记》中的变形元素，属于典型的中西合璧，典型的浪漫现实主义风格。这种浪漫，就是当秧歌遇上探戈所绽放出来的艺术气质。

综观这三篇作品的语言色彩，我们可以做出这样的解读：《水家乡》是在黑白里温柔地爱慕彩色，《生死回眸》是在彩色里朝圣黑白，而《行走在岸上的鱼》，则是彩色和黑白交织出来的一抹世纪忧伤。

每一株韭菜都会找到属于自己的牙缝。每一个题材，从理论上说，都有最适合它的叙事语言、叙事形式、叙事节奏、叙事策略，统称为叙事方法。所谓叙事方法，就是讲故事的方法，属于"怎样写"的范畴。

微型小说作者在叙事方法上的成长，一般可划分为三个阶段：初级阶段，试着讲好一个故事；中级阶段，把一个故事讲出水平；高级阶段，随便讲故事。随便讲故事？对，就是各种技巧信手拈来，融于作品之中大象无形，有意化无意。

这是写作的最高境界。

附1：行走在岸上的鱼

文/蔡楠

红鲤逃离白洋淀，开始了在岸上的行走。她的背鳍、腹鳍、胸鳍和臀鳍便化为了四足。在炙热的阳光和频繁的风雨中，红鲤细嫩的身子逐渐粗糙，一身赤红演变成青苍，漂亮的鳞片开始脱落，美丽的尾巴也被撕裂成碎片。然而红鲤仍倔强而执着地行走着，离水越来越远。

其实红鲤何尝不眷恋那清纯澄明的白洋淀水呢？那里曾是她的家园呀！那荷、那莲、那苇、那菱，甚至那叫不上名来的蓊蓊郁郁密密匝匝的水草，都让她充满了无尽的遐想。她和她的父辈母辈、兄弟姐妹在这一方碧水里遨游、嬉戏、生存，实在是一种极大的快乐啊！更何况红鲤是同类中最招喜爱、最受羡慕、最出类拔萃的宠儿呢！她有着与众不同的赤红的锦鳞，有着一条细长而美丽的尾巴，有着一身潜游仰泳的本领。因此红鲤承受着同类太多的呵护和太多的爱怜。

如果不是逃避老黑的魔掌，如果不是遇到白鲢，如果不是渔人们不停息地追捕，红鲤也许就平静地在白洋淀里生活了，直到衰老死亡，直到化为白洋淀的一朵小小的浪花。

厄运开始于那个炎热的夏天。天气干燥久无甘霖，白洋淀水位骤降，红鲤家族居住的明珠淀只剩下半米深的水。红鲤家族不得不在一天夜里开始向深水里迁移。迁移途中，鲤鱼们遭到了一群黑鱼的袭击。那是一场心惊肉跳的厮杀。黑涛翻腾，白浪迸溅，红波激荡。鲤鱼们伤亡惨重。

最后的结局是红鲤被黑鱼族头领老黑猎获，鲤鱼们才得以通行。

其实老黑早就风闻着垂涎着红鲤的美丽。因此老黑有预谋地安排了这次伏击战。老黑将红鲤俘获到他的洞穴，以一个胜利者的姿态享受着红鲤，折磨着红鲤，糟蹋着红鲤。红鲤身上满布齿痕和伤口，晶莹剔透的眼睛不几天就暗淡了下去。红鲤忍受着、煎熬着，也暗暗地寻找着逃跑的机会。

中午是老黑最为倦怠的时刻。为逃避渔人们的捕杀，老黑不敢出洞，常常是吃完夜间觅来的食物后便沉入梦乡。就是中午，红鲤悄悄地挣开老黑粗硬尾巴和长须的缠绕，轻甩尾鳍，打一个挺儿便钻出了黑鱼洞，浮上了水面。红鲤望见了水一样的天空，望见了鱼一样的鸟儿，望见了树叶一样漂浮的渔船。老黑率领一群黑鱼一路啸叫追逐而来。红鲤急中生智，躲到了一只渔船的尾部。她看到渔船那个头戴雨笠的年轻渔人甩出了一面大大的旋网，旋网在空中生动地划一个圆，便准准地罩住了黑鱼群。

红鲤扁扁嘴，一个猛子扎入深水，向远处游去。接下来的日子，红鲤开始了对红鲤家族的寻找。寻找一度成为红鲤生命的主题。在寻找中，红鲤的伤口发了炎，加之不易觅食，又饿又痛，终于昏倒在寻找的水道上。

这时，白鲢出现在红鲤的生死线上。白鲢将红鲤拖进了荷花淀。白鲢用嘴吮吸清洗红鲤的伤口，一口一口地喂她食物。红鲤便复苏在白鲢的绵绵柔情里。

荷花淀里便多了一对亲密的俪影。红鲤红，白鲢白，藕花映日，荷叶如盖。红鲤和白鲢在无数个白天和夜晚听渔歌互答，看鸥鸟飞徊，享鱼水之欢。白鲢就对红鲤说，天空的鸟自由，也比不过我们呢，它们飞上天空，不知被多少猎枪瞄着呢！红鲤就提醒说，我们也不自由呀，荷花淀外的渔船一只挨一只，人类各式各样的渔具，都在威胁着我们，说不定哪一天我们就会成为网中之鱼呢！

果然，不幸被红鲤言中。一个午后，白鲢和红鲤出外觅食，兴之所至，便远离了荷花淀。他们穿过了一道又一道苇箔，绕过一条又一条粘网，闪过一只又一只鱼叉，快活地畅游、嬉戏、交欢。他们来到了一个细长而幽邃的港汊间。这时一只哒哒作响的渔船开过来，白鲢看见一柄长长的渔竿伸下，一个圆乎乎的铁圈拖着长长的电线冲他们伸来。白鲢用尾巴一扫红鲤，喊了声快跑，便觉一股电流划过，一阵晕眩，就失去了知觉。

红鲤亲眼看见白鲢被电船电翻打捞上去的经过。红鲤扎入青泥中紧贴苇根再不愿动弹。她陷入了绝望和恐惧之中。一个越来越清晰的念头强烈地震撼着她：离开这里，离开水，离开离开离开——

天黑了，一声炸雷响起，暴风雨来了。红鲤缓慢地浮上水面。暴雨如注，水面一片苍茫。红鲤一个又一个地打着挺儿，一个又一个地翻着跟头。突然又一阵更大的雷声，又一道更亮的闪电，红鲤抖尾振鳍昂首收腹，一头冲进了暴风雨，然后逆流而上，鸟一样跨过白洋淀，竟然飞落到了岸上。

那场暴风雨过去，红鲤便开始了岸上的行走。

此时红鲤的腹内已经有了白鲢的种子，可悲的是白鲢还不知道，他永远也不会知道了。就为了白鲢，她也要在岸上走下去。

红鲤不相信鱼儿离不开水这句话。她要创造一个鱼儿离水也能活的神话，她要寻找一块能够自由栖息自由生活的陆地。

那个夏天过后，陆地上出现了一群行走着的鱼。

附2：捕鱼者说

文/夏阳

一

水上飘在48岁那年，带回来一个俊俏的外乡女子。这女子叫秀珍，28岁，水灵灵的，让人一看就舍不得把眼睛挪开。夏阳河上议论纷纷，说泉林好福气，他爹帮他寻了个叫人眼馋的媳妇儿。

泉林兴奋不已，撒腿跑到小卖部赊了一包好烟，脸上开着花，见人就递上一支。

月色刚刚笼上夏阳河，泉林就蔫了。

泉林质问父亲，你怎么睡我媳妇儿？

水上飘一脸疑惑，谁说是你媳妇儿？这是你妈！

啊？原来你不是给我娶媳妇儿！泉林蹦了起来。

水上飘苦笑，媳妇儿得自己娶！我把你养大不容易，你都26岁了，娶媳妇儿都不会？

泉林扑通一声跪下，哀求父亲，你都老了，看在我死去的娘的分上，你就把她让给我吧。

水上飘摇了摇头，一脚把儿子踹出房门。

于是，只大泉林两岁的秀珍成了泉林的后妈。

秀珍来后，水上飘依然和以前一样，重复着他每天的快活。上午睡觉，下午赌博，晚上喝酒。喝得脸色酡红，半醉半醒，便去夏阳河上捕鱼。

银色的月光下，河面上波光潋滟。水上飘亮出了他的绝活儿。水上飘两腿扎马步，脚踩一舟，无桨无篙，扭着腰身，一摇一晃，一晃一摇，如同月光下的一尾凤尾竹，在水面上，舞姿婀娜。他收网的手指，上下翻飞，像在钢琴上弹奏着一支醉人的月光曲。而捕捞上来的鱼，肥美无比。起网的那一瞬间，鱼身上的鱼鳞，在月光的照射下，寒光闪闪。

把小鱼放生，用大鱼换钱，换了钱上赌桌，输完后笑笑，再在秀珍身上撒撒野，这就是水上飘的快活。

有一回，一个赌徒讥笑他老牛吃嫩草，抢儿子的被窝。水上飘在手心里吐了口唾沫，双手使劲地搓了搓，一边摸着牌九，一边回敬对方，老子有老子的世界，儿子有儿子的天下。人活在世上，只求自己快活就可以了，管什么狗屁儿子。

可惜，水上飘只快活了两年就死了。他不是被秀珍累死在床上，而是葬身江底。原因很简单。夏阳河上游建了许多工厂，河水日渐乌黑，鱼也稀少，水上飘只好把他月光下"跳舞"的场地移到了赣江。可是，他忘了，赣江不是夏阳河。

一个深夜，月色妩媚，水上飘喝得半醉，在秀珍身上忙完后，开始在波光粼粼的赣江上踩着渔舟撒着欢，玩他的水上飘。

一个浪头掀来，渔舟剧烈摇晃。脚力发飘的水上飘，马步没有扎稳，一个趔趄栽进江里，从此再也没有回来。

二

月色妩媚，赣江朦胧。

江面上，一叶泊舟突然摇晃起来。摇晃了好一阵，才缓缓止住，传来一个女人和一个男人的对话。

泉林，你真棒，比你爹强多了！

叫泉林的男人显然生气了，大着嗓门儿，你以后不准提我爹，一提他，我就来火！

瞧，你又吃醋了。

不是吃醋。他连和自己儿子差不多大的女人都要争，太不要脸了！

怪不得死那么早。还水上飘呢！

女人剜了一眼男人。

算了，秀珍，不说了，毕竟我爹就死在这条江里。

沉默，长时间的沉默。

女人叹了口气，说，夏阳河腻了，都可以点油灯了。没想到赣江也浅成沟沟了。唉！我们去哪儿找鱼？

男人点燃一支烟，默默地吸着，望着乌篷外的江面发呆。江面，几处礁石伸胳膊露腿，在月光下对峙着。

这时，女人似乎有了主意，急切地问男人，赣江下去是哪里？

鄱阳湖。

那去鄱阳湖吧。

男人嗫嚅道，电视里说鄱阳湖也快干了，只剩下五十平方公里，政府正在禁渔。

女人问，鄱阳湖下去呢？

长江。

那去长江吧。

不去，长江浪更大。赣江都把我爹淹死了，他还是水上飘呢。我们去长江，还不是送死？

女人沉思了一会儿，小心地问，长江下去呢？

大海。

女人不说话了。

许久，女人带着哭腔问，难道就没出路了？

男人幽幽地说，出路倒有一条，我有个同学在广东开电镀厂，可赚钱啦，我们可以去他那里打工。

女人眼睛忽地一亮，说，好啊！树挪死，人挪活。明儿我们卖了舟，一起去广东打工。

女人兴奋地钻出乌篷，站在舟头，对着南方的星空凝望起来。

男人又点燃了一支烟，狠狠地吸了一口，沉默无语。

苍茫的月色下，瘦骨嶙峋的江面上，横着一舟。舟头站着一个女人，憧憬地望着南方。舟尾垂首坐着一个男人，手里的烟头，明明灭灭。

要出远门了。男人小声嘀咕着，眼角处闪耀着一片泪光。

附3：一波三折

文/蔡楠

今天是周末，是我到芊芊那里去的日子。我谢绝和推辞了一切活动，刚到下班时间，我就走了。

我没有用司机。我是自己开的车。当然我换上了一个外地牌照。豪华的轿车静悄悄地来到跨世纪小区我们那栋别墅时，天正好慢慢黑下来。我没有忙着把车泊进车库。泊车有的是时间。我现在急着要见芊芊。我已经整整一个星期没见到她了。我想她。

我把食指放在了门铃上。只要我的手按下去，就会连续发出一阵悦耳的音乐之声，我就很快听到一个瓷器一样滑润润的娇唤从门缝里漫出来，是老赵啊，来啦——随后就是一个身穿天蓝色真丝睡衣的妙人儿玲珑别透地笑在门口。门一关上，就鸟儿一样攀上了我的枝头……

可今天我不想按门铃。我要自己开门。我要看看我不在这里的时候芊芊到底会干什么。看书？上网？玩游戏？练钢琴？或者在曼妙的音乐里翩翩起舞？我把钥匙插进了锁孔轻轻转动。我期待着那咔嗒一下的响声。可没有。再转，还是没有。我感觉门是从里面锁上了。我的心脏在这时出现了剧烈的跳动，呼吸也开始有些急促。我冲到储藏室，飞快地打开储藏室门，搬出了一个简易折梯，搭在了阳台上。阳台靠左的地方，有一个暗锁，是打开防护网和窗户的唯一通道。是那个聪明的建筑商装修完房子把钥匙给我时告诉我的，紧急情况下以防万一。现在我不知是不是紧急情况，可我派上用场了。

我轻而易举地上了阳台，然后悄悄地打开了主卧室的窗户。我听到了一阵男女不堪入耳的声音。把窗帘撩起，我看到芊芊那件天蓝色真丝睡衣挂在衣架上，乳罩裤头丝袜发卡之类的小物件凌乱地扔了一地。而床上，红红的锦被正剧烈地摇荡。我知道发生什么事情了。鸠占鹊巢，娘的！我弯腰从阳台上的工具箱里找出了一把锤子，跳进卧室，掀起被子，瞄准芊芊的头砸了下去。砸死芊芊之后，我把被子蜷在地上，发现床上并无他人。那男女不堪入耳的声音是从悬挂着的平板电视里传出来的，DVD机里放着一张外国光盘……

其实事情不是这样的。那是我开门前短暂的想象。其实当时别墅门并没有锁。我转了几下就咔嗒一声开了。但客厅里没有人。我推开主卧室，被褥叠得整整齐齐的，芊芊不在家。我想她不知道我今天开会回来，一定是逛商场去了，要不就是找要好的姐妹聚会去了。我打她手机，关机。得！心急吃不得热豆腐，不但豆腐吃不上，看来晚饭也得自己做了。唉，在官场上打拼了这么多年，家又不在本地，整天在外面应酬，已经找不到一点家的感觉了，索性今天就找一找？

我推开大小厅相隔的门，正要下厨房的时候，却听到了厨房对面偏卧室里传出一声接一声压抑的哭泣。紧接着就听见一个男人低沉的劝说，芊芊你怎么哭了？我们有钱了应该高兴才对啊！芊芊说可这钱不是我挣来的，也不是他挣来的，这钱来路不明啊！男人说管他呢，反正你也陪他这么长时间了，该有些报酬了吧？咱趁他不在，将这钱还有能找到的存折银行卡都带走，回老家去，咱也开个洗浴中心干干！芊芊说那你不嫌弃我吧？男人说不，就当被日本鬼子强奸了——

我听到这里再也听不下去了。老子成了日本鬼子了？我可是堂堂的国家干部呢！我从厨房里拿过一把菜刀，推开门，看到床上铺满了红红绿绿的钞票，一黑一白两个裸体就躺在钞票堆里滚动。我挥舞着菜刀骂道，芊芊你这白眼狼，我给你这么多钱竟然还得不到你的心，你们逃不掉的！我的刀就飞快地砍了下去。我觉得我的手还是有些力气的。

我把那男人摔下床去，把芊芊抱到了浴室。我冲干净她身上的血，抱着她上了床。我突然觉得好累，就搂着芊芊依然柔软温暖的身体睡了过去。

其实事情也不是这样的。这是我在开门前的另一种想象。真实情况是：我从外地开会回来后，给芊芊打了手机，让她放好洗澡水等我。我开车来到别墅前，兴冲冲地按了门铃。门铃发出了一阵悦耳的音乐之声后，我就听到了一个瓷器一样滑润润的娇唤从门缝里漫了出来，是老赵啊，来啦——芊芊就穿着天蓝色真丝睡衣玲珑剔透地站在了我的面前。芊芊说我正在客厅里学跳舞呢！老赵，你洗完澡，我们去吃韩国烧烤怎么样？

我答应一声，关上门。芊芊就像鸟儿一样攀上了我的枝头。

附4：幸福可望不可及

文/夏阳

一碗面，卧着俩煮鸡蛋。

秋娘撒上葱花，淋上小半勺香油，满面春风地端上桌。山牛接过面条，开始风卷残云，一边吃一边夸："好吃！"

屋里无外人。他们隔桌对坐。秋娘笑眯眯地看着山牛的吃相，看自己男人一样心生甜蜜。

山牛抬头，见秋娘目光异样，顿感身子发烫，口干舌燥。

按风俗，客人不能把两个鸡蛋都吃完，得留一个给主人，以示尊重。山牛用筷子划拉着两个鸡蛋，划船一样，在秋娘心中荡起一层层涟漪。

山牛说："东家嫂子，你也吃一个。"

秋娘的脸泛起红晕，悄声道："你喂我嘛。"

山牛怔了一下，用筷子小心地夹起一个鸡蛋伸了过去。秋娘探起身，用嘴去接。山牛望见秋娘低开的衣领下，一对饱满的乳房山峰般耸立着，便身心大乱，手哆哆嗦嗦不听使唤，筷子一抖，鸡蛋钻进了秋娘的衣领里。

鸡蛋，有些滚烫，从秋娘的胸口、乳沟、肚脐，一路滑落到腰部，才被裤带止住，如一个男人热烈悠长的吻，丝绸般细腻。秋娘脚步踉跄，有些站立不稳，醉了。山牛惊呆了，举着筷子不知所措。

"讨厌，快帮我掏出来！"

"嗯，嗯！"山牛听话地转过桌子，手伸进她的衣领，在胸前摸起鱼来。秋娘呻吟一声，倒在山牛怀里。

山牛顺势把她抱起，进了里屋。屋外，阳光正酣。

其实事情不是这样的。那是秋娘看着山牛吃面时的瞬间想象而已。

其实当时山牛用筷子划拉着两个鸡蛋，并没有礼让，犹豫了一下，自己吃了。

山牛吃出一身的汗，解开短袖上衣的衣扣，敞开怀纳凉。

秋娘望着山牛一身隆起的肌肉疙瘩，光滑壮实，便心生惊美，脸色绯红。

山牛诧异地问："东家嫂子，你怎么啦？"

秋娘把脸扭向一边，没有吱声，眼里却泪水涟涟。

"你哭啥？"

"没啥，没啥。"秋娘忙掩饰道，却忍不住偷眼去瞅山牛结实宽厚的胸膛。

山牛望着神情落寞的秋娘，忍不住问："怎么从不见你男人回来？"

"我男人？我男人常年在外打拼，早有相好的，他把我忘了。"秋娘目光幽怨，成了一口井，深不可测。

"我一直在守活寡！"秋娘紧抿双唇，低头看桌面上的木纹。

山牛眼睛一亮，直勾勾地瞅着秋娘，慢慢地，和秋娘的眼睛连成一条直线，瞬间迸发出新的内容。

两人当即收拾细软，急匆匆逃出门，私奔天涯。

其实事情也不是这样的。这是秋娘看着山牛吃面时的另一种想象而已。

为了不耽误你的时间，我还是把那天真实的情况告诉你吧：夏季农忙，秋娘家缺少劳力，请山牛来帮工。山牛没吃早饭，晌午时饿得不行，独自回来寻吃的。秋娘煮了一碗面和两个鸡蛋给他。秋娘安静地看着山牛吃完面和蛋，又泡了杯茶。两人都没言语。

山牛喝完茶，拍了拍肚皮，起身出门上田，临走时问了一句："东家嫂子，要带什么吗？"

秋娘有气无力地答道："不用。中午太阳晒，早点归来。"说完，一屁股坐在椅子上，虚弱地喘着气，怔怔地望着山牛远去的背影，用脚踢了一下身边正在打盹儿的狗。

狗起身跑开，抖了抖满是灰尘的毛，对着秋娘龇牙咧嘴地笑了。

白纸黑字

有一次在老家，遇见一位老先生，寒暄几句，他送了一本书给我。书挺厚的，是他的作品集，有诗词楹联，有思想感悟，有生活札记，还有早年在地区报和县广播站发表的一大堆通讯报道。我双手毕恭毕敬地接过书，递上几句恭维话，然后顺手搁在老宅的衣柜顶上，并未带回东莞。

大约过了一年，老先生用手机短信问我要通讯地址，说寄点东西给我。我当时也未多想，出于礼貌，如实告诉了他。很快，我收到一封挂号信，里面是四页手写的稿纸，密密麻麻，工工整整，标注着他那本著作某页某行某句或某字的修改内容。事后，我又得知，几乎每个获赠书的人，都意外地收到了这份厚礼。

老先生此举，令我肃然起敬。我特意寻回他那本厚似板砖的作品集，轻轻拂去上面的灰尘，把那四页稿纸夹在里面，然后摆放在东莞家里的书架上，圣经一般庄重，以此警醒自己。

在写这本书时，为了研究黄建国老师，我专门在孔夫子旧书网购买了他的小说集《蔫头耷脑的太阳》和《谁先看见村庄》。由于早年排版技术的落后，后一本著作有五处细微的漏排，我惊奇地发现，黄老师贵为211大学的教授，居然亲笔手书逐一进行填补，黑色小楷，刀刻一般工整，大小刚好。版权页显示印数是2500本。我微信问黄老师修改了多少？他回答是大部分。

人活一世，草木一秋，再盛大的家业也将被不肖子孙挥霍一空，再宏伟的工程也逃不过溃于蚁穴的厄运。时间如猛兽，摧枯拉朽，势不可挡。世间看似牢不可破，其实不过白驹过隙，一切在上帝谈笑风生的瞬间斗转星移，沧海变桑田，包括钱财，包括建筑物，也包括爱情。纵观上下五千年，只有文字生命力常青，似乎无法轻易磨灭，闪烁着近似永恒的光芒。

因为近似永恒，一个写作者对自己的文字应当心怀敬畏，在写作上苦下功夫，千锤百炼，杜鹃啼血。尤其是付梓，还真来不得半点含糊，掺不得一丝虚假，因为作品无论以何种面目示人，均为白纸黑字，铁板钉钉。里面的任何瑕疵和纰漏，都将作为永久的罪证，伴随你的著作走入千家万户，蒲公英一样散落于四野八方，或殿堂之上，或茅厕之右，或尘埃之中。

工业产品设计有缺陷，可以召回，特别是汽车领域，见怪不怪。十年八载之后，车辆一旦报废，一切灰飞烟灭，似乎从未发生过。甚至，厂家严谨而负责的担当精神，坏事变好事，对于自身品牌的知名度不损反益。而书怎么召回？你只能追悔莫及，恨无回天之力，恨不能花重金挨家挨户去逐一收回。亦如本文开篇的那位老先生，亦如黄建国老师，亡羊补牢实属无奈之举，倘若印数海量，则成了现代版的愚公移山，子子孙孙无穷尽也，悲壮至极。

实际上，我个人也深有感触。

2009年，因虚荣心作祟，我出版了第一本小小说集《夏阳村人物脸谱》。这本是一个颇有创意的写作课题，却被我活马当死马医，弄得不堪卒读。近年来，偶尔听到有人议论："夏阳早年写得也不咋的，你去看看他那本人物脸谱，就心知肚明。"每逢这种场合，我不由面红耳赤，恨不能找条地缝钻进去。我说什么呢？白纸黑字，铁证如山，任何抵赖与狡辩均无济于事。

从事写作迄今十二年，我出版了十一部个人著作，实话实说，含金量并不高。有时遇到领导赏识，指名道姓让我馈赠一套书供其拜读，还客气地嘱咐签上大名。对此，我异常窘迫，抠抠索索，找尽借口搪塞，也只敢摸出三五本。收不到钱不说，自贴快递费不说，关键还得战战兢兢署上自己的名字，将罪证坐实画押，然后是或长或短地等待，忐忑不安。

给吧，自毁声誉；不给，傲慢不恭。那过程，熬人，自作孽，不可活。一切自作自受，只源于最初的仓促草率，使得一辈子惴惴不安，偷人养汉似的后患无穷，终生无法洗白。原罪啊，原罪，草菅文字，缺乏敬畏之心，是写作者难以逃脱的原罪——若干年后，我终有所悟。

我不是挤对自己穷开心，其他同行貌似也好不到哪里去。君不见，每年公开出版的微型小说作品集数以百计，欣欣向荣，汗牛充栋。毫不客气地说，繁闹的表象背后，大多严重注水，仅靠两三篇佳作支撑，可读可品的篇目难以过半。有一些甚至还不如我那本《夏阳村人物脸谱》，却堂而皇之地大行其道，甚至还敢开签名售书会，明星一样上蹿下跳。岂不知，印一千本，是一千张罪不可赦；印一万本，是一万份自取其辱。你见过满大街散发自己的罪状抑或四处给别人瞧一瞧的露阴癖吗？很不幸，我们也许就是。

2011年初，受东莞文联《南飞燕》杂志相邀，我负责主持一档全新的专栏"小小说名家"，向各位大咖征集代表作。其中，就有某老师（恕我无法供出姓名）通过邮件发过来的某作品。我读后大吃一惊。初看，貌似没啥，挺周正的；细读，发现标点符号和语法错误遍地开花，几个错别字也是分外刺眼。要知道，该作品已发表十几年，转载无数，获奖无数，可谓名扬天下，等同该老师的文学标签。困惑之余，我找来多个权威选本进行对照，发现大同而小异，异在细微处各走各的阳关道。

为什么会如此乱云飞渡？

我琢磨许久才恍然大悟，这是该作品的初稿，作者从未改动过，一直保持着出生时的原生态，谁要转发给谁，十几年如一日。公开出现多个版本，是一些编辑出于责任心，在初稿的基础上有所润色，所以才有了细微处的百花齐放。

我偶尔发现，《二姑给过咱一袋面》（以下简称《二姑》）也有好几个版本存世，细细琢磨，却是另一番天地。

《二姑》发表于1997年，获过不少奖，入选过众多选本，为难过数百万考生，至今为广大读者所追捧。这是侯德云老师代表作之一，为他获取金麻雀奖立下过汗马功劳。

《二姑》叙事结构新颖别致，借鉴了编书体例的形式，全文分序、正文、跋三部分。然而，我在诸多权威选本（包括作者的自选集）中至少发现了四个版本：

1.全版。即文后所附的版本，传播最广最久，包括序、正文、跋三部分。

2.全版。取消了序、正文、跋三个小标题，序和跋的内容比正文小一号字体。

3.部分版。只有序和正文，序没有小标题，比正文小一号字体。

4.正文版。只有正文，删除了一头一尾的序和跋。

按照我的理解，四版共存的背后，镌刻着侯老师锲而不舍的艺术追求，也是一个作家成长涅槃的忠实记录。第一个版本公开发表后，好评如潮，一时风头无两。时，侯老师三十一岁，血气方刚，思维最为活跃，整天废寝忘食，像解数学题一样，沉浸在小说叙事技巧的探索之中。《二姑》的成功，对于一个在成长中苦苦摸索的写作者来说，无疑是一针强心剂，让侯老师喜不自禁之余，颇有些自鸣得意。这是极其合理的自然现象，遇到谁都无法免俗。

然而，真正优秀的作品，形式与内容必须相得益彰，高度统一，就像天生的那般完美，绝不允许出现一丝瑕疵。具体来说，内容是君，形式是臣。任何一种叙事模式的存在，最终是因内容而生，为内容而死。我们不妨观照一下《二姑》，编书体例的叙事结构和文本内容无半毛钱关系，而且形式大于内容，犹如农民下田干活的行头，挂的是文明棍，戴的是瓜皮帽，喧宾夺主，臣要君死。估计在鲜花枯萎掌声散场之后，侯老师对这些问题有过理性思考，且有所顿悟，才将原文修改成了第二个版本。

第三个版本的出现，也很好解释，无非是作者本人某天意识到了所谓的跋，根本无法达到升华思想立意的预期功效。要想更上一层楼，或者狗尾续的是貂，而非人造革，按照我的理解，关键在于故事情节的辗转腾挪，而非几句文人式的感叹与追问。于是，"跋"被删除，留下了一个类似题记加正文的版本。

第四个版本就更简单了，或遭人指正，或自我醒悟，侯老师再一次审视第三版本时，左看右看，总感觉"序"不太顺眼，充满说教之虞。小说最大的忌讳就是流于说教，不擅于自我节制，为读者的智商过分担心。想必这一点侯老师也懂，所以如芒在背，挥泪斩马谡，只留下了正文。

四个版本从繁至简，一步步进化，犹如女人卸妆，做的是减法，依次砍掉花，砍掉草，砍到最后，只存树干素面朝天。我承认，从审美情趣来说，序和跋的确有画蛇添足之嫌，删除是明智之举。但是，作家对艺术的领悟，多半靠的是感觉，莫名其妙地来，莫名其妙地去，只可意会而无法言传。当然，艺术核心是和谐，犹如鱼和水，鸟和天空，远非加与减这般简单。甚至，在更多的时候，艺术所追求的是一个虚无的圆，且因圆而生生不息，大到无限。所以到了最后，光剩正文部分，又让人产生光杆司令手下无马弁的缺憾之感。唉，琢磨来琢磨去，还真是一道无解之题。

需要说明一下，以上对四个版本的解构，只是我个人一厢情愿的猜想而已。代入感强，无关对错。无法否认的是，侯老师对已经盖棺定论的白纸黑字，依然在不断地翻案，孜孜以求，试图找出其中之解。这种对文字的敬畏之心，与前面的某老师泾渭分明，值得我们这些后辈敬重有加。

有丰富写作经验的人，只要一沾《二姑》，就明白是侯氏早期的作品。因为语言过于雕琢，不少地方气血不畅，内分泌紊乱。或者换一个说法，就是有些地方力气下得太猛，过于戾气，导致整体语言缺少该有的气韵美和节奏感。在他后来创作的随笔集《小小说的眼睛》一书中，我很欣喜地读到了他关于这一点的反思。他把这些稚嫩总结为"浅薄的炼字"。这种总结，更加印证了我猜想的合理性，侯老师骨子里流淌着文字洁癖的因子。

就文说文，我丝毫没有贬低《二姑》的意思。就塑造人物形象和构建哲学意蕴两方面来说，《二姑》对后来者依然有借鉴之处，它的正文版依然不失为一篇佳作。相对而言，我更推崇他另一篇作品《冬天的葬礼》，仿若天成，干净清亮，气韵贯通，毫无他某些作品里的油滑之风和黏糊之感。

说到这里，有些貌似聪明的写作者会笑话我过于迂腐。他们认为，现在处于电子传媒高速发展的时代，文学式微，纸质书少有人读，对自己的文字如此苛刻，实在是没有必要。对此，我无意反驳，只想说，世间万物，稍有风吹草动，便会产生回响。这种回响，也许会迟到，但绝不会缺席。任何天知地知神知鬼不知的蒙混过关，迟早鬼会敲门，被人家打回原形。

《钉子户》首发于2009年6月的《百花园·中外读点》杂志，是我创作生涯中第一次触及荒诞题材的作品，尽管没获过什么奖，但我还是敝帚自珍。2020年10月，一次和评论家雪弟老师闲聊时，他淡淡地评价道，《钉子户》写得不错，就是里面引用的那几句诗，实在太low了，给人感觉是直奔"钉子"而去的。这话让我顿时惊出一身冷汗。那首诗来自我学生时代的涂鸦。没想到十余年过去，偶尔的偷懒与懈怠，居然还是法网恢恢，疏而不漏。

电子文档只要点一下"删除""保存"，就可以让诸多罪证销声匿迹。遗憾的是，纸质书没有这个功能。当我在一些知识分子家里做客，看见书房里琳琅满目的书，或者徜徉在大学图书馆里，随便抽出一本，都会发现上面满是浏览过的痕迹，我突然意识到自己罪孽深重，法网难逃。很多事情你不知道，不代表没有发生，就像前面所说的某老师的名篇，经过多个编辑各自不同的修改，集体看破而不说破，他只能一辈子蒙在鼓里。于他如此，于我又何尝不是如此？

前段时间，一个学生用微信告诉我："读了老师的《丰城纪事》一书，觉得非常棒，但P140《眺望》的结尾，我不喜欢，反转突兀又俗套。"尽管他采取了先扬后抑高情商的方式告诉我，但我还是如芒在背，很长时间坐立不安。《丰城纪事》是我在2019年倾心打造的一本力争拿得出手的书，里面每一篇作品可谓耗尽了我的心血，直至身体临近虚脱。关于《眺望》的结尾，我当时的确不太满意，在找了数个借口之后，一念之间，还是放过了自己。

我终于明白，写作无止境，著书人穷其一生，只能是尽量减少瑕疵，竭尽所能地越减越少，直至改不动一个字为止。真正懂文学的人，一定深谙此道，任何一篇作品都无法做到完美，无法获得真正意义上的满分。毫无遗憾地去接近这完美之境，是写作者毕生的功课。有一些人既自负，又无知，一旦遭遇别人指正自己作品缺陷时，如同被挖了祖坟一样愠怒不止，甚至拍桌子撸袖子比票子，如一江湖打手杀气腾腾，实在是可笑之极。

某晚，我思忖良久，把《眺望》的结尾修改后，微信发给我那个聪明好学的学生。发完，顿感如释重负，也突然理解了本文开篇那位老先生的心结。难道我也要将这个修改后的结尾工工整整地抄录下来，寄给每一位读者吗？冷静想了一番，明白这个愿望根本实现不了，还不如老老实实学侯老师，在下次有机会出书时，将这篇新版的《眺望》收录进去，以正视听。

只能这样了。

附1：冬天的葬礼

文/侯德云

我不止一次暗自庆幸，那个饥饿的冬天降临的时候，我还没有出生。其实，我更应该庆幸的是，我的父亲和母亲，他们从那个饥饿的冬天所带来的所有灾难当中，磕磕绊绊地活了下来。如果不是这样，我就不会在几年后的一个春天里出生，这个世界就会非常不幸地缺少一个值得信赖的人。如果不是这样，便命中注定，在还没有出生的时候，我就已经死去了。那将是一个多么大的损失啊。

那个饥饿的冬天降临的时候，我们村子里所发生的一切，我都知道。我知道得很清楚。我的父亲多次对我说起。他以一个胜利者的姿态喋喋不休地诉说着，而我只能洗耳恭听。

我的父亲说：那个冬天，多么冷啊。

那个冬天究竟有多么冷，我无法想象，我也懒得去想象。我更感兴趣的是，在那个寒风凛冽的冬天里，我们村里的男人们，除了老人和孩子，他们为什么都忙得汗流浃背？

一种从未有过的惊慌失措袭击了我们的村子。没有粮食，蔬菜也没有，可以用来充饥的东西只有草糠和"淀粉"。所谓的"淀粉"是用剥去了颗粒的玉米棒棒磨成的，我们叫它"苞米骨子淀粉"。那东西很难吃。不过，相对于入口而言，出口的过程更为艰难。每个人，无论是谁，蹲厕所的时间都比往日无数倍地延长了。据说，那滋味比挨饿还难受。正在这个时候，在人们不堪忍受"淀粉"的折磨而变得视死如归的时候，一个秘密被发现了。那是一个可以借此活命的秘密，同时也是一个充满了金灿灿的粮食的诱惑。那个秘密在一夜之间传遍了整个村子，几乎全村的人都兴奋得一夜没有合眼。他们在极度兴奋中焦急地等待着，等待着火红的太阳从东方升起，等待着万丈霞光照耀祖国大地。

在我的童年，我的父亲曾经紧紧拉着我的手走向广阔的原野。我们走过庄稼收割后的土地，走过一面面山坡和树林。一路上，我的父亲不停地用他那粗糙的大手指指点点。他沉浸在对往事的回忆之中。

那个令我们全村人都终生难忘的秘密是：从野鼠洞中可以搞到粮食。那不是别的，是他妈的粮食，是人人都梦寐以求的狗日的粮食啊！

那种迫使我肃穆以对的情景，曾经反反复复幻化在我的面前：晨色蒙蒙，村里的男人们默默地扛起铁锹镐头鱼贯而出，他们肩负着重大的历史使命，他们满怀希望走向冬天的原野……

我的父亲一直连续感慨了几十年。他说：怎么会有那么多的野鼠洞呢？洞里怎么会有那么多的粮食呢？十几斤，几十斤啊！

当我掌握了油嘴滑舌的技巧之后，我对父亲说：那是很正常的，不是有深挖广积粮的指示吗？

我的父亲感到迷惑不解的是，挖开了那么多野鼠洞，却很少直接从洞中挖出野鼠来。他问我：这是怎么回事呢？

当我的学识已经渊博得在村子里无人可比的时候，我轻而易举地化解了父亲的疑问。我说：野鼠，也包括其他鼠类，它们的鼠洞是很复杂的。有走廊，有粮食储藏室，有卫生间，也许还有客厅吧。通常，卧室离卫生间和粮食储藏室都比较远，而且深度不在一个水平线上。我的父亲不知道我的这点知识是从一本书上偷来的，他听得津津有味而且连连点头。

那些可怜的饿得倾家荡产的野鼠们，全都是在树上死去的。它们把自己吊死在树枝上。那年冬天，我们村子周围，几乎每一棵树上都结满了那种让人感到意外的果实。我很担心父亲问我这是怎么回事，但他从来没有问起过。他被那种怪异的景象惊呆了，一直到现在都没有清醒过来。

在那个饥饿的冬天，我们村子里没有一个人死去。他们靠稀粥活了下来。挨到春天，树叶儿绿了，野菜萌芽了，再过些日子，芳香的槐花开遍了山岗，整个村子呈现出了一派蓬勃的生机。

就是在那个冬天，我们村子里却举行了一个规模盛大的葬礼。在极其悲凉的气氛中，人们摇动树干，野鼠的遗体纷纷而落，如同下了一场冰雹。一个巨大的坟墓埋藏了它们。北风吹过，人们的泪水在脸上结成了晶莹的固体。

我的父亲对我说过，那年，整整一个冬天没有下雪。在快要立春的时候，也就是为野鼠们举行葬礼的第二天，下雪了。多么大的雪啊，像一片漫无边际的孝布，覆盖了整个宇宙。

附2：二姑给过咱一袋面

文/侯德云

序

我们有时候会对某个人心生怨恨，并不是由于他或她做过有损于我们的事情，其实，他或她，什么也没有做，没有做我们所期望他或她去做的事情，而已。

他或她，什么也没有做，却使我们的心受到了伤害。

心的创伤最难愈合。

正文

在乡下人的嘴巴里，常常会生出一些鲜灵灵的词儿，像清晨挂了露珠的菜叶儿，看着可心，入口也极爽。比如，形容一个人瘦，两条腿细长细长，怎么说？蚊腿！嘿，多文学！多尿性！

蚊腿是我老家的一个人物。一辈子草草木木地活，几无可歌可咏之处。不过，他却在我心中留下了一处很深的烙印。

身为作家，总不能白端了国家的饭碗，隔三岔五，总要寻思着作点什么。今个有闲，不妨捏住蚊腿，作他一作。

蚊腿的一泡尿水，愣是把个天儿滋得大亮。把家伙藏进裤子，蚊腿的心情就无缘无故地好了起来。轻飘飘地扭回屋去，一只糙手伸进被窝，使劲拍拍老婆的两片白腚，叫："起来起来，收拾收拾，今晌儿咱家包饺子吃。"

老婆费力地撑开眼皮，嘴里操操的，骂蚊腿的八辈子祖宗，骂了几句，觉得没啥意思，就翘直了身子，舞乍着胳膊，往身上套衣服，嘴里仍不闲，问："你个倒霉鬼，穷叫唤啥？"

蚊腿喜滋滋地说："快起快起吧，今晌儿咱家包饺子吃！"

老婆就瞪圆了牛眼，吼："你个倒霉鬼，做梦搂大闺女，想好事儿呀？包饺子包饺子，包你妈个小脚！家里穷得叮当响，哪有白面？"

蚊腿忍不住喷了火气："臭德行！忘了？去年的这个时候，二姑给过咱一袋面。我今天再上二姑家去一次，二姑肯定还能给咱一袋面。"

老婆咧着嘴笑："真的？"

蚊腿伸手撸了一下老婆的饼子脸，说："谁熊你谁不是人！"

老婆麻溜起身下地，屁股一拧一拧地忙上了。

正是夏深秋浅季节，小白菜长得正旺。蚊腿刮风一样去了自留地，又刮风一样拔了一筐小白菜回来。

老婆将小白菜用开水焯过，又纳抹布似的把小白菜一团团纳紧，丢在案板上，堆起一丘浓绿。接着，很小心地用筷子伸到锅台一角的大油（肥猪肉炼成的油）坛子里，撅出几小块肉滋拉，放进一个小碗儿。停了手，却又怔怔地望着那个小碗。终于忍不住，用筷子夹起一块肉滋拉，放到舌尖上舔了一下。

老婆的把戏被蚊腿发现了，气哼哼地骂："破老娘们儿，不怕嘴上生大疮？"

老婆吓得一抖，紫着脸儿说："你舔舔，你舔舔，真香！"

蚊腿奔过去，舔了一下，咂巴咂巴嘴，又陡然一口咬下肉滋拉，猛嚼起来，含含糊糊地说："唔唔，真香！"

饺子馅拌好了，老婆有些急，催促蚊腿："还不快去，来回有十多里路呢。"

二姑家住在镇子里。蚊腿提了一兜子小白菜，往镇子的方向急走。

天儿眼瞅着晌了，蚊腿还没回来。老婆火烧火燎的，一趟又一趟，走到村头张望。

蚊腿东倒西歪回到家的时候，天儿已经晌歪了脖，满村人都吃过了午饭。

蚊腿是空着手回来的。

老婆气吼吼地说："白面呢？你个倒霉鬼，没跟二姑提白面的事儿？"

蚊腿说："她不主动给，我哪好意思张嘴要啊？"

老婆说："你不张嘴要，她怎么能给？"

蚊腿叹了一口气："去年我就没张嘴要，是她主动给的，谁知今年，唉……"

从此，蚊腿就跟二姑断绝了来往。二姑直到死，也没弄明白这到底是怎么一回事儿。

跋

很多年以后，我由一个乡下孩子，变成了一个城里人。我发现，即便是在城市里，拥有蚊腿那种思维方式的人，也很多，只是外在的表现形式，有所不同罢了。

有时候也忍不住自问，我是不是蚊腿那样的人呢？

附3: 眺望

文/夏阳

他想杀一个人。

杀谁？

这是一道选择题。有两个选项：老婆小娥，老板。答案不外乎三种，可以单项选择，也可以两项全选。于此，我们不难猜到里面所发生的故事。

但是，他没有证据，任何证据也没有。他只是凭直觉，一个中年男人的直觉：小娥对他越来越挑剔，脸色越来越难看，而老板来得比以前勤快多了。每次老板来，小娥都像一条亢奋的母狗，忙前忙后，满脸堆笑。

原来是钱打败了自己。他心里淤积着巨大的痛苦。

他是个木匠，每天和斧头、电锯打交道，却胆小如鼠，甚至还不如老鼠。他所工作的车间，常有老鼠溜达，在他面前大摇大摆，却把他吓得一惊一乍。他纠结了好几天，最后垂头丧气，既然杀不了别人，那把自己杀了总可以吧。按照他的逻辑，事情的存在，是因为他可以看见，倘若他一旦看不见，那么事情存在与否，就变得毫无意义。

一个人想死有很多种办法。每一种死，他都在脑海里浮现了一番，有些死很难看，血肉模糊，让他心生恐惧，比如自刎、触电、卧轨、车祸、自焚等。还有一些死过于平淡，像小石子扔进湖里，闹不出啥动静，死了也是白死，比如投水、上吊、喝农药、煤气中毒、服安眠药等。一个人想死，不是一死了之，而是瞻前顾后，缩手缩脚，注定是死不了的。他不明白这个道理，却依然在雄心勃勃地计划着自己的死：把动静闹大点，整臭那对狗男女。

最后，他选择了跳楼。

在丰城通往省城南昌的105国道边，也就是城北，有一幢烂尾楼，主体建筑已完成，四周却荒草丛生。这幢楼荒废多久了，很多人都说不上来，但在大家的心目中，它类似菜市场讨价还价的喧闹、街头烤羊肉串的孜然香味、午夜霓虹灯闪烁的忧伤，早和这座城市融为一体。试想，如果城市没有烂尾楼，那是多么不完美呀。这烂尾楼有多高呢？他不知道。开始他还数着楼层，爬到后面时，腰酸腿疼，就数乱了。他想，待会下去时，我一定要认真数一下，否则就这样不清不楚地往下跳，也太亏了。

他站在楼顶，朝四周极目眺望。夕阳透过灰蒙蒙的云层，城市在脚底下朝南边远远地铺展开来。他在丰城出生、长大、成家，至今三十多年，对这里的大街小巷可谓烂熟于心。然而登高望远，置身于高空，面对眼皮底下棋盘一样风貌的丰城，一种从未有过的新奇，把他的眼球牢牢地攫住了：

低矮的老城区夹杂在浙赣铁路和赣江之间，像一个没落的大户人家，人气繁华，却门庭凋败。浙赣铁路的另一旁，是高楼林立的新城区。和老城区对比，新城区宛若一位霓裳款款的贵妇。的确，新城区呈条状，被各种现代时尚的楼宇所遮蔽，而大街才是露出的缝隙，如同霓裳被风吹起时春光乍泄的肉体。和老城区隔江相望的是河西的高新工业园，飘着新刷的油漆味儿，再远是烟囱高高竖起的曾经出过大事故的发电厂。

眺望了一阵，他走到楼顶边沿，从口袋里掏出一沓纸巾，几张拼在一起，小心地坐在上面，同时两只脚伸出楼台，一边晃悠，一边惬意地抽烟。从这些细节来看，他的确没有自杀的打算，最起码目前没有。城市的傍晚是最美的，他在心里由衷地感慨。他不知道，早在一百多年前，一个叫帕斯捷尔纳克的前苏联作家就曾写下过类似的诗句。

他一边抽烟，一边看着夕阳从赣江的另一端缓缓坠落下去。天色将暗未暗，城市的上空，开始弥漫着一些雾气，影影绰绰，四下里变得荒芜。这时，一种巨大而陌生的惊惶笼罩下来，让他如置身荒原。脚下的城市，就像一个怪物，生气勃勃却精神枯槁。它的疆域，摊鸡蛋饼一样四处蚕食扩展，而这幢烂尾楼，估计很快就会看不到了。这几年，眼前不为人注意的东西消失得太多了，灰飞烟灭，无影无踪。比如雕梁画栋的老房子，比如青石板小巷，比如人与人之间的礼让，比如一念一生的爱情，比如猪肉的香味……想到这里，他的心底不由涌起一股莫名的忧伤。他越来越像个诗人了，尽管文化程度不高。

突然间，他发现楼下有喧闹声，不由探头朝下瞅去，一群人好像从土里面冒出来似的，还有不少警察，一个个嗷嗷待哺的样子，仰起脖颈朝他张望。这些人怎么啦？为什么自己一直浑然不觉？这时，他又听见身后响起了凌乱的脚步声，不由扭头朝身后望去，三个警察一边弯腰扶腿喘着粗气，一边擦着额头的汗水友好地说，兄弟，千万要冷静，别乱来，有事好商量！

他顿时明白过来，有些哭笑不得。前面说过，他是个胆小的人，面对警察，多少有些紧张。他一骨碌爬起来，脚下却一步踩空，一个跟头从楼顶倒栽了下去……

（最后一段修改为：他听后，赶紧把脚乖巧地缩了回去，一骨碌爬起身，从口袋里掏出烟，哈着腰，满脸堆笑地迎了上去。）

一次成功的劫持

前世的尘，今世的风。

在我前世的记忆里，安勇人高马大，一脸络腮胡，顶着一个明晃晃的光头走南闯北，漂泊无踪。对，就是外形粗犷，纯正的东北爷们。实际上，他细皮嫩肉，斯文秀气，犹如江南曲院里的一个小裁缝。如此错位，令我一度惊愕不止。我试图使劲摇晃脑袋，却怎么也甩不掉那种恍惚感。

更莫名其妙的是，对于安勇的《一次失败的劫持》，我不知道哪根神经搭错了线，印象中总是讲述几个彪形大汉在冰天雪地里劫持一列拉煤的火车，而不是什么人与狼的故事。我很难解释究竟是哪里出了问题，对人对作品，前世似曾相识，今生缘分未了。我甚至知道这样的叙述不太适合作为本文的开篇，但那种先入为主的代入感实在是让人匪夷所思。

山和水可以两两相忘，日与月却在一根藤上。

安勇最初的人生轨迹，就像一篇小说的开头，完全符合我前世的记忆。他是一名地质测量队员，跋山涉水、风餐露宿，长期工作在野外一线。因为鬼使神差迷上了文学，于2003年底突然辞去公职，一门心思坐在家里写作。那时，他年仅32岁，在闭塞落后的辽宁一隅，放弃还算是高收入的铁饭碗，靠耍笔杆子来养家糊口，杯水车薪，这在身边人的眼里，无疑是疯了。

现在回头看，安勇为了这一天，在文学上有过多年的精心准备，绝非一时心血来潮，把自己演绎成冲动是魔鬼的人生悲剧。命运只负责洗牌，出牌的永远是自己。2004年，安勇的处女作《蚂蚁戏》被《小说选刊》转载。2005年至2007年，他的微型小说连续三年进入中国小说学会微型小说排行榜，其中《光头》在2006年排行榜中高居榜首。

在转型写中短篇小说之前，从2005年至2007年，安勇有过三年专业创作微型小说的癫狂生涯，留下了《仇恨》《光头》《分析题》《十分钟》《花匠老丁》《梦境》《桥》《五一是几号》《过关》《登记》《商品时代的爱情》《门铃》等篇什。整体来说，他起点不俗，摸爬滚打三年，逐渐形成了自己的艺术风格。

如果以单篇论英雄，安勇的王者荣耀非《一次失败的劫持》莫属。这篇作品发表于2005年，在我心目中，它无疑是神的存在，凝聚着安勇毕生的心血。几乎每一届的学生，我都会花费一堂课的时间，给他们专门讲解《一次失败的劫持》的艺术魅力。数年下来，我那种恍惚的前世记忆，不知道是否由此落地生根？

阅读《一次失败的劫持》是一个奇妙的过程。昏昏欲睡的午后，结尾反转的突爆点，让人猛然惊醒，内心受到极大的冲击与震撼。这种图穷匕见的艺术效果，我想就是写作者旁逸斜出，绕了半天的目的所在。仔细一分析，这种反转有别于传统的反转。传统的反转，多半是故事情节的反转，在结尾突兀一击，这是美国老头欧·亨利最擅长的一锤子买卖，现在满大街堆积如山，让人生厌。对比之下，安勇的这种反转似乎更高级，属于叙述上的反转。叙述者利用惯性思维的误导，故意挖坑设陷，让你毫无防备地跳进去，吃了迷魂药一样，很舒服地跟在他身后转悠。待到最后谜底揭晓，你会发现自己完全错了，而且从一开始就错了。这种坑蒙拐骗的叙事形式，我给它命名为误导式。

也可以换一种说法，作品存在一条明线、一条暗线，由于作者的精心布局，读者惯性地只看到了明线，直至结尾处暗线浮出水面，才恍然大悟，原来暗线和明线一直是夫妻双双把家还，并驾齐驱，如影随形。

实际上，《一次失败的劫持》的故事核就是一个简单的寓言。因为误导式的充分运用，我们会以为故事的主人公是一个男人，他为了换回自己的孩子而劫持了对方的孩子，直到结尾，才恍然明白我们心中早已默认的那个男人原来是一只公狼。这只公狼的出现，彻底颠覆了我们固有的阅读经验，使作品产生爆炸式的艺术效果。当然，我们会有上当受骗的挫败感，忍不住回过头去重新审视一遍，进行第二次阅读，试图找出作者的纰漏。然而，故事情节合情合理，明暗两线结合得天衣无缝，一切都在人家的掌控之中，无论是鸡蛋里挑骨头，还是骨头里挑鸡蛋，均枉费心思。

安勇在《一次失败的劫持》中逆向思维的叙事才华，让我亢奋而着迷，我一度深陷其中，难以自拔。甚至，我曾经把这种叙事形式简化成公式：开篇（下套）→发展（误导）→继续发展（继续误导）→高潮（彻底误导）→结尾反转（谜底揭晓）。我将这公式贴在墙上，心心念念，整天在脑海里演练故事情节，反复琢磨明线暗线如何完美结合，大有悬梁刺股之志。就在我走火入魔时，做梦也没想到，山东作家周海亮以一篇《请求支援》完成了对安勇的一次成功的劫持，也顺便成了我的终结者。

周海亮的《请求支援》同样以绘声绘色的描述，让我们身临其境，深陷叙述者所设计的陷阱之中，以为遭遇的是武林大侠相互残杀血淋淋的场景，直至最后才明白，原来是网吧里的电脑游戏。而所谓的请求支援，只不过是骗取六十多岁在乡下务农的老母亲五百块钱给游戏卡充值，重新购买装备决战江湖。

平心而论，《请求支援》语言生动形象，极富画面感，特别是古龙风格的句式，以散文化的丽质彰显作品意蕴，显然比《一次失败的劫持》技高一筹。而且，在误导式的运用上，《请求支援》更为娴熟老道，几乎到了炉火纯青的境界。这样的大手笔，我一读叹为观止，再读，内心沮丧。我默默地把墙上那张写着公式的纸条撕掉，像告别恋人一样，心情灰暗，剧情落幕，却不再去想。

多年以后，我在课堂上讲解这两篇作品的来龙去脉时，会如实告诉学生我重新的认知——

《一次失败的劫持》运用拟人的叙述角度，荒谬地将进化最高级的人类和最残暴的动物狼置身于同一天平上，一番对决下来，所谓的人性连狼性都不如。这种强烈的反差，触目惊心，毫无回旋余地。其精妙之处，在于直抵人性深处的冷酷与暴晒灵魂的丑陋，引人警醒，发人深思。

思想表达是文学最高的境界。《一次失败的劫持》主题深刻，容易让读者由他推己，产生强烈的共鸣。而《请求支援》事实上只讲述了一个沉湎于网络游戏无法自拔的少年，还有一个被儿子欺骗却从不生疑的母亲。虽然作品以巧妙的构思弘扬了伟大到让人心痛的母爱，但也止步于母爱，母爱是我们最后的奢侈品，结尾略显反讽意味。

因为《请求支援》题材涉及网络游戏，时尚，好读，促使我产生了迁移到教学上的想法。我将它作为范文引导学生进行模仿，试图以网络游戏作为媒介激发他们的写作兴趣。果不其然，每次都会收获不少惊喜。2017年下半年，我在惠州学院担任外聘老师，2016级的朱子成同学凭借一篇《寻找屠龙宝刀》，成为这些模仿之作中的佼佼者。

《寻找屠龙宝刀》晶莹剔透，自然流畅，故事情节跌宕起伏。我为此打了96分，并在评语中写道："作为一个网络游戏盲，我真诚地告诉你，你的'误导式叙事形式'成功地蒙骗了我。事实上，在阅读的过程中，我多少有点昏昏欲睡，丝毫没想到你会在结尾处给我如此大的惊喜。"平心而论，一个大二学生，且读的是日语专业，能够写出这种水平的作品，已经是难能可贵。

我曾经试着把三篇作品放到成人这一平台来比较，孰优孰劣立马可见。从思想立意的角度来论，《请求支援》虽然引人慨叹，但只劫持到了《一次失败的劫持》中的母爱，而丢了人性的揭示；《寻找屠龙宝刀》买椟还珠，光剩一个空壳支撑全文，徒有其表。三篇作品一路读下来，明显感受到它们在主题深化上丢盔卸甲，一篇不如一篇。我想，这也许是经典、佳作和合格之间的分水岭。

《寻找屠龙宝刀》尽管是我的学生的习作，但还是给了我一些反面的启发。模仿经典，我们不能过分追求形与面的相似，在无法实现超越的情况下，不如转向核与骨的探索。换句话说，谋其皮毛，不如剥其血肉，夺其筋骨。前者是亦步亦趋的表层模仿，后者才是凌空蹈虚的精髓模仿。因为有了这些思考，我很快创作了《梦境》一文。

按照个人的文字习惯，像《梦境》这样揭秘式的标题，我向来无法容忍。但在这篇作品中，却逆水行舟，故意为之。具体来说，标题承担了部分叙述功能，它让读者心生警惕，无论如何妙笔生花，都是梦，都是假的。当宣告梦醒了，他们的阅读期待得到了极大满足，戒备的心理自然有所松懈。

当读到"太阳还没有出来，早晨的光线透过窗户投射在水面上"，读者已经放松，很舒服地进入我的叙述圈套。一段老鼠尸体带来的各种感官描述，我先后修改过多次，写作目的力求真实细腻，在勾起读者恶心感之余，逆势进入叙述的催眠状态。紧接着，我又顺势补上一刀，"霎时间，他想自己是在做梦。不过，他很快又否定了自己的想法，青天白日，哪来的梦！"使读者彻底麻痹，对后文水浸六楼房间的荒诞百思不得其解，却毫不生疑。当又一次宣告梦醒之时，大部分读者会不由愣一下：晕，上当了，原来还是梦，梦外梦，谍中谍。

如海明威所说，所谓写作，就是和读者较量智力。这几乎是圣人之言。在经历以上阅读心理的起伏变化之后，我相信读者在读到结尾处对梦何其多的解释，才猛然醒悟作品的主题原来于此，内心所承受的风暴则不难想象。从表面看，《梦境》和《一场失败的劫持》八竿子打不到一起，实质却一脉相承。

因为对《一场失败的劫持》穷追不舍，方有《梦境》一文问世。也许水平有限，但我还是视如珍宝。这是我写得最艰辛的一篇作品，上下求索十年，个中甘苦，如鱼饮水，唯有自知自怜。

说一个闲话。《梦境》创作于2019年底，第一次发表是在《天池小小说》杂志2021年第9期。审读时，主编黄灵香老师建议删除第二个梦中半只老鼠尸体的一节，共计187个字，也就是我反复修改的那一节。她的理由是读了极不舒服。我没有表示反对，揶揄道："你的地盘，你做主。"事实上，我当时内心不由一阵窃喜，能让一个每天被稿子包围并早已产生审美疲劳的主编大人生理不适，何尝不是一种文学艺术上的成功？

随着时间的流逝，安勇告别微型小说文坛已逾十四年，后来者知道这个名字，多半是因为《一次失败的劫持》。从2012年开始，在历经三年的苦闷期后，安勇在各大文学刊物发表十几个中短篇小说，有多篇作品被《小说选刊》《小说月报》转载，荣获第八届和第九届辽宁文学奖、《黄河文学》双年奖等奖项。

我曾经慕名拜读过安勇的一些中短篇，发现和其微型小说的内涵相似，继续以人性为主题，近距离地审视和表现社会底层小人物的日常生活、生命价值和情怀追寻。也许篇幅过长所致，他的中短篇过于写实，也写得过于老实，缺少昔日在微型小说中的奇思妙想以及风格善变的写作自信。过长的篇幅，淹没了安勇该有的才华。

观照个人命运，从微型小说转型中短篇，安勇属于为数不多的佼佼者之一，也算完成了一次还算成功的自我劫持。但站在整个国家的层面来看，如果莫言、贾平凹、余华、韩少功和获过茅奖的大多数作家当属一流，诸多鲁奖获得者勉强算是二流，那么在辽宁省内颇有名气的安勇，恐怕只能屈居千人之众的三流之列。

所以，我个人认为，如果能让安勇在文学史上留下一笔，不是短篇小说《青苔》，也不是中篇小说《我们的悲悯》，而是他的微型小说《一次失败的劫持》。虽然这篇作品只获过第十一届全国小小说佳作奖，但时光知味，岁月沉香，犹如这世间所有的温柔与慈爱，值得我们踮起脚尖去翘望。

附1：一次失败的劫持

文/安勇

我把那个孩子弄出来时正是一天里最热的中午。

知了的叫声锯似的割着我的耳膜，一只黄狗蜷缩着在树下午睡，我走过它的身边时，它竟然毫无察觉，我冲它撇撇嘴，立刻断定这是个不值一提的蠢货。孩子的父母也在午睡，如果他们发现孩子已经不翼而飞了，就会后悔，在抢走别人的孩子后，午睡真不是什么好习惯。

一路上那孩子都在睡觉，均匀的鼻息痒痒地吹在我的脸上。这让我不由自主地想起我的孩子们，不知道他们现在怎么样了。

我把那个孩子轻轻地放在妻子的面前，妻子默默地看我一眼。我立刻把头扭到一旁，我不敢看她红红的眼睛，昨晚她哭了一夜，把所有的眼泪都哭干了。在她的哭声里我想到了劫持一个孩子换回自己孩子的主意。

妻子望着那个孩子默默地发呆，从昨天开始，发呆就是她对这个世界唯一的认知方式了，我不知道除了发呆她还能做什么。我很理解她此时的心情，一颗母亲的心已经破碎了。我说了一句，如果三个钟头内还不见我回来，你就把这个孩子杀掉吧！说完我悄悄走出家门。边走边想着下一步的行动。按常理那人应该能够自动找上门来，但如果他像那只黄狗一样愚蠢的话就很难说了。

我想，如果那人能够发现我故意踩下的脚印，就会自然而然地找到我。但我对他的智慧并不抱太大的希望。所以我打定主意主动去找他。在树林的边缘我不由自主地停了下来，因为我突然感觉到了空气中一种熟悉的气息。昨天留在我家里的，正是这种气息。在前面几十米的地方我见到了那个人，他正赶着一头牛在耕地。看来我估计的没错，他还没有发现自己的孩子已经被人劫持了。

我缓缓地走向那个人，现在最需要的就是冷静和勇气，因为我是一个父亲。最先发现我的是那头牛，它恐惧地喷了一个响鼻。这时那个人也看到了我，吓得一屁股坐在了地上。

　　我默然地看了看他，咧开嘴向他笑了笑说，你好先生，你可能还不知道你的孩子已经被我劫持的事吧！他不说话，惊恐地看着我。

　　我接着说，如果你想要回你的孩子，就把我的孩子给我送回来吧！我以一个父亲的名义起誓，我不会伤害你的孩子。我们来一个公平的交换好吗？为了让他能够正常思维，我向后退了两步。

　　我说，你应该能理解一个父亲的心情，而你的妻子也应该能理解一个母亲的心情。因为孩子的事，我们很难过。

　　他终于从地上坐了起来，胆战心惊地说，你是说你劫持了一个孩子？我点点头，是的，他是你的孩子。

　　他说，你不想伤害我只想换回你们的孩子？我又点点头说，请你考虑一下吧！他说，好吧，我同意你的要求，你在这里等着我，我马上就把你的孩子送回来。说着他赶着他的牛出了树林。

　　我等着他时心里想，当父母的心情果然是一样的，孩子是未来，是希望嘛！我甚至为自己想出的这个主意自鸣得意起来，但任何时候沾沾自喜都是不明智的，等我发现一个黑洞洞的枪口对准我时，一切已经来不及了。

　　出现这样的情况是我始料不及的，有几秒钟的时间我的头脑一片空白。但很快我就镇定了下来，看着他和他端起的枪口说，你为什么要干这样的蠢事呢？如果我不回去我的妻子就会杀了你的孩子。

　　他淡淡地笑了笑说，孩子，我老婆明年就能给我再生一个，但你和你的孩子却能给我换来一大笔钱，你以为我会愚蠢地和你交换吗？

　　听到这句话时我知道我犯下了一个致命的错误，我不该用自己的观念衡量他的观念。我不由自主地闭上了眼睛，就在这时我听到了一声枪响，空气中立刻弥漫了一股刺鼻的火药味。右腿上一沉，我随之倒在了地上。脚步声传了过来。但想抓到我没有那么容易，在他走到我眼前的一瞬间，我腾身而起，箭一样地射了出去。

我流着血跑到家门口时，用力喊了一句，杀死那个孩子。但家里却传出了妻子的喊声，不！不！别忘了，我是个母亲。我看到，妻子正把那个孩子搂在怀里，慈爱地抚摸着他的后背，而那个孩子的嘴里正含着妻子的一只乳头。

此时，作为一只狼我只得承认，妻子的选择是正确的，她是个伟大的母亲。

附2：请求支援

文/周海亮

你决定成为一名剑客，行走江湖。你认为时机恰好。

你的剑叫作残阳剑。这柄剑威力强劲，你可以同时斩掉十五名顶尖高手的头颅。你的独门暗器叫作天女针。你面对围攻，只需轻轻按下暗簧，即刻会有数不清的细小钢针射向敌手，状如天女散花。天女针一次可以杀敌八十，中针者天下无解。

靠着残阳剑和天女针，你打败了飞天燕，杀掉了钻地鼠，废掉了鬼见愁的武功。他们全是江湖上一顶一的高手，他们全是杀人不眨眼的黑道魔头。从此你声名大振，投奔者众。

现在你拥有一支军队，占有一座城池。你的军队勇士五千，良驹八百；你的城池繁华昌盛，鸡犬相闻。

你不停地和道上的兄弟签署着攻守同盟。你还和神枪张三、铁拳李四、一招鲜王刀结拜成兄弟。你们肝胆相照，荣辱与共。不求同日生，但求同日死。

所有的一切都是那么美好。你招兵买马，筑固城池。似乎四分五裂的天下不久之后就将统一，你将成为万人瞩目的头领或者君王，你将拥有无涯江山，无尽财富，无穷权力，无数美女。你沉浸在难以抑制的兴奋之中，你常常会在梦里笑出了声。

可是，鬼见愁突然杀了回来。

其实那天你并没有完全废掉他的武功。那天你有了小的疏忽。鬼见愁凭着多年的武功造化医好了自己，又用三年时间练就了一门邪道武功。现在他率精兵五万，包围了你的城池。

敌十倍于你，你并不害怕。因为你的勇士们个个以一当十。

你的五千勇士扑出了城。你试图将鬼见愁的五万精兵一举歼灭。你甚至想晚上就可以用鬼见愁的脑袋做成一个马桶。可是你很快发现自己犯下一个错误——鬼见愁的五万精兵，完全以死相拼。他们踏着同伴的尸体往前冲，极度疯狂。你砍断他的矛，他会用拳头打你；你砍断他的胳膊，他会扑上来撕咬你的咽喉；你砍断他的脖子，他还会在倒下去的一刹那，用脚踢一下你的屁股。尽管你的五千勇士个个骁勇善战，可是最后，他们不得不退了回来。

五千勇士，只剩三百。

鬼见愁精兵五万，尚有八千。

你关了城门，开始求援。

你给神枪张三飞鸽传书，让他速来救你。几天后你得到消息，神枪张三早被一无名剑客杀于某个客栈。

你千里传音给铁拳李四，让他速来救你。铁拳李四回话说，现在我也被围，自身难保，如何救你？

你在城墙上放起求援的烟火，这烟火只有一招鲜王刀才能看懂。一会儿王刀放烟火回答你，他说，我正在攻城略地，无暇管你。你好自为之。

无奈之下，你计划弃城。你已经管不了城里百姓的死活。现在你只想自己逃命。

夜里你率剩下的三百勇士突围。那是一场惨烈的战争。你挥舞你的残阳剑斩下无数头颅。你的天女针瞬间消灭掉鬼见愁八十名贴身保镖。可是当你抬头，你突然无奈地发现，现在，你只剩下一名勇士，而鬼见愁，尚有精兵一百。

你的天女针已经射完最后一根钢针。现在它成了废物。

你的残阳剑已经卷刃并且折断。现在它不如一把菜刀。

你和最后一名勇士逃回了城。鬼见愁甩手一镖，你的勇士就倒下了。倒下前他为你紧闭了城门。他忠心耿耿。

鬼见愁将城围起，不打不攻。他想将你折磨致死。

其实鬼见愁只剩士兵一百。你只需再有一把残阳剑，再有一管天女针，就可将他们全部消灭。可是现在你没有了武器，也没有了士兵，更没有了兄弟和朋友。你呼天天不响，叫地地不应。

等待你的，只有死路一条。

最后一刻，你终于想起了你妈。

你向你妈求援。

你妈六十多岁。

你妈是一位农民。

你妈连鸡都不敢杀。

你给你妈打电话，你说学校又要收学费了，五百块。你妈说，好。我马上照办。

你命令不了别人。你可以命令你妈。

你用这五百块钱给你的游戏卡充值。你重新为自己装备了残阳剑和天女针。你单枪匹马冲出城外，将鬼见愁和他的精兵杀个精光。

你保全了自家性命。你还可以行走江湖，招兵买马。

即使在虚拟世界里，最后一位给你支援的，也肯定是你妈。

附3: 寻找屠龙宝刀

文/朱子成（惠州学院2016级日语二班学生）

三天前，我们这座大山里的几个小村庄莫名其妙地失踪了好几头猪。据村里一位年龄过百的老太婆说，是地狱里的牛头马面要上来索命，先抓几只猪崽警告警告我们。

村里的人都认为她在胡说八道，年纪大了，难免脑子抽风。但我相信她，因为昨晚我在隔壁村偷看黄大娟洗澡时，她家的猪圈突然发出一丝异动。当时黄大娟还在烧水，我想时间还早，就怀着好奇心上前一看，结果可把我吓坏了。

她家那头母猪倒在地上滑行，像是被一双无形的巨手牵引着。我当时想，这是个立功的好机会啊！我撸起袖子，心里鼓着一股劲，待会一定要把这个无耻小贼抓住，送到衙门的官老爷那里去邀功请赏。

可当我捡起旁边一根棍子，满腔热血地冲上去，我顿时后悔了。那一刻，我恨不得把自己的脑袋敲个几百遍，好好的浑小子不做，逞什么英雄？

当时，我面前出现了一个白发汉子，准确来说，那不是汉子，是怪物，通红的双眼，长满鳞片的身体……恐怖，不敢回想。

总之，我信那个老太婆说的，世上真有鬼！

现在，我旁边站着渣渣辉，我们正趴在村里唯一有活猪的猪圈里。我昨晚跟他说了，他不信，非要我今晚证明给他看。

"咕天乐，这天都快亮了，哪有什么牛鬼蛇神，肯定是你头晕眼花看错了。"渣渣辉重重地打了个哈欠，有些不耐烦地说道。

然而，我相信，那鬼东西迟早会来的，除非他立地成佛了。正当我想安抚我那躁动不安的死党时，前方的草堆里突然传来沙沙声。"来了，来了！"我对一旁的渣渣辉嘀咕道。

"这肯定是兔子之类的小动物。"在我全身紧张得不行时，渣渣辉却不以为意地说道。

嗖的一声，草堆里飞出一只庞然大物，白发红眼。

"看到没，就是这个！"我还没说完，一旁的渣渣辉竟然吓得晕死过去了。我那时忍不住想，这家伙原来如此胆小，看来也只能欺负一下那些玩泥巴的孩子了。

我不再理会一旁的渣渣辉，而是屏住呼吸死死地盯住前方不远处的怪物。白毛怪物警惕地望了望四周，然后径直走到全村唯一的老公猪旁，露出它那满是污垢的獠牙，一口咬在公猪那肥硕的脖子上，同时用它那巨大的手掌死死捏住猪嘴，制止了公猪的惨叫。

血，扑哧扑哧地涌得到处都是，场面血腥无比。我趴在地上瑟瑟发抖，从未见过如此凶残的东西。突然，那怪物不知道为何，用力一咬，嘶！滚烫的猪血像水枪一样射在我的脸上。

"啊！"我被这突如其来的猪血吓坏了，情不自禁地喊了出来。

完了，完了！我心里暗叫不妙。果然，怪物听到我的叫声，赶忙把手中已经死翘翘的公猪丢在一旁，抬头四下里逡巡。

它一步一步向我走来。

我吓得撒腿就跑，连头也不敢回。在一片急促的呼吸声中，我满头大汗，心都快提到嗓子眼了，两条腿却还在不知疲倦地往前奔跑。不知道过了多久，可能是几分钟，也可能是十几分钟，但我感觉如同一个世纪。最后，我停了下来，实在是跑不动了。

我回头一看，发现怪物并没有追来，我悬着的心顿时松懈下来。"渣、渣辉，我还，还以为我们死定了呢！"我边喘气边说道。

渣渣辉？糟了！我顾不得休息，疯了一般地跑回刚才的猪圈里。

然而，那怪物早就不见了，公猪也是罕见地被遗弃在地上。当我提心吊胆地走到刚刚趴过的地方，发现地上只有一摊血迹。我顿时感到天塌了下来。我咕天乐唯一的朋友就因为我的好奇心死了。不，渣渣辉可能没死，我得救他！

我想起不远处的寺庙里住着一个和尚，疯疯癫癫，叫陈小村。之所以说陈小村疯疯癫癫，是因为他逢人就介绍自己从前是勇士，整天手持屠龙宝刀，在一次争斗中被恶龙所伤，才跑到这荒山野岭隐居……我从来不信这些鬼话，但这次我倒希望这个和尚没有撒谎。

当我气喘吁吁地跑到寺庙门前时，发现门户大开，空无一人。我根本顾不了这些，大步流星地往里面闯。当找到陈小村的房间时，我意外撞见了诡异的一幕：那和尚赤身裸体，正蹲在墙角，嘴里不停地嘀咕。我蹲在他身后，竖起耳朵偷听，他中了邪一般，在嘴里反复地念道，我要屠龙，我要屠龙。

突然，那和尚不念了，把头扭成奇异的角度，直愣愣地盯着我。紧接着，他妩媚一笑，光溜溜的头突然长出白色的毛发，双眼血红地朝我扑来。

啊！我吓得魂飞魄散，尖叫一声，不由猛地站了起来。

眼前没有和尚，也没有血……只有一部笔记本电脑一闪一闪。

我是咕天乐，我是渣渣辉，我是陈小村，贪玩蓝月，推荐一款你没有玩过的全新版本。一刀便能999级，屠龙宝刀点击就送……

附4：梦境

文/夏阳

透过树林，可见一栋豪华的别墅。这别墅矗立在一片翠绿的山谷之中，孤零零的，与世隔绝。可惜天色不太对称，乌云密布，阴沉得可怕。他钻出树林，朝别墅走去。他的腿脚似乎不太灵便，一瘸一拐的，不知道是不是受了伤。

就在他走到别墅门口，刚要举手摁响门铃时，门却自动开了，从里面冲出来一条藏獒。藏獒体形庞大，凶狠无比，龇着雪白的牙齿，朝他猛扑过来。他吓得魂飞魄散，撒开脚丫子朝来的方向抱头鼠窜。因为腿脚不好，一瘸一拐的，两个肩膀一上一下，剧烈地起伏着，如一皮影。

　　藏獒在他身后穷追不舍，好几次眼看着就要咬住他的裤腿，却被他机灵地躲开了。他玩命地跑，跑了很久很久，终于跑进了树林。然而，就在他进入树林的一刹那，突然有一群蝙蝠朝他迎面俯冲过来。因为速度太快，他根本无法躲闪，不少蝙蝠直接撞击在他的身上，更可怕的是，还有一只蝙蝠直愣愣地飞进了他的脑袋里。

　　他的背后，藏獒止住脚步，哈哈大笑。

　　原来是一场恐怖的梦。他全身湿透了，像从水里捞出来似的。梦很清晰，众多细节他还记忆犹新，却不敢去回忆。他的头疼得厉害，不知道是不是那只蝙蝠在里面作祟。通常，他不恋床，醒来都是一骨碌爬起身。不过这一次，他只是半靠在枕头上，浑身乏力，像是被梦里的恐惧和疲惫耗竭了。一场噩梦，他对自己说，最好还是忘了它。

　　他从床上摇摇晃晃地坐了起来，感觉身体轻飘飘的，不过，他已经有过几次这样失重的感觉。迟早有一天，我会像风一样自由，他暗自这样想。他坐在床沿上，习惯性地伸脚去找拖鞋，突然，他惊叫了起来，原来房间里到处是水，足足有半尺深。望着两只布拖鞋泡在水里宛如面包一般臃肿。他呆坐在那里一时茫然无措。太阳还没有出来，早晨的光线透过窗户投射在水面上，像一面幽暗的镜子，倒映出一个神情错愕的他，正傻愣愣地坐在床沿上。

　　他雕塑一般坐在那里，就像坐在湖边一样。坐了多久？也许是十分钟，也许是二十分钟，也许是半个小时，时间并不重要。重要的是，他终于醒过神来，赤脚蹚在水里，去推开窗户，想让早晨的空气进来。窗户有些卡，他双手一用力，窗户是推开了，铝合金的拉手却攥在手里。他伸长脖子想查看拉手是怎么断的，却看到窗户的外延，有半只老鼠的尸体像牛皮糖一样牢牢地粘在那里。很显然，老鼠的另一半尸体被他开窗时挤下楼去了。他忍住恶心，用手指将那一团黑色的糊状物抠起，狠狠地朝楼下扔了下去。他将手指头抽回来时，发现上面湿漉漉的，留有一层薄薄的黏糊糊的玩意儿。他赶紧弯下身在水里面洗，洗了一阵，又冲到卫生间，抹上肥皂，洗了半天。洗完，手上还是感觉黏糊糊地恶心。霎时间，他想自己是在做梦。不过，他很快又否定了自己的想法，青天白日，哪来的梦！

为了省两百块钱，他住在顶楼。大水冲了龙王庙，至于这大水从何而来，他也百思不得其解。他想，应该把房东找来看看现场，自己不能这样不明不白地受损失。

房东是本地人，住在城中村的村口，一栋豪华的别墅里。他走到别墅门口，刚要举手摁门铃，门却自动开了，从里面冲出来一条藏獒。藏獒体形庞大，凶狠无比，龇着雪白的牙齿，朝他猛扑过来。他吓得魂飞魄散，扭头就跑。幸好，藏獒被一根铁链子拴住，铁链子的另一头，拖着肥胖的房东。当听说自己家六楼的出租房进了半尺深的水，房东望了望头上的炎炎烈日，又望了望他，怀疑地说，你丫的不是在做梦吧。

最终，他一再赌咒发誓，房东牵着藏獒，尾随他去现场看个究竟。让他意想不到的是，当他爬上六楼，打开房门时，目瞪口呆——地上干干净净，滴水不沾，窗户的把手也完好无损，一缕阳光正无遮无掩地射了进来，照在他那双脏兮兮的布拖鞋上。

房东不由恼羞成怒，撒开手里的铁链子，打了一声呼哨，只见那藏獒立马精神抖擞，龇着雪白的牙齿，朝他凶狠地猛扑过来……

他顿时从梦里惊醒。这次，是真醒了，彻底醒了。醒来后，他依旧躺在床上，望着周围新簇簇的一切，眼里不由涌出泪花。他在外打工多年，刚刚在老家建造了一栋三层楼的小别墅，没想到进来居住的第一个晚上，会如此不平静，会做这么多的梦。

扣上故事门锁

我和西北作家黄建国先生素昧平生，没见过面，也没联系过，但问别人要了手机号码，一直保存在通讯簿里面。我有一个期待，期待在西安古城，在他的地盘上寻一爿小饭馆，他酒我茶，彼此聊聊文学。时，古城夜雨淅沥，街灯温暖。

这一切，源于《谁先看见村庄》，源于我个人对他的敬仰之情。

黄建国，生于1958年，咸阳乾县人，兰州大学中文系毕业，长安大学文传学院院长、教授，中国作家协会会员。先后发表文学作品一百余万字，荣获西安第六届文学奖、陕西省作协双五文学奖、首届中国小小说金麻雀奖。这些是网上的资料，还配有他的照片，眯缝着细眼，平头，个子不高，一脸憨厚朴实，犹如我那两腿沾满泥水的父辈。

我去过西安三次，每次去了，就会不由自主地想起他，仿佛偌大的西安城就是他的。甚至有一次深夜，我从小寨回酒店的路上，途经雁塔北路，迷迷瞪瞪地一抬头，发现自己居然站在长安大学的门口。清冷的街灯下，校门庄严，楼宇肃穆，我踟蹰了一阵，悄悄回去洗洗睡了。

邂逅《谁先看见村庄》，是在2008年春。那时读书是自发式的，完全凭个人口味，孰优孰劣懵懂无知。第一次读，感觉很奇妙，语言唯美柔和，如同神遇，心里异样安静，能够听见雪落的声音。

我很欣赏这篇作品的切入点，作者没有叙述返乡者千里迢迢的艰辛跋涉，也没有描绘回到家乡的种种遭遇与感慨，而是近乡情怯，着力截取家门口这小一段内心的惶惑与纠结，使人读后无不惆怅满怀。《谁先看见村庄》剑走偏锋，不刻意追求跌宕起伏的故事情节，以及常规的人物冲突，整体叙述平淡，含蓄温婉，以意味见长。然而，故事说是平淡，里面却藏着故事，别有洞天，自成一景。尤其是"卸妆"的细节富有文学意蕴，揭示了两个姑娘与故乡之间的文明冲突，更巧妙地暗示了"回不去"的命运。

我每次读到"会不会有人认为咱们不干净？"时，内心深处总是柔柔地疼，如风雨敲窗。两个姑娘的模样，不由自主浮现于眼前，包括她们的眼神、头发和服饰，都是那样可爱。再至结尾一句"黑夜像汹涌的黑水淹没了她们"，犹如神来之笔，极富小说张力，让人欲哭无泪——所谓"谁先看见村庄"的背后，是谁也看不见。或者，村庄也看不见她们。异乡的生存以及生存的变异，让她们走得太远，丢失了自己，也丢失了故乡。

我一度把《谁先看见村庄》作为文本反复研究，断断续续，前后读过十几遍。读多了——我必须说实话——隐隐感到作者笔触情绪略显焦躁，缺乏足够的深思远虑。

2011年第9期的《小小说选刊》，也就是这篇作品问世十周年，黄建国发表创作谈《我写〈谁先看见村庄〉》一文，以他的诚实印证了我的感受。他说：

"站在今天的语境下，在大批村庄消失这样几近疯狂的城市化进程中，反观这篇小说，就会感到当时写得还是有些匆忙，对一些重要问题没有作深入思考。比如，现代文明的代价、现代文明与人的精神的背离、现代文明与生活的本质等。说写得匆忙并不是矫情，我甚至都没有为二亚的同伴想好一个正式的名字，只称她是'不叫二亚的姑娘'。"

这段文字，尤其是"现代文明的代价、现代文明与人的精神的背离、现代文明与生活的本质等"，引发了我长时间的思考。

2014年7月，也就是三年后，我终于思考成熟，一鼓作气写出了《好大一棵树》，以此向伟大的《谁先看见村庄》致敬。《好大一棵树》的创作过程很奇妙，没有动笔之前，冥冥之中有一种强烈的预感，就我个人而言，这篇作品将意义非凡。于是，为了加持某种仪式感，我特意驱车三十公里，在一个朋友家小住了三天。好吃好喝之余，用了一天半的时间，趴在一个小板凳上精雕细琢，内心极为从容，像一只慈爱的母鸡，尽情享受这曼妙无比的孵育时光。

针对黄建国的思考，我在《好大一棵树》里面有意作了文本的探索，以"寻坟"和"回不去"作为故事底色，试图达到"死无葬身之地"的情感喟叹。这篇作品耗费了我大量的心血，也许没有完全写好，但已经很努力了。黄先生读到《好大一棵树》，若眼中有泪花，心中有感应，便是对我这个晚辈莫大的鼓舞。

《好大一棵树》发表至今，也快六年了，但我依然深感孤独，弦断知音难觅的孤独。不少人和我谈起这篇作品，也有专家写过评论文章，还入选好几个省的高考模拟试卷，被上百万学生碾压过，但没有一个人体悟到我的写作意图。换句话说，这个世界上还没有人真正秒懂《好大一棵树》。

众所周知，《好大一棵树》是一首广为流传的通俗歌曲。1990年张晓梅作为原唱上过春晚，后来毛阿敏、那英、田震等众多歌手进行过翻唱，可谓家喻户晓。这首歌是词作家邹友开为纪念胡耀邦1989年4月15日离世而创作的，属于一代人难以磨灭的记忆。我写这篇作品，自然绕不开这个记忆。所以，顺着这个线头理下去，你会发现里面有很多隐喻，有一个崭新的世界。

《好大一棵树》发表后，我曾经天真地以为，会有好事的专家和读者站出来指责，然后我打哈哈说，巧合，纯属巧合。可是，就像一块石子扔进大海一样，不见任何回响。我一度安慰自己，现在是90后、00后的天下，读者和写作者心态过于浮躁，讲究夸示式消费和快餐式阅读，谁有耐心去翻历史故纸堆，去体会你文字背后的弯弯绕绕？直到今天，我才意识到，也许不是人家读不懂，而是自己没有把问题表达清楚，或者还没有找到一个更相宜的表达形式。

我历来忌讳文学与政治勾肩搭背，但对于《好大一棵树》这种作品，你如果能够从文字表面读出思想趣味和艺术动机，作为一个写作者，我无疑是幸福的。倘若你能更上一层楼，越过文字的表面而触摸到背后的历史记忆与政治隐喻，我想自己内心的孤独会因此而少一些。

值得一提的是，《谁先看见村庄》曾经荣获第九届（2001—2002）全国小小说优秀作品奖第一名。十三年后，《好大一棵树》也在第十五届（2014—2015）全国小小说优秀作品奖评选中独占鳌头。2018年10月，他们双双进入"改革开放40周年（1978—2018）最具影响力小小说40篇"的名单。面对如此殊荣，我心知肚明，这是《谁先看见村庄》给我带来的好运气。

黄建国写中短篇，也写散文，先后身兼《女友》《文友》的主编，出版过《蒜头夺脑的太阳》《谁先看见村庄》《一树蝴蝶》三部小说著作。他的微型小说作品并不多，只有六十余篇，留下了《教育诗》《好牛》《陌生人到梅庄》《最后一只红富士》等佳作。随着二十余年的时光飞逝，这些作品早已被遗忘，但《谁先看见村庄》平淡而精巧，悲悯又大气，以近似不朽的文本呈现傲立于世。故此，在微型小说史上，黄建国不是过客，而是永远的矗立。

黄建国的来去匆匆，让我想起另外一个人。他叫刘兆亮，1981年出生，《青岛啊，青岛》的作者。

2005年4月，在郑州第二届小小说金麻雀奖颁奖典礼上，年仅33岁的邓洪卫，在五位获奖作家中名列榜首，一时风光无限，在社会上反响强烈。事后，当地政府一高兴，邓洪卫所在的建设银行一激动，于2005年9月28日，邓洪卫小小说研讨会在他的故乡江苏省响水县举行。杨晓敏、寇云峰、姜琍敏、邹磊、秦俑、相裕亭、闵凡利、雪弟等十余位编辑家、作家和评论家应邀参会。会上，有一个跑新闻的小伙子忙上忙下，颇为机灵，引起了秦俑老师的关注。

这小伙子就是刘兆亮，当时24岁，因为被《连云港日报》社录用，毅然从一所211大学现当代文学硕士专业退学，提前端起了公家饭碗。当秦俑在交谈中得知刘兆亮身为新闻记者，骨子里却热爱文学，偶尔也写点散文，便热情约稿，鼓励他多读多写。平心而论，这不是秦俑慧眼识英才。时为《百花园》杂志的编辑部主任，秦俑向来注重扶持新人，广交文友。很快，他收到刘兆亮的处女作《青岛啊，青岛》，读后感觉眼前一亮，便安排刊发在2006年第1期的《百花园·小小说原创版》，《小小说选刊》2006年第3期进行了转载。

回首往事，刘兆亮的名气冲天，除了作品确实有过人之处，更多得益于时势造英雄。考虑到《青岛啊，青岛》切中社会时弊，聚焦农民工热点，内涵丰富，容易衍生话题，秦俑便有意将这篇作品贴在自己名下的小小说作家网上，旨在引导大家展开讨论。这犹如一石激起千层浪，几乎让当时所有活跃的写作者、评论家兴奋地参与其中，集体针对《青岛啊，青岛》里面的语言、故事情节、叙事方式、人物形象、精神品质、作品情感和思想立意等方面，进行显微镜式的剖析与研讨。

这次大讨论，跟帖数以千计，可谓当年业界一大盛事，让寂寂无闻的刘兆亮瞬间蹿为"网红"。甚至，不少人对作品如数家珍，却一时想不起作者姓甚名谁，这样的次数多了，作品完全盖过作者，刘兆亮便意外收获了一个绰号——刘青岛。可惜的是，小小说作家网已被封存多年，我无法查阅当时讨论的盛况，但据有限的资料，大家多为肯定与赞誉，甚至有人不吝用了"高山仰止，景行行止"的极高评价。

我个人认为，文学的功能贵在情感的传递和思想的表达，而不是仅仅停留在真相的揭露或个人的控诉上。这么多年以来，诸如村支书调戏妇女主任、镇长横行霸道、不良老板克扣薪资等泄愤式的作品早已汗牛充栋，让读者生厌。实际上，《青岛啊，青岛》背后的故事也很老套——包工头一夜之间跑路，工人们只能靠缝在内裤里一点钱作为盘缠回家。但是，刘兆亮处理得很克制很隐忍，选取的角度也颇为巧妙，试图用一种温情，一种对苦难保持微笑的精神品质去迎迓世界。毋庸置疑，在当年，刘兆亮的这种写法别具一格，令人动容。退一步说，即使搁之今天，它因为叙述工稳、情感丰沛、隐忍内敛，而具有独特的艺术魅力。

真正的文学，总是凭借人物形象感动读者，起到潜移默化的作用，让人想得更多、更大、更远，也就是有内涵，有较大的容量。从这一点来说，《青岛啊，青岛》不愧为经典之作。

2017年暑假，我即将读高三的女儿，只身前往南京观看"满汉全席"演唱会，完成了她个人的第一次远行。身为人父的我，难免心里牵挂嘴上唠叨，难免和这个00后发生交锋。交锋几次后，便有了这篇《南京的太阳》。它的源头是《青岛啊，青岛》，而故事情节改编于一则网络新闻：一个在西安读大学的女孩，暑假突发奇想，从西安骑自行车回家。她的计划意外得到了父母的支持。等到她骑行十三天如愿以偿地回到江西老家时，才发现父亲一路开车尾随其后，一路在暗中保护她……

《南京的太阳》发表在《微型小说选刊》2017年第24期，此后再无任何声响。这种反常，积压到2018年高考前，我突然信心爆棚，预感因为题材的时尚性多义性，该作品很有可能入选为语文高考试卷的现代文阅读题。呵呵，试卷一公布，我才发现是黄粱一梦。

稍感安慰的是，因机缘巧合，《南京的太阳》有幸被南京大学文学院教授、博士生导师刘俊先生读后，2019年12月31日在香港《大公报》发表《东莞与南京》一文。其中，他写道：

> 而一篇《南京的太阳》，则使我这个南京人兴趣大增，细读一遍，原来这位叫夏阳的作者，为了参加小鹿五周年演唱会，也为了心中的高考目标南大，独自前往南京"朝圣"，可是她的父亲因为

不放心又不想"影响"她，竟暗中赴宁跟踪保护，结果被警察怀疑是不轨分子遭到抓捕，最后父女相认，结局圆满——南京终究是个有"太阳"的温暖的地方。只不知后来夏阳来了南大没有？

能让一个地位显赫的中文系教授误入花深处，从而一时忘却小说的虚构性和第一人称的叙述视角，也算是一段佳话。当然，我更愿意变成作品中的小姑娘，拜倒在刘先生的门下，成为其研究台港暨海外华文文学的得意弟子。

《青岛啊，青岛》显然运气好多了。一场声势浩大的网络讨论，把它推上风口浪尖，还摘取了第十一届（2005—2006年度）全国小小说优秀作品奖。更神奇的是，《青岛啊，青岛》逆势生长，居然波及中长篇小说和散文等领域，文坛掀起了一股以城市为标题的模仿秀。同时，这篇作品让知识分子、社会精英以及小资阶层记忆深刻，因为里面描述的"一座城市因为某个人存在而变得异常亲切"的朴素情感，触动了他们某根敏感的神经。

刘兆亮发表《青岛啊，青岛》，正值2006年初。这是一个很有意思的时间点。一方面是微型小说发展日益成熟，即将迎来作家取代作品的个性化时代。写作者要想成名成家，得凭借大量数质兼优的作品彰显自我风格，日积跬步，一寸一寸打下自己不朽的江山。另一方面，互联网Web 2.0时代来临，网页端的浏览方式大行其道，平等自由的即时交流，畅通无阻的虚拟世界，在国民传统的思维中刮起了头脑风暴。网站的新奇，引领众多潜水的民间大神纷纷浮出水面，一时间释放出前所未有的新能量，令网络热度高烧不退。所谓时势造英雄，英雄常有，而时势难逢，刘兆亮声名远扬，得益于网络时代对微型小说纸质媒体传播的初始革命。

随着智能手机的普及，APP引领自媒体时代潮流，它在性能和流量优化上的优势，日渐成为网页端的终结者。在这种科技时代变革之下，全民抖音，娱乐至上，一个写作者再想凭一篇千把字的微型小说一夜成名，并得到官方与主流媒体的认可，恐怕是痴心妄想。所以，刘兆亮一文成名，前有古人，却后无来者，等同于微型小说史上的绝唱。

实际上，刘兆亮当时对微型小说懵懂未知，更无写作经验和理论积累。然而，正是这种懵懂未知，这种原生态地喷薄而出，使《青岛啊，青岛》散发着初恋般的纯真与拙朴，让读者大为感动。也许是起点太高，抑或记者工作太忙生存压力太大，继《青岛啊，青岛》之后，刘兆亮鲜有作品问世。我曾经一度为他扼腕叹息，网络时代既成就了一个刘兆亮，又始料未及地制造出一个现代版的"伤仲永"。直至2020年春节新冠疫情期间，年届四十的刘兆亮受困在家，再一次受到秦俑老师的鼓励，静心创作了一组微型小说，用《过河》《水大鱼大》《大师》《南京往事》等作品再一次证明自己并非浪得虚名，尤其是《上海夜晚的风》出手不凡，令我惊呼"刘青岛"又回来了。

听风十余年，仍是纯真少年。

黄建国又何尝不是如此？对于微型小说，他只是稍作停留，尤其是获得首届金麻雀奖之后，便神龙见首不见尾。有时我忍不住感叹，倘若没有功成名就，或者公务缠身，他怎么甘心把自己演绎成一篇微型小说，恰到好处之时，戛然而止。

黄建国和刘兆亮，一西北，一东南，相隔上千公里，却殊途同归，均是来去匆匆，转角之后扣上故事门锁，从此消失于江湖，操劳自己的世俗烟火。仿若夜空高速运转的星宇，偶尔一刹车，便瞬间照亮大地。

作为一个同道，我对自己能够遇见他们而深感幸运。因为在我漫长而孤独的阅读生涯中，《谁先看见村庄》温柔了岁月，《青岛啊，青岛》惊艳了时光。

附1：谁先看见村庄

文/黄建国

她们回来了。她们不久将会看见自己的村庄。几分钟以前，长途汽车"嘎"的一声停下，她们从窗口扔下大包小包，匆匆挤出车门。汽车重新启动，拖一股白烟，拐过沟岔不见了。一会儿，她们要跨过干涸的沟川，沿着对面那条蜿蜒的小径爬上去，然后，就能看到她们的村庄了。她们从南方赶回来过年，带着一大堆颜色鲜艳的包裹行李。

她们站在路边四下张望。五点钟刚过，太阳就已经看不见了，只在西边的沟坡上残留一些余晖。沟川里静得很，雾气弥漫，既朦胧又透明，让人觉得恍若幻影神秘莫测。在将近两年的时间里，这村庄，沟川，羊肠小道，曾经那么执拗地无数次在她们遥远的异乡的梦里出现过。

她们不急于爬沟。她们需要平复一下心情，定一定神。再说，她们后头还要进行一场比赛，看谁先爬上沟坡，第一个看见村庄。这是她们的约定。

现在，她们走到了沟川的西边，抬头打量那条像被野风吹得弯弯曲曲的灰布带一样的路。就是它，那么亲切地通向坡顶，通向她们的村庄。

"我不知道为啥一点儿也不激动，"她们中的一个说，"我想我们应该是激动的呀。你说这是为啥呀，二亚？"

二亚说："你鬼迷心窍！我的心扑通扑通乱跳哩。你想想，为了省路费，咱们去年就没有回来，快两年了啊。我不知道我一走进家门会是啥情景，先叫爷还是先叫妈？"

不叫二亚的姑娘没有应声。她感到领口和袖口那儿有些冷。刚下车的时候，凉风扑面，怪舒服的；现在，这风突然间又凶又硬，冷飕飕的。内衣好像还沾了汗，贴在身上，风灌进来，说不出地难受。她左右拧一拧身子，把脖子往下缩了一大截。

"你看你，"二亚说，"到家门口了反倒没个形了。"

"我冷。"她说。

二亚也感到了冷。她伸出双手去试一试风，又把双手举到面前，翻看自己的手心手背，然后往手心里呵了一口气。

"我不想看见我妈的手裂的口子，"二亚说，"我妈每年冬天两只手都裂成了锯齿，她整天痛得吸溜吸溜的。"

不叫二亚的姑娘也张开自己的手指看。

"我想哭。"二亚说。她佯装成哭的样子，"啊呜"了一声，但她马上又嘲笑自己说："我这是干吗呀，神经兮兮的。"这时候她担心起另外一些问题来。

"咱们寄的钱，家里会不会没收到？"

"不会。"不叫二亚的姑娘说，"咱们回去后翻开本子一笔一笔查对。"

"会不会有人认为咱们不干净？"

"你真能瞎操心。谁干净不干净在脸上会写着字？"

"众人口里有毒哩，硬把白的说成黑的。"

"常回家看看，回家看看……"她们唱歌。她们的歌声一高一低，在沟川里被凌厉的风撕扯得七零八落，实在不成什么调子。

"呀，"二亚说，她突然住了声，"我们的脸！"

不叫二亚的姑娘愣着。二亚顿了一下脚："我是说咱们嘴唇上的口红，还有描的眼影！"

不叫二亚的姑娘说："你多漂亮啊。"

二亚说："我给你说正经的呢。我这个样子怕我妈认不出来，说我是个妖怪。"她们互相看着。她们以前没想到这会是个问题。她们每天都要化化妆的，包括在拥挤的火车上和颠簸的汽车上。

"一定得擦掉。"二亚说。

她们开始找纸巾。但翻遍了身上所有的口袋和小包，也没有找出一片软一点儿的纸。她们带的纸巾一路上大手大脚地用光了。她们甚至用纸巾擦火车的茶几和汽车的玻璃，还擦了几次鞋，唯独没想到最后会用它来清除嘴上的口红。她们低头四处探望，希望能看见一汪水。但是，没有。沟川是干的。她们盯住自己的衣服，可她们舍不得橘黄色和天蓝色的外套上留下不同颜色的斑迹。她们快要恨死自己了。

"我说，咱们吃了它。"二亚说。她们用唾沫把嘴润湿，拿牙齿啃上唇，再啃下唇，让舌头转了一圈儿，又转了一圈儿。她们把唾沫吞下去，又"呸呸"吐出来，沾在手指上擦拭眼影。

不叫二亚的姑娘说："呀，咱们的口红不高档，吃下去怕会中毒。"

"不管它，"二亚说，"这个不重要，毒不死人。"

她们擦呀，抹呀，脸上已麻麻的，只是不知道此时脸上的样子。她们互相看也看不清，因为太阳早已熄灭了。她们想着这么一弄她们的脸就很本色了。

"呀，天都黑了，"她们说，"咱们快爬吧，看谁先看见村庄。"

黑夜像汹涌的黑水淹没了她们。

附2：好大一棵树

文/夏阳

母亲去世十年后的那个清明节，我和父亲还有弟弟回到了久别的故乡，也就是那座小县城，去寻她的坟。

母亲去得突然，四十出头，便倒在她和父亲所在的造纸厂的车间里。那天是4月15日，还有两个来月，我就要参加高考。父亲犹豫再三，还是告诉了我。父亲指着饭桌上一个黑漆漆的骨灰盒，对我和弟弟说，你妈在里头。说完，看也不看我们，扭头出去，一屁股坐在家的门槛上，默默地抽烟，任凭我和弟弟在他身后哭得死来活去。

母亲的坟，说坟也不是坟。我们全家，除了造纸厂分配的两间低矮潮湿的平房，便上无片瓦，下无寸地。母亲葬在哪里，还真是个问题。父亲袖着手在外面寻摸了一天，回来等天黑严实了，重新领着我和弟弟出了门。黑乎乎的山道上，没有月亮，也没有星星，父亲扛着铁锹，打着手电筒萤火虫般在前面引路，我怀里捧着母亲的骨灰盒跟在他身后，再后面是紧紧拽着我衣角的弟弟。我们三人做贼一样，蹑手蹑脚，悄然上了县城西郊的观音山。观音山是一座孤山，树木葳蕤，山虽不高，却能俯视整个县城。从观音山的北面上山，是一条人迹罕至的山路，翻过山顶，到了南面的半山腰，衍生出一个岔路口，往左是回县城，往右是去造纸厂的一条小路。父亲在岔路口站立了一会儿，带领我们往左走了下去。走了两百步，父亲指了指路边，叹了口气，说，就这里吧。

一个小时后，母亲的骨灰盒，被我们安葬在一个小土包下面。父亲生怕别人发现，特意弄了一些草皮盖在新土上，还移栽了两棵小树侍立两旁作为记号。临下山时，我们三人站在母亲的坟前，望着山脚下的一城灯火，神情漠然，彼此不知道该说些什么。最后，父亲指着遥远的南方，说，这样也好，以后你妈每天都可以看见我们了。

如父亲所愿，我总算为他争了口气，被南方一所大学录取了。父亲也因为母亲的早逝而惊恐万分，执意要离开造纸厂这个污染严重的伤心之地，带着弟弟南下去打工。也就是说，我们全家搬离了这座县城，从此故乡变异乡。走的那天，父亲独自去母亲的坟前坐了半晌，回来时，我感觉他一下子苍老了许多。望着魂不守舍的父亲，我装着没心没肺的样子，把锁匙交还给单位上来接管的人，对父亲说，走吧，此地不留爷，自有留爷处，天下之大，何愁没有家！

母亲的离去，对于我们这样一个家庭来说，是巨大的灾难和难以言说的悲恸。十年间，我们三人聚在一起，从不敢谈起母亲，甚至连她的照片也刻意地藏了起来。就像一个难以愈合的伤疤，夜夜隐隐作痛，却被我们不约而同地捂了个严严实实，谁也不愿意去揭开它。是的，如果不是因为父亲刚刚被医院查出肝癌晚期，没人会主动提出去寻她的坟。

可是，坟没有了。我们回到县城是日暮时分，和上次一样，沿着观音山北面的那条山路上了山，翻过山顶，等来到山南面的那个岔路口时，不由惊呆了。岔路口的右边，依旧是树木葱茏，依旧是那条羊肠小道蜿蜒而下，依旧是造纸厂五颜六色的污水在山脚下的小河里肆意流淌。岔路口的左边，别说两百步，就在不到一百步的地方，那条拐下去的小山路硬生生地被一圈围墙砍成了断头路。围墙里面，搅拌机轰鸣，工人们紧张忙碌，一栋栋别墅在一堆堆凌乱的钢筋水泥中张牙舞爪。父亲惊得张了张口，想说什么却说不出来，最后一只手捂住心口，浑身抽搐，痛苦地蹲了下去。我和弟弟顿时醒悟过来，忙跑过去一把挽住他喊，爸，爸，您怎么啦？

好一会儿，父亲才缓过一口气来，手指着围墙里面，抽泣着说，你妈的坟……

我妈的坟……我脑子高速运转着，惶然四处张望。突然，我指着岔路口的右边，急中生智地说，我妈的坟不是在那里吗？您，您记错了呢。

我怎么可能记错？父亲抹了抹眼泪，惊讶地问。我朝弟弟使了个眼色，弟弟立马反应过来，忙在一边附和道，您肯定是记糊涂了，我和哥哥明明都记得是在右边。你那晚不是还说，右边好，男左女右，葬在右边，你妈就可以守住我们在造纸厂的那个家了。

是吗，我有这样说过？父亲将信将疑地问。我和弟弟猛点头。父亲犹豫了一下，便朝岔路口的右边望了望。

岔路口的右边，大概是两百步的地方，有一棵大树矗立在路边。大树枝繁叶茂，树干笔直粗壮，高耸入云。父亲疾步走了过去，踮起脚尖，一把抱住大树，将脸亲昵地贴在树干上，嘴里喃喃自语，仿佛在倾诉什么。

夕阳西沉，长夜未临，苍茫的暮色在故乡的上空，一寸一寸跌落下来。

我和弟弟不敢贸然上前去打扰父亲，只好呆立在岔路口，内心凄惶不安。附近的树林，山脚下的县城，还有更远处的乡村田野，笼在水烟四起的暮色里，影影绰绰，轮廓模糊，直至漫漶不清。而身边一墙之隔的围墙里面，却是那般清晰可见，亮晃晃的夜灯下，人影幢幢，搅拌机像一头巨大的鳄鱼，吞进吐出，在永不知疲倦地嘶吼着。我和弟弟不禁对望了一眼，彼此神情悲郁。那一刻，我知道，他和我一样在忧虑：

父亲没几天活头了，他老人家走后，该于何处安息？

附3：青岛啊，青岛
文/刘兆亮

青岛是一个很美丽的城市。我那时认为它恰如其分的美丽是因为父亲去了那里。

自从父亲去了青岛，这个离我800里的地方突然有了亲和力和感召力。尊敬的青岛市民也好像一下子都成了我的亲人，我特别挂念青岛，想念他们。

父亲是去青岛干建筑小工的，抬水泥、搬石块、挑砖头是他的工作。但这是次要的，父亲在青岛生活和工作了，这是让人感恩的事。

那时我正上高三，父亲带着家中最破的被子和那顶漏雨的安全帽到县城坐火车。因为还有40分钟的空闲，父亲就到学校去看我。但他并没有见到我，他的脚刚好踩到上课铃声。父亲就给看门师傅留了一张字条，写道："儿，我去青岛干活儿了。青岛好啊，包吃包住一天20块钱。你好好念书，争取考到青岛去。"署名是"父亲亲笔"。

这是父亲写给我的第一封书信，是写在随手捡起的烟盒上的，烟盒上脚印清晰可辨，比父亲的字还工整。但父亲的字比它精神多了，撇撇捺捺都有把持不住的去青岛的激动之情。

青岛好啊！父亲这个赞美诗般的感叹也是听别人陈述来的。父亲没去过青岛，甚至他连比县城更大点儿的城市都没去过，但父亲那时去青岛了。看到父亲的留言，我很高兴。

从此以后，我的学习和生活便有了"青岛特色"。地理课本上的胶东半岛成了我的维多利亚港，历史课本上德国强占青岛的章节让我深刻铭记，青岛颐中足球队成了我心中的巴西队。而我的高考志愿上，打头阵的都是青岛的大学。

父亲在一个叫观海山的山上建花园。山不太高，但站在屋顶上可以看到海，下雨天不上工，父亲就上山顶去看海。看海是父亲最高级的精神生活。在他的物质生活方面，让他津津乐道的，是能隔三岔五吃到两块五一斤的肥肉膘。父亲说，瘦的他们才不爱吃呢，青岛的肥肉真贱！父亲说，乖乖，青岛就是青岛啊！

但青岛没有及时给他发工资，这是堵心窝儿的事。父亲说，肥肉很香，但一想到钱就咽不下去了。

父亲走时只准备了25块钱生活费，父亲花了40天。之后，他摸口袋时，兜里只剩下五个手指头了。当然，在他的内裤边，母亲还连夜为他缝进了50块钱。但那钱不能动啊！

青岛怎么不发工资呢？老板解释说临时有点儿困难，让父亲等人顶一顶。父亲觉得那个李老板说的话不虚。以前李老板让父亲下山替他买的烟都是10多块钱一包的，现在下降到4块多钱一包了。

给李老板买烟是父亲难忘青岛的另外一个原因。

起初，父亲买烟买得一肚子得意，觉得老板还挺把自己当回事。等父亲戒烟了——实际是没有闲钱买烟了，他才感觉到买烟成了一种煎熬和痛苦。

父亲每次烟瘾上来的时候，都要到厕所尿一泡尿，每次进行的时间都很长。他低头思考着什么，最后还是使劲地捏一把那缝在内裤边的50块钱，忍了。

但父亲经常把烟包放在鼻子下使劲地闻一闻。闻一闻烟又不会少，没事的。有几次他甚至就想把手中的烟往腰里一别，一口气跑回家，坐在田头再一口气抽光。边抽烟边看玉米生长，多美的事儿啊！

但父亲是个老实巴交的人，这也是老板习惯让他买烟的根本原因。父亲觉得自己挟烟出逃的想法太匪气了，也不切实际。父亲比较实际的做法是，爬山时多弄出点儿汗，递烟给老板时好让他酬劳给自己一根抽抽，但是没有。只有一次，李老板客气地说，剩下的三毛钱硬币不要了，看你累的，头上的汗珠子比雨点儿还大！父亲不收，两个人互相推让，干活儿的人都把手中的活儿停下来看他们。李老板生气了，大喝一声后又把声音压得低低的，拿着，对，拿着。父亲的兜里就多了三毛钱。

父亲想等下次再多出三毛，还有再下次，再再下次……

但李老板已经好几天没让父亲买烟了，也就是说李老板已经很少过来了。慢慢地，父亲他们就感觉到李老板可能在耍熊蛋了——他要跑掉了！

大家也很久没能吃上肉了，伙房的人也好久没接到钱了。

工程没完，老板就跑了，碰上这样的事，算是倒了八辈子霉。

父亲等人也不能干等着，就买了车票回家。父亲们都偷偷地进行着自己的工作：有的与父亲一样拆开了内裤，有的翻起了鞋子，有的把被子里的棉花团弄开……那里是事先准备好的回家的路费。我们那里的习惯，路费多少就缝多少。

父亲把他在青岛的这些经历讲给我听的时候，我还在等青岛方面的大学通知书。青岛与我的关系还八字没一撇。

但青岛朝我走来了。我被青岛一所重点大学的土木工程系录取了。

那天父亲把烟头抽得很兴奋，他满眼亮亮的，左手比画着青岛宽阔的马路怎么走，还一个劲儿说，青岛好啊！青岛好啊！

我不知道，当父亲赞美诗一样地感叹青岛好的时候，他的右手在口袋里把从青岛带回来的那三毛钱都攥出了汗！到了学校后我才发现，那三枚硬币，被父亲放进了我的背包——那是父亲在青岛赚取到的财富，儿子应当继承。

附4：南京的太阳

文/夏阳

到南京的第二个晚上，我接到警察的电话。电话里，警察说："有个男人自称是你父亲，麻烦你来一趟，确认一下他的真实身份。"

真是滑天下之大稽。我来南京，是参加小鹿五周年演唱会。临来时，父亲在手机里千叮咛万嘱咐，不接听陌生电话，不搭理陌生男人，不独自走夜路……简直把人世间所有的黑暗与丑陋数落个遍。没想到真被他言中了，陌生的南京居然冒出来一个自称是我父亲的男人，真是狗血剧情，比小说还小说。

我对着手机非常干脆地拒绝："骗子，我爸特意叮嘱过，这样的人肯定是骗子！"

南京的太阳真大，铺天盖地，到处是它翻滚的热浪，把南京城变成一个巨大的平底煎锅，沸腾着我们这些远道而来的少年情怀。从故乡到南京，不到四百公里的路程，我却差点和父亲闹翻了。

虽然隔着千山万水，但我完全能够想象出父亲在手机那端的样子，他肯定是板着脸孔，紧锁眉头。为此，我不得不要点小花招。我对父亲说："人家明年就要参加高考啦，每天日程排得满满的，脑袋都快要爆炸了。去南京也不是专程为了看演唱会，演唱会有啥好看的，其实我更想去南大参观一下，给自己定一个目标，你女儿明年保证把它拿下。"

果然，父亲在那边沉吟了片刻，说："你妈没时间陪你去，我这边又请不到假……"

我立刻打断父亲的话，斩钉截铁地说："老爸，你一向教育我要独立，现在正是锻炼的机会，你十六岁不就自己出去打工了吗？"

一切很顺利，不到中午我已经踏上了南京的地盘。南京的太阳，果然名不虚传，一出火车站就晃得我睁不开眼。

客栈早已在网上订好，手机导航和打车软件可以直接把我送到目的地，来前已规划好行程：先游览南大，第二天上午参加歌星签售会，下午和晚上是他们的演出。第三天到小鹿他们下榻的酒店守候，得到合影后返回故乡。

对于明年就要参加高考的我来说，南大的确是我心中的圣殿，这与当年高考失利的父亲一直对我的洗脑有关，他总是脸色凝重地说："女儿啊，假如当年我考上大学……"我内心无论怎样不屑，表面也得装出一副认真倾听的模样。我知道，在我们之间，有些代沟是天然存在的，生活除了奔波劳碌，还有诗和远方。作为父亲，他只知道在青岛干建筑小工，抬水泥、搬石块、挑砖头，数年如一日，从不知道演唱会是何等地气势恢宏，又怎么可能理解一个少女对心中偶像的深情膜拜和狂热迷恋呢？

现场的演唱会上，荧光棒似海，呐喊声震天，数万人忘情地摇，忘情地唱，宛如一个盛大的节日。我举着自拍杆，录制视频的手激动得发抖，喉咙吼得嘶哑，双脚踩得生疼……

演唱会结束后的第二天，我和众多意犹未尽的铁粉蹲守在他们酒店门口。你知道吗？老天不负有心人，我居然得到小鹿的同意与他合影，他还在签字本上留言："努力冲刺，静候你的佳音。"我激动得全身颤抖，泪眼迷离。所有的少年都在尖叫呼啸，现场气氛如同喷发的火山，而内心，更是海洋般澎湃。

就在这时，我再次接到警察的电话："姑娘，先不要急着挂掉，你认真听听这声音熟不熟？"

半个小时后，我坐在派出所里。一个狼狈不堪、形容憔悴的男人，出现在我面前的监控屏幕上。

警察指着屏幕说："最近周边发生了好几起强奸案、猥亵案，警方一直在暗中进行蹲伏抓捕。这名可疑男子跟踪了你两天，具有重大的犯罪嫌疑和作案动机。但无论我们怎么审问，他坚决不招，一直自称是你父亲。"

屏幕上的父亲，半年未见，似乎一下子苍老了好几岁。他头发花白，野草一般杂乱，黑褐色的脸上，小眼睛倦怠无神，尤其满是血泡的嘴唇，于胡子拉碴间如一枚烂柿子。我清晰地听到他从监控器里发出的虚弱的声音："我绝对没有欺骗你们，我女儿可以做证！"

我说不出一句话。

南京所有的太阳，突然跑进了我的眼睛，灼热，滚烫。我不得不蹲下来，捂住面孔，捂住从指缝间奔涌而出的轰然暴雨。

狐狸的悲伤

2013年5月24日，凌晨三点，一觉醒来，抽了两根烟，愣怔了好一会儿。然后起身，沐浴、更衣、净手、焚香，守着窗台上的香案，捧读王奎山先生的作品。所谓香案，就是窗台上设有一个小香炉，三支檀香氤氲缭绕，香炉前整齐地摆放着他的四本著作《加尔各达草帽》《王奎山小小说》《别情》《乡村传奇》。

算算时间，今天是他一周年的忌日。

站在夜色暗寂的阳台上，望着脚底下沉睡未醒的街道，不由体悟起《二重奏》的现世意义。每个人都有自己的天涯。快乐与悲伤，似乎从未停止；爱恋和叛离，也一直在继续。

亲戚或余悲，他人亦已歌。你笑了，不一定代表你快乐；你哭了，不一定说明你慈悲。世界的混沌，总在无奈与无爱中交错进行，螺旋上升。就像我们的床笫之欢，脑海里一闪而过的往往与情爱无关，比如鸡关进鸡窝了没有，比如白菜又涨价了，比如导演会不会把女一号的角色给我。

别说在导演的床上咏鹅，即使庙堂之上，心中也并非六根清净，四大皆空。谁家佛祖面前不是香火鼎盛，又有谁不磕头祷告：菩萨啊，我可是花了不少钱，您要保佑我多子多福，财源广进。保佑好了，我会来还愿的。

靠！买卖都做到老子头上来了。菩萨也是一肚子的苦水。

2012年5月24日，很多人在网上跟帖，心情湿湿的："奎山老师，一路走好。"转眼，大家该干吗还干吗。小情人这个月的生活费要给了，今夜打麻将的手气不能差，别忘了明天请赵主编洗个脚，隔壁的张寡妇最近对修自行车的刘老头好像有点意思……或者，再琢磨一下自己人五人六，大小也算是微型小说界一名人，翻翻名单，看看博客，有没有新冒出来的女作者，模样俊否？上次给文联主席敬酒，没见他有个好脸色，是不是得罪他了？翠翠换手机号码了，也不知会一声，啥意思，翅膀硬了？

世界就是这样——无聊，但真实；真实，却无聊。

只是那个终生坚守清贫的小老头，那个别人一恭敬就脸红的小老头，那个写了一辈子家产抵不上一个汽车轮子的小老头，就这样说没就没了，悄无声息，仿佛从未在这个世界走过一遭，除了我窗台香炉前那四本薄薄的书。

还好，无论你多么癫狂，最起码作品摆在那里，谁也不敢藐视他。我想，这就是老头存世的意义。

世界熙熙攘攘，车水马龙依旧，从不会因为谁没了而停下来瞄上一眼。在上帝眼里，我们都是苍生，命如蝼蚁。可有多少时候，我们有过芸芸众生抑或沧海一粟的渺小感？那个小老头就是这样，他是个明白人，因为自己的卑微，一个绝症，愣是硬生生地捂了五年，从未对外吱一声。

老头生前备感寂寞，少有人真正抵达他的内心世界。他一没了，反而呼啦啦地冒出一大堆的亲戚，有莫逆之交，有熟悉的同行，还有只读过他几篇作品的普通读者，无不深表哀悼，泪湿衣襟。倘若世上真有在天之灵，老头会不会又脸红一次？

当时，有人在喜阳阳群里问我，为什么不写点文字纪念一下？我说我的文字没有存在感，心中真正默哀一下，比什么都好。按照我的理解，老头会喜欢这种方式的。

那天晚上，我对女儿说，这三天，我们家吃素。

女儿问为什么？

我说，今天上午八点半，爸爸的一个老师走了。

她问，是死了吗？

我说是没了。

想想也是，没了比死了更可怕。没了就是这个世界的一切从此和你无关。时间真快，转眼物是人非，这个世界美好的、丑陋的、悲伤的、喜庆的，早随着那一下没了而片甲不留，灰飞烟灭，甚至连残渣都找不到。或者唯心一点说，就是自己即时被彻底开除，被这个世界无情抛弃，类似茫茫无际的宇宙间一个鬼魂，黑乎乎的，四处游荡，无家可归。

在我的笔记本里，打开搜狗输入法，输入"ky"，首选项不是"可以"，而是"奎爷"。我敬重别人，历来有自己的方式。比如杨晓敏先生，无论他是总编，还是董事长，那只是他个人职务的变更，和我无关。我始终尊他为"老师"。比如宗利华，我喜欢叫他老宗，而雪弟，公开场合叫雪弟老师，私下则是名字。再比如非鱼，则是大姐；而陈毓，反而会直呼其名。只有王奎山先生，我称为"奎爷"，且一直保留着他的手机号码。因为他是我心目中的"爷"字辈，也是业界唯一的半个大师。如今他离世了，我反而习惯称呼他为老头，觉得充满父子间的亲昵。所谓江湖，说有则有，说无即无，完全在你的心里。我喜欢以自己的方式浪迹行走。

如果某天我没了，可以自由调整时间的话，我也会选择在温暖和煦的上午，最好是八点钟后离开。那时间多好，刚刚吃完早餐，迎着早晨的太阳，一家人高高兴兴的，没有被开除的悲愤，没有被抛弃的痛苦，而是出一趟远门一样，依依惜别。临走，可以像灰太狼一样死不服气：我还会回来的！

多好。

路遥就是这样玩的。老头似乎更是棋高一着，加以一篇《二重奏》谢幕。文中频繁出现的"笑人"，充满着你我难以企及的深沉与达观。

2009年5月，老头专门赠送了我一本《别情》。扉页上，他引用陆游的两句诗作为赠言："覆瓿书成空自苦，击辕歌罢遣谁听？"一声"遣谁听"，让我触摸到了他内心的落寞与叹息。的确，祭奠和告慰一个写作者最好的方式，我想就是捧读其作品，通过作品促膝交谈。老头作为我长期关注的三位微型小说作家之一（另两位是陈毓和宗利华），其作品质量非常齐整，厚重质朴，值得每一位微型小说写作者认真学习和悉心研磨。

微型小说，也叫小小说，说到底是通过语言讲一个故事，或者把一个故事讲出点意思来。其趣味性，是作品的生命力。综观微型小说创作队伍，大部分成熟的作者可以解决或差不多解决语言的趣味性。而故事的趣味性，作为语言趣味性的更上一层楼，能够达到这个水准的不多。再往上走，就是叙述的趣味性，如何将一个故事讲得声情并茂，余味无穷，显然是一门高科技。最后，就是登峰造极的思想趣味性，深谙其味者甚少，更遑论追风揽月。老头算是后者之一。

我个人认为，四个台阶式的趣味性，是写作者水平的分水岭。

老头去世后，故乡河南驻马店为了纪念他，由市地方史志办几位同道出面张罗，从收集、整理到出版，克服重重困难，历经两年，筚路蓝缕，最终让《王奎山小小说全集》得以面世。该书分上下两册，精装大开本，煌煌757页，里面收录了老头毕生的作品，功德无量，颇具收藏价值。

但我更看重《乡村传奇》一书。《乡村传奇》作为金麻雀获奖作品自选集，加上封笔之作《二重奏》，共计76篇，可谓老头最高的艺术成就。这些作品常读常新，每次读都会为自己以前的忽视而懊悔。最近我又系统读了一遍。客观来说，大部分作品名至实归，也有一些被埋没了，比如《相亲》《初恋》《看电影》《捉鱼》《狗皮褥子》，也有些我个人不太喜欢，比如《画家和他的孙女》《打工的憨宝》《扶贫经历》《刨树》。甚至在他早期的作品中，还读到了一些模仿的痕迹以及跟风之作，比如《野樱桃》《秀》《马车》《凤桃》等。

记得有一次开笔会，在主持人一再要求下，老头面红耳赤地讲了几句感慨。他说，自己有一个梦想，就像孙犁的《芸斋小说》一样，出一册开本小而薄的书，封面素净，里面收录的作品不敢说30篇，有13篇就心满意足了。在场的很多人以为老头说的是台面上的谦虚之辞。我却醍醐灌顶，体会到了老头独钓寒江雪的孤独，一个集大成者，越往前走，越能够知晓自身的缺陷。于我而言，老头自我满意的作品能够达到13篇，已经非常了不起。

微型小说创作一旦量上去了，瑕疵自然是无法避免的，尤其早期的作品。关于这些瑕疵，我赞同秦俑老师的说法。他说："我们不能因为人逝世了而去美化他。"是的，瑕疵的存在，丝毫不影响我对老头的尊敬，尤其是这种精英化写作。

老头享年66岁，出生于中华人民共和国成立前，20世纪80年代初期开始写作生涯，用今天的审美眼光去判定他的作品，如果依然与时俱进和毫无瑕疵，那无疑是缘木求鱼，过于苛刻。实话实说，我读他的《瑞香》《偷鱼的贼》《三门闸》，读到了历史的霉味，读出了成长的轨迹。是的，谁没有年轻过？谁不是一个馒头一碗烩面慢慢长大的？

这里我想重点说一下《红绣鞋》。

《红绣鞋》是老头早期代表作之一，发表于《百花园》杂志1993年第9期，后荣获第五届（1993—1994年度）小小说优秀作品奖，力压冯骥才的《苏七块》和贾大山的《莲池老人》而高居榜首，一时名扬天下。在社会信仰普遍缺失的20世纪90年代初期，《红绣鞋》一文所传递出来的爱情观、价值观、社会观于当时来说弥足珍贵，有大音希声的文学境界。尤其是耐嚼的小说语言和独到的白描手法，字字珠玑，句句传情，可谓余音绕梁，三日不绝。

《红绣鞋》发表十年后，也就是2003年，老头荣获首届中国小小说金麻雀奖。我注意到在对他的授奖词中，还特别提到了《红绣鞋》："这是一首感人肺腑的爱情绝唱，更是一曲荡气回肠的人性美的颂歌，麦苗不营是民间英雄，她用一双红绣鞋证明着自己爱的坚定、执着和无私。"这算是历史对《红绣鞋》的盖棺定论。

然而，时代发展到近三十年后的今天，我们重读《红绣鞋》，从"以人为本"的角度出发，难道就没有读出一些时代的烙印和历史的隔膜吗？试问，红绣鞋作为爱情的信物，人嫁给了他人，心却留在死者那里，这样于他人是否公平？于己又是否成了个人追求幸福生活的思想镣铐？假设贵在九泉之下有知，他会愿意麦苗如此备受煎熬吗？还是心灵鸡汤营养可口，"真正爱一个人，是希望在自己走后，她每一天都幸福安康"。也可以换一个角度，"生者对死者最好的祭奠方式，就是时光静好，开心活着。"

基于以上的反思，我在2009年10月创作了《一双红绣鞋》，目的很简单，我想给"麦苗"平反，给予她人文关怀，让她卸下"民间英雄"的贞节牌坊，痛痛快快地嫁人，没心没肺地活着，多好。故此在结尾处，我以"贵哥，你就当我死了吧"决然告别，来对应老头的"那是一双红绣鞋"的精神桎梏。

《一双红绣鞋》首发于《小小说选刊》2010年第1期，作为头题，还刊发了我的《马不停蹄的忧伤》和《白云人家》，算是新年开门红。对此，有人议论这标志着小小说夏阳时代的到来。相比这些浮夸之辞，我更期待老头的评价，他会怎样看待《一双红绣鞋》。据传老头私下说："作品有纵深度，写得不错。"这话让我欣喜若狂，像打了鸡血一样兴奋。要知道，老头尽管木讷少言，谨小慎微，但在我心目中属于业界大咖级的领袖人物。

2010年3月，借《马不停蹄的忧伤》一书出版的机会，我打电话给老头，希望为其中的《一双红绣鞋》写几句点评，并且说作为《红绣鞋》的创作者，他最有发言权。我的普通话不太利索，老头又是一口浓厚的驻马店方言，鸡同鸭讲，讲了半天，老头总算明白了我的请求，淡淡地应诺了。

当时年少轻狂，我根本不知道老头虽然外表无任何异常，实际上身患癌症已逾三年。老头不用手机，更不懂什么QQ和邮箱。他第二天顶着料峭的寒风，步行两条街，找到一个熟人的家里，让我把稿子通过QQ传过去，又央求人家打印出来。三天后，老头拿着自己手写的评语又去那个熟人家里，再次央求人家打印成文档发给我。这些细节，我当年一无所知。为了满足一个远在广东的小字辈可怜的虚荣心，老头在寒风中来回辛苦奔波两趟，毫无怨言。现在想来，浑身不由充满罪恶感。

老头的点评是这样写的：

这是由笔者的《红绣鞋》演绎出的另一个爱情故事。在《红绣鞋》中，贵死了，但爱情存在着。到了《一双红绣鞋》，贵还活着，但爱情已经死了。我们不知道麦苗是因为什么而嫁入豪门的（也没有必要知道，不知道反而更好），但她舍弃恋人嫁入豪门这一事实，证明了金钱对爱情的侵犯。爱情与金钱的关系是一个常说常新，魅力永存的话题。麦苗写在纸条上的那句话应该让所有以金钱侵犯爱情的人不寒而栗：你可以占有"麦苗"的身体，但你永远无远占有她的内心。金钱有时候看起来牛皮哄哄，但在另外一些时候，金钱的能力也实在有限得很。

据说，老头住在老式的筒子楼里，家里很简陋，他平时写作，只能坐在小马扎上，以一个铁制的凳子当书桌，一字一句在稿纸上爬格子。今天重读这些评语，想象老头趴在铁凳子的神情，不由心如刀绞。

时间过得太快，一转眼老头离世已经九年了。每每南下北上，途经京广线驻马店火车站时，还有他的出生地确山县，总忍不住频频眺望车窗外，想起老头生前的模样，想起他笔下的众多人物生活在窗外一闪而过的田野上。

年岁愈大，内心愈感孤独。最近几年，我常在夜深人静之时粗暴地思考一些问题，比如写作的终极意义，比如人为什么离不开文学。彼时，万籁俱寂，没有白天的面具伪装，没有假话套话的瞒天过海，不用对组织交代，不用对老婆负责，赤裸，真实，一切纯属揽镜自照，左手握右手，极大的惶恐和困惑在我的内心飘来荡去。有时也会想起很多人，包括老头，以及他那些不知道还能活多久的作品。

人生天地之间，若白驹之过却，忽然而已。一眨眼，我的白马也将在细小的缝隙前飞驰而过，唰地一下，白马啊，天地啊，爱情啊顿时荡然无存，唯剩那一小点缝隙空立在原地。至于我那些曾经歌之泣之血之汗之的狗屁文字，更是纤细如发，禁不起任何的触碰与审视。扪心自问，真有必要如此热爱文学吗？文学是我爹吗？文学是女人饱满的乳房吗？每每想到这些，便孱弱如泥，无法回答自己。

我一回头，又看见《王奎山小小说全集》上下册，封面上老头笑容可掬的灰白照片成了一面镜子，里面尽是我的遗容。

天黑了，灯火熄灭了，我们轻飘飘地站起身来，一一告别，却说不出一句话来，有的只是忧伤又慈悲的泪水。哀歌响起，四周的帷幕，乌压压的黑，一大片，一大片，雪花般缓缓降落下来，转瞬，覆盖了整个世界。

在老头九周年的忌日，我躲在角落里，舔舐着自己不太光滑的皮毛，埋首啜泣，像一尾悲伤的狐狸。

附1：二重奏

文/王奎山

1986年秋天的一天中午，我们一家人正要吃饭，王朋来了。王朋是我三叔的儿子。王朋一进门，就哭丧着一张脸朝我说，大哥，俺伯不在了。王朋说的"俺伯"，就是我的父亲。这个消息对我来说并不意外。几天前，我才从老家回来。那时候，父亲就已经十分虚弱了，只是不知道什么时候才能咽下最后一口气而已。我怕耽误机关里的工作，朝母亲做了说明才回来的。事已至此，我只好马上回去给父亲办丧事。但我突然想起一件大事，下午，机关总支将要举行新党员入党宣誓仪式，而我，正是将要举行入党宣誓仪式的新党员之一。想起这件事，我对王朋说，三点多钟有一趟车你和你嫂子先回去，我下午还有个入党宣誓仪式，不参加说不过去，等开完会我马上回去。王朋说，中。

我就参加了下午的入党宣誓大会。而王朋，则坐下午三点多的车回去了。我参加完入党宣誓仪式跑到火车站一看，坏了，除了王朋坐的那趟车，再有就是夜里十点多的一趟车了。那时候，县里到乡里还没有通汽车，我只好坐夜里十点多的那趟车回去。等我下了火车摸黑赶到家里，已经是凌晨一点多钟了。屋子里黑压压全是人，我也分不清谁是谁。只见一个人几步冲到我面前，指着我的鼻子说，爷老子死了都不回来！我抬头仔细一看，是舅舅。我也不敢分辩，急忙扑到父亲的簧床前，跪下给父亲烧纸。纸点着以后，我娘把我爹脸上的蒙脸纸揭开，让我看一下爹的遗容。就着火纸燃烧的光亮，我看到爹的脸又瘦又干，像是骨头上面蒙了一张皮。唯一突出的是父亲的胡子，黑的白的灰的，一根根像钢针一般怒张着。不知不觉间，我叫了一声"大"，眼泪一下子流出来了。

第二天，我刚刚起床，王孬来了。王孬是我的远房兄弟。王孬先向我问候了一番，并且就我父亲的去世向我表示哀悼。然后，王孬"吞儿"的一下子笑了。王孬低声朝我说，大哥，我有喜了。有喜？什么喜？王孬仍旧低着声音说，你弟妹生了，给我生了个大胖小子，我有儿子了，笑人。我这才明白过来。村子里，王孬缺儿子是出了名的。王孬的老婆一口气给王孬生了六个闺女，就是不生儿子。王孬最缺的就是一个儿子。我只好笑笑，朝王孬表示了祝贺。谁知道事情还没有完。王孬拉着我的胳膊就朝外走，走出屋子，走出院子，并且一直朝他自己家里走去。直到这时，我才意识到王孬是要让我给他的儿子当"贵人"了。我们这里有个风俗，谁家生了孩子，第一个见到的外人，就是孩子的贵人。因此，长得漂亮的，书念得好的，有身份有地位的人，常常被拉过去给才生下来的孩子当贵人。我说，王孬你找别人吧，我这会正忙。王孬说，找谁？今天正好你在家，也是俺娃儿的福气哩，笑人。王孬紧紧地拉住我的胳膊不丢，仿佛一松手我就会跑掉似的，我只好随王孬往他家去。

到了王孬家，王孬的娘（我叫婶子）忙把新生儿抱给我看，一个肉乎乎红扑扑的小脸皱成一团，眼睛还闭着。我忙说，好，好。王孬又拉我在一张凳子上坐下，给我敬烟，点烟。王孬一边忙活，一边大声地朝里间对自己的女人说，咱大哥考上大学那年，邮局的人来送通知，咱大哥正在地里拉犁子哩，笑人。又说，接到通知书的当天晚上，队长老更叔就请咱大哥到队里的瓜地里吃西瓜，红沙瓤，黄沙瓤，白沙瓤，随便吃，笑人。王孬一口一个"笑人"，我却怎么也笑不出来。我正要告辞，王孬的母亲端了满满一碗荷包蛋过来让我吃。我说，婶，我刚起床，还没刷牙哩。婶说，刷个啥牙咱农村人一辈子不刷牙不照样过。说着，硬把碗塞到我的手里。我接过碗说，就是吃我也吃不了这么多呀。婶说，可不兴那样说，就是六个，图个吉利，你给婶子吃下去，一个也不准剩！我只好埋下头去吃鸡蛋。就在我吃鸡蛋的时候，婶把两根红线拴到我的脚脖子上。

等我回到家里，一院子的人正忙得团团转。舅舅一见我回来，嚷道，你小子怎么回事？一大清早就找你不见，有你这样当孝子的吗？我自知理亏，忙跑到父亲跟前烧火纸。

一直到过了"头七"，我才回城。回到家里的当天晚上，我舀了一盆热水烫脚。脱下鞋袜，我老婆十分吃惊，说，你这人回去办丧事哩，咋脚脖子上拴了两根红绳子，像办喜事一样？我只有苦笑。

附2：红绣鞋

文/王奎山

一大早，七婶就起来了。今天是麦苗出嫁的日子。今天是腊月二十四，是麦苗出嫁的日子。她想简单地弄点饭吃吃，就到黄瓜园贵他姑家去。她想躲过这一天，免得自己看到麦苗出嫁伤心，也免得麦苗难受。

刚刚做好饭，麦苗就一头撞了进来。麦苗进了屋冲她叫了一声"婶"，就到西间里去了。

她没有往西间里去过。平日她就不常往西间里去。那是贵住的房间，贵参军前就住在西间里。

过了一会儿，麦苗从西间里出来了。七婶抬眼看了一下麦苗，见麦苗脸上竟是出奇地平静。她知道麦苗是个挺有主见的闺女，就放心了。

麦苗说："婶，做饭了没？"

七婶说："做了，刚做好。"

麦苗说："婶，我来晚了？"

七婶说："看你说的。今儿个是啥日子！"

麦苗麻利地将平日吃饭的小方桌用抹布擦净了，又在桌边放一把小靠椅，就拉七婶往上坐。

七婶明白麦苗的意思了。七婶明白麦苗的意思以后，无论如何也不肯往上岗子上坐。七婶说："苗儿，你看你。"

麦苗说："婶，你上座，你上座。"

七婶说："这妮子，你看你。"

麦苗说："婶你上座，我有话说。"

七婶说："这妮子，哪能这样哩，不兴不兴。"

到底没有麦苗的力气大，被麦苗连推带拉按到了小靠椅上。

七婶说："屋里有爹有娘的，那可不兴。"

麦苗不答话，麻利地抹了一只碗，盛了一碗红薯稀饭，又拿了一个馍，一双筷，小心地来到七婶面前，庄重地跪下。

七婶仰起头，闭上了眼，眼泪却止不住地淌了下来。

麦苗说："娘，吃饭吧！

麦苗说："麦苗今儿个就要走了，再给娘端一碗饭。"

麦苗说："往后，娘再想吃麦苗端的饭，就难了。"

七婶只好睁开眼，将饭接过来，放到桌子上。抬眼去看麦苗时，麦苗早已哭成了泪人儿。两个人遂抱在一起，畅畅快快地哭了起来。

过了一会儿，七婶首先止了哭，又扳起麦苗的头，用手给她擦脸上的泪。

七婶说："苗儿，今儿个是你的喜日子，高高兴兴地走。"

七婶说："啥也不怨，怨俺贵没福。"

停了一下，又自言自语地说："一个团一千多号人，人家都平安回来了，偏你……"说着说着就提高了声音，"人家都知道有爹有娘有老有小，你个龟孙啥都不知道哇。我的傻儿，我的憨乖乖——"

又大声哭了起来。

麦苗也跟着哀哀地哭。

隐隐约约地，远处传来了欢快的音乐声。七婶止了哭，细细地听。麦苗也细细地听。

欢快的音乐声越来越近，越来越清楚。

又响起了一阵噼噼啪啪的鞭炮声。

七婶说："苗儿，快回吧，人家来了。"

麦苗点点头，刚走了两步，又转回来说："啥我都给麦叶交代过了，担水、劈柴……"

音乐声和鞭炮声越来越近，越来越响。

七婶推着麦苗往外走。走到大门口，七婶看到一辆披红挂彩的汽车正从村街北头开过来。

麦苗凑近她的耳朵大声说："娘，你回吧，过了三天我回来看你。"

七婶一把将麦苗推出门外，转身"哐"地一下将大门关上，一时间脑子里一片空白……

不知过了多久，音乐声和鞭炮声终于停了下来。

七婶跟跟跄跄地走进屋里。她想给贵说几句话。

掀开门帘，七婶一下子愣在了那里。

桌子上，贵的遗像面前，是一片耀眼的红。

那是一双新鞋。

那是一双红绣鞋。

附3：一双红绣鞋
文/夏阳

我是一双红绣鞋。

六十年前的一个春夜，油灯将尽未尽时，我的主人——一个待嫁的苗女，把那根红丝线在指间一绕，打了个结，放在唇齿间轻轻一咬，算是完成了对我的最后一针刺绣。她取出另一只绣好的鞋，将我的左右脚合在一起。油灯下，我搁浅在桌面上，像两只小红船，两朵百合在我身上绽放如春。待嫁的苗女，托着香腮凝视着我，她的脸上，悄然漫上了一层红晕。

这时，灯碗里油干了，火苗微微地颤了两下，灭了，一缕青烟在月色里袅袅升腾。待嫁的苗女一把将我拥入怀里，大睁着眼睛躺在床上。我偎在她高耸的胸脯上，她身上特有的少女体香，一如春天阳光的芬芳，在整个房间里荡漾开来。她辗转反侧，难以入睡。偶尔，黑暗中发出几声咻咪地笑，搅得一团月光在窗外探头探脑，窃窃私语。

那个春天，她出嫁，我随她来到了夫家。

她一身盛装，在众人的簇拥下，绣裙簪珠，衣华钗明，冠上的饰品，佩戴的银器，丁零零作响。随着她轻移莲步，所有人都把目光聚焦在我的身上，禁不住啧啧称奇。我镶着金丝边的红鞋面上，两朵百合在阳光下怒放，晃动着炫目的光泽。

我知道，今天是她的出嫁日，也是我的节日，我们一生，只为这一天。

三天后，我被放进了箱子的最底层。在她合上箱盖时，我读到了她的目光，那目光里，盛开着恋恋不舍的甜蜜。

我在黑暗里一躺就是六十年。即使被压在箱底，时光的灰尘依然抚摸着我的身体。

六十年后，当我重见天日时，我所见到的是一个陌生的世界。陌生的街景，陌生的游客，陌生的熙熙攘攘，还有陌生的各地方言在街头汹涌。这一切，让我有些惶恐。我的主人已经老了，岁月把她雕刻成一个枯瘦干瘪的老妪。我被悬挂在街边的墙上等待出售。而她，在懒洋洋的阳光下，靠着墙打盹儿。时光，在这个午后停顿了。

一个衣着时尚的漂亮女子，在我主人面前停下脚步，注视着我，久久地，不肯离去。最后，女子推了推我的主人，问，阿婆，这个，卖吗？

我的主人将醒未醒，点了点头。随即，瞥了那女子一眼，顿时惊呆了。她慌里慌张地站起来，盯着那女子，好一会儿，说，你……试试……合脚不？

当女子把我穿在脚上，显得是那么熨帖，不大不小，不胖不瘦，增一分则多，减一分则少，就像是天生为她做的一样。她让我在半个多世纪后，掸去岁月的尘埃，重新焕发出生机。这女子站在古老的青石板街上，眼睛微微地眯着，来回转动身体，细细地打量我，任凭融融的阳光扑簌簌地跌落在她身上，跌落出一种久违的香气，让嘈杂的大街顿时变得安静。她的美丽与娴静，让时光倒转，一如六十年前的那个春天。我的主人呆呆地望着她，像面对从前那个待嫁的自己一样手足无措。女子问，阿婆，我想买，多少钱？

我的主人摇了摇头，一头银发在阳光下晃着，说，不要钱，送给你。

女子怔了一下，说，那不行，怎么好意思收你这么贵重的东西？

我的主人望着街上来来往往的人群，豁着没牙的嘴笑了，说，我只送该送的人。

我的新主人叫麦苗。我跟随麦苗一路车马劳顿，来到一个叫深圳的地方，来到一栋豪华又孤零零的别墅。这里，是我的新家。

一个午夜，窗外华灯璀璨，灯火未眠。麦苗没有开灯，抱着双膝坐在地板上哭泣。我躺在她身后的席梦思床上，默默地注视着她。我的旁边，是一袭白色的婚纱，还有一双镶着红宝石的高跟鞋，它们在窗外霓虹灯的折射下，闪着高贵的光芒。我和它们相比，像一对丑小鸭，滑稽丑陋。

麦苗哭得很伤心，如水的月光洒着她的半边脸上，泪眼蒙眬。

她把我贴在脸上，摩挲了很久，最后把我的左脚小心地包好，搁进了衣柜的最底层，另一只——我的右脚，被放进了一个准备邮寄远方的包裹箱里，还塞了一张纸条。在麦苗即将合上盖子的一刹那，一颗带着她体温的泪珠掉落下来，菊花般洇在我的身上。那一刻，我体味到了她对我的眷恋，是如此深情。

我重新回到黑暗的世界里。相伴六十年后，两只鞋骨肉分离，天各一方。我倍感孤独。我无法预知我的左脚和右脚是否还有团聚的那一天。

那张纸条上写着：贵哥，你就当我死了吧。

鱼相忘于江湖

有一次笔会的空隙，一群人聚在杨晓敏老师下榻的房间闲聊。当大家谈论到王奎山的作品时，杨老师说，在奎山的创作生涯中，《偶然》非常有特点，属于他关注社会问题从乡村向城市转移的标志性作品。

《偶然》，那不是滕刚的作品吗？至于王奎山的版本，还真没有什么印象。那时还处于3G时代，手机除了打电话，就是发短信，远没有现在这般发达。回到东莞，我迫不及待地找来纸质书，品读奎爷的《偶然》。说实话，读完多少有些失望。相对于他山峰般的艺术成就，这篇作品实在是太一般了。再细细回想杨老师的评价，才明白自己过于惊弓之鸟。

但是，也不能说毫无收获。《偶然》的叙事结构引起了我的思考。记得秘鲁作家马里奥·巴尔加斯·略萨在《给青年小说家的信》一书中有过类似的描述："依照'中国套盒'和'俄罗斯套娃'这两种民间工艺品来架构故事，大套盒里容纳形状相似但体积较小的一系列套盒，大玩偶里套着小玩偶，这个系列可以发展到无限小。"假如该观点嫁接到微型小说创作中，无非是一大一小两个故事，大故事套小故事。小故事的插入，犹如插花，使作品多了旁逸斜出之美，或节外生枝之趣。小故事虽然玩的是花样，实则锦上添花，为大故事服务，和大故事融为一体。

这种微型小说的叙事形式，我将它命名为套娃式。

至于小故事何时插入进去，没有统一的规定。前半部分插进去，可以推动大故事的情节发展，比如白小易的《绝境》；后半部分插进去，多为完成人物性格的转变或阐述故事情节陡转的理由，比如汪曾祺的《尾巴》；结尾部分进行补缀，以此交代事件结果，比如王奎山的这篇《偶然》。但是，无论怎么观照，我都感觉《偶然》结尾处的相关链接"本报讯"，有画蛇添足之虞，甚至就文本而言，它过于机械，纯属一截可有可无的小说盲肠。

我们不妨剖析一下，从《偶然》的正文部分来看，人物性格特征塑造鲜明，事件来龙去脉明了。在这种前提下，作为交代事件结果，"本报讯"还真是多余。"本报讯"作为新闻报道的引用，本身可以起到一种意想不到的效果，那就是用新闻的真实性将小说故事情节的虚假性坐实，证明该事件在现实生活中的确发生过，而非作家关起门来的胡编乱造。遗憾的是，"乔××"中的"××"，和作品开篇的"××"一样，将这种真实性大打折扣。

当然，你可以说是作家在此处有意规避，进行了艺术处理，但普通读者不一定买账。普通读者在阅读过程中，一旦遭遇到A城、B火车站、××市、女孩小D、刘某某等空中楼阁，很容易产生抵触情绪。将假的写得真实可信，貌似有理有据，这属于作家的看家本领之一。我个人的写作经验是将虚构的小说人物尽量设置在具体的现实环境之中，力求以真实感唤起读者的熟知感。比如在《孤独的老乡》和《亲爱的深圳》两篇作品中，因为地点明确，里面所涉及的公交车线路、站牌、行驶时间和沿途风貌，均真实可查。所谓老一辈告诫"写自己熟悉的生活"，我觉得也可以从这个角度去进行解读。

我们还是回到正题上来。小说艺术贵在留白，小故事作为大故事的补缀，仅是交代事件结果，显然并无多大意义。我个人认为，小故事存在的价值，应该更多体现在丰富作品立意上。也就是说，在大故事行到水穷处时，用小故事再送一程，使其更上一层楼，类似于意境上翻一番。

行动源于思考。2010年3月，我尝试着将理论转化为作品，创作了《上苍保佑吃完了饭的人民》。该作品在外形上，完全照搬了奎爷的《偶然》。但从内核看，则风格迥异，有意彰显了小故事的功能。

在《上苍保佑吃完了饭的人民》的叙述中，我有意安排了一个较为隐秘的对比，就是那个置人于死地的装红酒用的木匣子。于有钱人张大炮这边，是客户送的，而且有六瓶，六个木匣子。在他一次无聊至极的追女失败后，仅仅是因为健身房不能提供洗浴，他一怒之下去了五星级酒店，顺便自带了那六瓶红酒中的一瓶，喝完，将装酒用的木匣子遗弃在房间里。于两个女服务员这边，两人来自同一个村，自小一块长大，情如姐妹，一块被酒店招工进来，感情如此深厚，却因一个被有钱人当垃圾一样扔掉的木匣子而自相残杀。这样的设置，有意放大对两极分化严重的社会现实，对残酷的人性进行的有力逼榨和深层次的思考。

2010年12月，这篇作品荣获首届中国小小说擂台赛一等奖。有读者一针见血地指出，如果没有后面小故事强有力的支撑，该作品将大打折扣，顶多是一个无聊的有钱人身上所发生的庸俗故事而已。中山大学博士、东莞市委党校教授袁敦卫先生更是撰文评价："结尾的相关链接'本报讯'，更像是一招'天外飞仙'，几乎超越了人类的想象力。"

袁博士的糖衣炮弹也同样超越了我的想象力，让我得意的小尾巴在暗地里翘了老半天。顺带说一句，作品的标题，来自"魔岩三杰"之一张楚的同名摇滚歌曲。标题与正文，看似冬瓜和西瓜不在一根藤上，实际上极大地拓展了作品的思想内涵。

也许有人会笑我是故意贬低王奎山而抬高自己。嘴巴长在人家身上，人家真要这样认为，我也很无奈。与其让我说一大堆谦恭虚浮的话，还不如踏踏实实分享一下王奎山作品的伟大之处。

尽管接触不多，但我研究王奎山先生多年。尤其是晚期的创作，我喜欢从他几乎每年一篇的作品里，去琢磨作品背后的内容——他的关注点、他的思考方向，还有阅读源。按理来说，人过花甲，观念固化，这段时间所写出来的作品，早已老气横秋，躺在文学如火如荼的二十世纪八九十年代沉睡不醒。然而，从《布袋子》《公鸡进城》《骑车去拉萨》到《二重奏》，你会发现他永远是那么年轻，文笔老辣，思想新锐，一双眯缝的细长的眼睛背后，藏着与时俱进的思考，闪烁着狡黠的人生智慧。

我非常赞同杨晓敏老师对他作品的整体评价——浑然天成，大巧若拙。前者指叙事风格，后者指文字智慧。王奎山先生的作品，可谓北派微型小说的范本：寥寥数字的勾勒，尽量避免乏味的交代和大段的场景描写；喜欢将两三段故事聚焦于同一场景或同一事件下，进行众生相的人性拷问；擅长运用精准耐嚼的语言，土得有味的对白，场景描述生动形象，富有画面感；故事情节几乎不见大起大落，自然平和是构建思想立意深邃多义的不二法宝。

了无痕迹的叙事技巧，是我特别推崇王奎山作品的主要原因。

王奎山类似于相声界的马三立。没有一口动听悦耳的普通话，也不会说学逗唱十八般武艺，更缺乏一张俊朗帅气的脸蛋，靠的就是一张嘴，木木地往台上一站，笨嘴笨舌，嗫不嗫，嗫不嗫，将一个简单平常的故事讲得津津有味。在全场爆笑如雷时，他貌似还未反应过来，一个人傻愣在那里，纳闷大家笑啥呀。这就是炉火纯青的叙事艺术。

在此，我不由想起自己的作品《虚构》。

早年，我在广州郊区的城中村经营一爿诊所，靠为社会底层行医谋生。病人队伍里，有一对在附近纸厂打工的夫妻引起了我的注意。他们彼此年龄相差十几岁，衣着、性格、外貌，怎么看都不像是夫妻。后来大家熟了，便问男人，男人说认识女人，是在厂门口的小卖部，彼此因打电话发生争执而认识的。其过程，男人一边打吊水，一边眉飞色舞，有细节有情节，给我留下极深的印象。后来，我偶尔得知事件的真相，心中不免有些失望，原来没出来打工前，他们已经在老家结婚生子。

这件事引起了我的思考。很多时候，对于过去，我们不是不堪回首，而是喜欢美化自己。开始也许是躲躲闪闪，后来次数多了，时间长了，有时自己都分不清哪句是真哪句是假。难怪长沙作家何立伟在面对自己在水面上的倒影时，不由惊呼："我们都在虚构自己。"

需要说明的是，这种虚构，很多时候是无意识的。每个人都有自己的记忆，都有一些不快乐的往事。而在人们日常交流时，尤其谈及小时候的事情，多半是以自己今天作为成年人的价值取向来判断的。这里面就自然存在一个差异。时间长了，不自觉地修补，很多修补的东西慢慢沉淀下来，连自己也分不清哪句是真哪句是假了。这种修补，有时是对过去生活的不满意进行修改，寄托着某种希冀，有时是出于对自身利益的维护，人性本能的反弹罢了。每个人都有一段悲伤，想隐藏却欲盖弥彰。只有洞悉人性共同的奥秘，写作者在探究事件真相或窥探人类内心世界时，才会少走很多弯路。

《虚构》的叙事技巧，脱胎于日本电影《罗生门》。《罗生门》是一部伟大的黑白电影，拍摄于70年前，导演是大名鼎鼎的黑泽明，因该电影而作为东方第一人获得戛纳金棕榈奖，所以《罗生门》在电影史上具有划时代的意义。张艺谋颇受国人追捧的电影《英雄》，实际上就是《罗生门》的效仿之作。

《罗生门》改编于芥川龙之介的两个短篇小说《罗生门》和《竹林中》。电影的故事核心取自《竹林中》，讲述了一个杀人的故事。电影和小说的特别之处，不是故事情节的离奇曲折，而是杀人事件的目击者，一共六个人，他们分别对这个事件不同的陈述。也就是说，这里面有一个非常奇特的视角，是由六个目击者通过各自的陈述，完成了一次杀人事件。在这个杀人事件的完成过程中，人们惊讶地发现，事件的真实性不是更清晰，更水落石出，反而是更模糊。因为六个人各自的陈述看起来都非常真切，但结果居然不同，且相互矛盾。

芥川龙之介这种独特的叙事视角，为我们探究事件真相、开掘人性丑恶提供了学习的版本。事实上，自芥川之后，一百多年来，对这种多角度、多声部地叙述有过模仿的写作者，络绎不绝。我的这篇《虚构》，也算是其中之一，只是因为微型小说篇幅短小，我有意进行了一些改良和简化，力求形式更精致完美。

人物对话一直是微型小说写作者的软肋。本文有意在对话方面作了自我训练。通过对话，最少塑造了四个人物形象（矮哥、阿月、阿月哥哥和"我"的一个朋友），并力求其背后的人物性格特征能够立起来，能够在读者脑海里生根发芽。

评论家李利君老师读了《虚构》大为赞赏，用他颇为感性的语言撰写了《机智而"狡黠"的夏阳》一文。其中，他分析道：

> 夏阳凭着娴熟地掌握了结构故事技巧的能力，把四个故事写在一篇作品中，当成一个故事来讲，四个故事独立性就疑云丛生，只变成了一个故事：人言可畏，真相难觅。我想，机智的夏阳可能想通过这篇虚构的《虚构》，表达他对世事的一种判断，而不再是对人世悲欢的关注。

> 饶有趣味的是，结尾"我"借妻子的话一语道破天机。朋友圈里没有矮哥，都是文中的"我"虚构的。回头再看题记，才猛然发现，整篇构思正好和题记吻合。构思之精妙，可谓天衣无缝，无懈可击！此时，我内心十分激动，不由得发自内心的赞叹：夏阳老师真是大手笔！不愧为金麻雀小小说得主！

最后两个感叹号，我能够感受到李利君老师的真诚与喜欢。但我似乎高兴不起来，这不是矫情，而是同样出自真诚。一篇作品让评论家过多赞美叙事技巧，不一定是好事。

必须承认，在很长一段时间里，我的确为《虚构》自鸣得意。直到某天我再一次读到王奎山的《在田野上到处游荡》，发现他写得极其随意，完全是信手拈来的那种，一切仿若流水，淙淙而来，潺潺而去。我顿感《虚构》的幼稚与卖弄，领悟到了技巧的深层意义——技巧张牙舞爪，过于吸引眼球，只是一种浅薄的炫技，三脚猫功夫而已。

事实上，没有技巧的写作是根本不存在的，最大的技巧就是技巧无痕化，表面无技巧可言。这类似武学中的登峰造极之境——无招胜有招，万般有形皈依为无形。这一切说起来容易，任何"无技巧"的背后，实则浸透着无数的汗水，有数十年的功力在那里垫底。王奎山的一些经典之作，比如《在亲爱的人与一头猪之间》《在田野上到处游荡》《二重奏》《打野猪》等，就属于这个境界的作品，简单、拙朴、轻盈，天生那样完美，完美到让你不知所措。

最近半年，我找齐了小学、初中和高中的语文课本，喜欢在睡觉前读几篇课文。因为我发现，这些课文入选教科书，不仅是学生学习的篇章，也是写作者的垂范之作。它们共同的特征是大道极简，将万般技巧藏匿其中，天生丽质，不施粉黛，让人忘记技巧的存在。就像鸟忘记了天空，就像鱼相忘于江湖，就像歌手周云蓬曾经的吟唱——

> 鱼忘记了沧海
>
> 虫忘记了尘埃
>
> 神忘记了永恒
>
> 人忘记了现在

附1：偶然

文/王奎山

有一天，退休干部老乔外出散步，走到西三环路那里，偶然在路边发现了一块涂了白漆的水泥牌，上面写着如下几句话：国防光缆责任大，神州发射需要它。党政军民离不了，保护光缆靠大家。在光缆附近施工请联系，×××通信传输局，联系人胡军，联系电话133××××5384。很显然，"神州"的"州"字错了，应为"舟"。想到这里，老乔马上掏出手机，给那个叫胡军的人打了个电话。喂，你是通信传输局的胡军吗？我是胡军，你哪位？我是一个退休干部。是这样，我正在西三环路这里散步，我发现这里一个水泥牌，上面写有保护国防光缆的告示，是你们搞的吧？对，是我们搞的，目的在于提高公众保护国防光缆的自觉性。这我知道。我是说，那上面有个错别字，"神州"的"州"应该是舟船的"舟"。是吗？我倒是没有注意。应该改过来。这里是西三环路，许多外省市的汽车都从这里经过，让别人看到了，有损于我市的形象。是的是的，谢谢你的提醒，也谢谢你的建议，我们一定尽快改过来。

　　然而，过了一个多月，还没有改过来。老乔就有些意见。就是个错别字的事，能有多难？老乔想不通，就又给那个胡军打了个电话。喂，你是胡军吗？对，我是胡军，你哪位？我是一个退休干部。你可能还记得，一个多月前，我曾给你打过一次电话，说到过西三环路水泥牌上错别字的事，你还记得吧？哦，想起来了想起来了。是这样，这一段，我们工作实在是太忙了，"三城联创"活动抓得很紧，天天打扫卫生什么的。"三城联创"活动的内容之一就是创建省级文明城，公开场合书写错别字，实际上是一种不文明的行为。是的是的，你说得非常对，我们一定马上改正，马上改正。

　　又过了一个多月，"州"字还是没有改正过来。老乔明白，光找那个胡军，恐怕是解决不了问题的。于是，他查到了通信传输局办公室的电话号码，又把电话打到了局办公室。老乔把他发现水泥牌上错别字的事以及和胡军联系的经过对通信传输局办公室的工作人员讲了。对方耐心地听完他的话之后，非常客气地说，谢谢您老同志，谢谢您对我们的缺点的批评，我们一定以您的批评为动力，认真改进我们的工作。我并没有批评你们，我只是指出你们的一个错别字——把那个字改正过来就行了，非常简单。对方尴尬地笑笑，说，是的是的，是非常简单，我们马上改正。

　　可是，又是一个多月过去了，那个"州"字仍然没有改正。老乔只有苦笑，觉得简直是无话可说。老乔过去也是权倾一方的要害人物，走到哪里都是前呼后拥的，没想到，今天却连一个小小的错别字都奈何不得。看起来，解铃还须系铃人，真要把那个字改正过来，还是得找胡军。于是，老乔第三次拨通了胡军的手机。喂，你是胡军吗？对，我是胡军，你哪位？我一说你就知道了，我是给你打过两次电话的那个退休干部。哦，我知道了我知道了，你还是想说那个错别字的事吧？是的，还是那个事。老同志，我想问你一件事。什么事？你能不能告诉我，你一个月拿多少钱？这个，与咱们所说的事有联系吗？有联系的有联系的，世上什么事都是有联系的呢。如果你真想知道的话，告诉你也无所谓，我一个月两千多块钱。多……多少？两千五百块左右。你知道我一个月拿多少钱吗？告诉你，我一个月是七百块。这是啥概念呢？就是说，你见天吃完饭，啥事没有，出去四处转转，打打麻将，下下象棋，到了月底就能拿到比我多三倍多的工资。我呢，像个孙子似的，是个人都能支使我，是个人都能训斥我，一天忙到晚，一年忙到头，只能拿不到你三分之一的工资。这事我也没有办法，这是制度的问题，你的处境我非常同情。同情你娘的蛋，同情有用？你这个人，怎么骂人呢？我就是骂你！你还把电话打到我们领导那里。老子告诉你，你别说打到我们领导那里，你就是把电话打到市委书记那里，老子也不怕。有本事你就告去吧！我倒是要看看，谁个还能咬了老子的蛋！

相关链接：【本报讯】昨日，在西三环路某段，退休干部乔××外出锻炼的时候，因突发脑溢血而栽倒在地。后来，虽经路人发现，拨打了120急救电话，当救护车赶到的时候，乔××还是停止了呼吸。由于迟迟不能查明死者的身份，家属晚上八点才赶到医院。专家提醒，有心脑血管疾病的老年人，外出活动的时候，一定要佩戴身份卡，以防不测……

附2：上苍保佑吃完了饭的人民

文/夏阳

　　有钱人张大炮喝完早茶，在大街上溜达，心情很不错。年底了，手下工人放假回家，忙了一年的他，难得这样无所事事，又轻松愉悦。

　　一条不长的街，不时有熟人向张大炮打招呼。张大炮叼着竹牙签，腆着一个肥嘟嘟的肚子，频频向打招呼的人点头示意。他慢慢悠悠地转着，像在巡视他手下的工厂，街上的行人以及街两边的店铺似乎就是他那条德国进口的流水线上正在加工的产品。

　　张大炮转了几圈，心满意足地回到车里，掏出手机找人。中午去哪儿吃饭，和谁一起？这是很多有钱人每天所要面对的一道思考题。张大炮浏览着手机里的电话号码，好一会儿，痛苦地摇了摇头，把手机摔在副驾驶座上，点燃一支烟，转头去看车窗外的人来人往。

　　平日里忙得像陀螺一样的张大炮，今天突然松懈下来，坐在街边豪华的车里，闷闷地抽着烟，有点茫然不知所措了。

　　一个骑自行车的女子从车前一闪而过，让张大炮眼前一亮。这女子身材窈窕，一袭白色的运动装，一条乌黑的马尾辫在身后晃来晃去，晃得张大炮找到了初恋的感觉。张大炮轻踩油门，偷偷地跟在那女子身后。

　　那女子茫然不知身后的跟踪者，晃晃悠悠地踩着单车，穿过两条大街，只身进了一家健身俱乐部。张大炮停好车，疾步跟了进去。有服务生在入口处拦住张大炮，礼貌地问，先生，您好，您找谁？

　　张大炮支吾了半天，说，我想健身。

　　钱倒是不多。张大炮花了八十块钱，填了两份表格，办了一张临时卡，换上了俱乐部提供的短衣短裤。偌大的健身房，只有他和那女子两个人。张大炮怀着激动的心情奔了过去。仅仅几秒钟，也就是说一瞬间，张大炮便有了想抽自己嘴巴子的冲动——那女子的背影确实很迷人，给人无限遐想，正面的相貌却倒人胃口，简直让人想自卫。那女子四十多岁，满脸雀斑，却异常开心，估计是刚刚升级做外婆了。张大炮心里骂道，上帝佬儿真缺德，一大早就这样忽悠老子。

　　既然来了，就干脆练练吧。张大炮离那"外婆"远远的，在跑步机上开始卖力气了。有多长时间没这样锻炼了，张大炮自己也说不清楚。偶尔，和朋友谈起健身运动，他就自嘲，做爱是现在唯一的运动。说完，骄傲地笑笑。多年来的胡吃海喝，帮张大炮攒下了一身的肥膘。很快，他身上开始冒汗了，慢慢地，汗如雨下。那汗珠，油腻腻的，分不清是汗水还是油脂。

　　坚持，再坚持。坚持了十几分钟，张大炮感觉天旋地转，腿肚子直抽筋。不跑了，再跑，说不定这条老命搭这儿了。张大炮原地歇了老半天，喝了几杯水，彻底缓了过来，便起身去蒸汽室。整个蒸汽室一片冰凉。吼了半天，来了一个经理。经理是个女的，一脸歉意地解释，年底了，不少员工放假回家了，人手不够，加上上午健身的人一般很少，所以没开蒸汽室，非常抱歉。

　　张大炮挥挥手说，算了，我冲凉吧。

　　经理局促不安地说，现在还没有热水，锅炉正在烧呢，您得等四十分钟。

　　张大炮一听，生气了，再细看那经理，居然是自己跟踪的那个"外婆"。张大炮彻底愤怒了，抓起桌上的一个玻璃杯，狠狠地砸在地上，骂道，开什么玩笑，你信不信，老子把你这里给端了！

　　"外婆"战战兢兢，鸡啄米一样点头哈腰，嘴里不停地说对不起。骂了半天的张大炮，最终还是没辙儿，穿上自己的衣服，悻悻地离开了俱乐部。

　　开车行驶在大街上，张大炮感觉浑身黏糊糊的，到处痒得难受，总忍不住想去挠，一挠，指甲缝里便塞满了黑黑的泥垢，恶心死了。

路过一家五星级酒店门口，张大炮没有丝毫犹豫，直接把车开进了地下停车场。他决定开一间房好好泡个澡。临关车门时，他突然想起车上还有一箱法国红酒，一共六瓶，前段时间一个台湾客户送的。泡个热水澡，喝点红酒，好好犒劳犒劳自己，这个主意肯定不错。张大炮提着一瓶红酒进房时，心情好了许多。

有钱真好。有钱人张大炮舒舒服服地泡了个热水澡，浑身清爽后，从一个包装精美的木匣子里取出那瓶价值不菲的法国红酒，自斟自饮，喝了个精光，然后把自己埋在松软宽大的被褥里，美美地睡着了。

黄昏时，张大炮那辆豪华的小车再一次停在街边。他彻底忘了自己上午在健身俱乐部所发生的不愉快。晚上去哪儿吃饭，和谁一起？面对这道思考题，张大炮浏览着手机里的电话号码，好一会儿，痛苦地摇了摇头，把手机摔在副驾驶座上，点燃一支烟，转头去看车窗外的人来人往。

相关链接：【本报讯】昨日，在本市某五星级酒店员工宿舍里，发生了一起凶杀案。客房部女服务员张小珍被人用重物击打头部，倒在血泊中，经市人民医院紧急抢救无效身亡。案发后，该酒店客房部女服务员张小芳投案自首。警方透露，犯罪嫌疑人张小芳和死者张小珍属于同一村的老乡，一块长大，并同时被该酒店录用。两人一直以姐妹相称，感情尚好。据张小芳交代，案发时，她和死者是为争抢酒店客人遗弃的一法国红酒木匣子而发生肢体冲突。张小芳一时情绪失控，用锤子击打张小珍头部……

附3：在田野上到处游荡

文/王奎山

著名医学专家洪昭光教授说过四句话：最好的医生是自己，最好的药物是时间，最好的心情是宁静，最好的运动是步行。今天，我别的都不去说，只说这最后一句，步行。我每天下午都出去步行，从下午两点，走到五点左右，三个小时，起码也有二十多里地吧。一开始是在市区转。巴掌大个地方，用不了多久就转熟了，没什么意思了，就往乡下去。顺解放路，或者交通路，或者文明路，往西或者往北，不出五里就是田野了，就有意思了。冬天的时候，我就在麦地里乱走。麦苗还没有起身，匍匐在地上。土壤上过冻，又被太阳一晒，酥软得很，踩在上面，就如同踩在纯羊毛的地毯上。有小风吹过枯草的茎叶，发出呜呜的鸣叫。几只野鸽子受到惊吓，扑棱棱飞向远处。一只斑鸠不知道在什么地方叫，咕咕——咕，咕咕——咕，叫得人心里颤颤的。城市远远地退到了地平线那里，如同一只即将沉没的巨轮，阒然无声。这时候，我清楚地听到了自己的呼吸声。

正走着呢，前面出现了一口废井。这废井，年数不少了，原来也许是有井台井栏什么的，但都被人毁坏了。探头往井里看了一下，水很深，而且水面上隐隐地漂浮着什么东西。想打探一下，附近又没有砖头瓦块之类的东西，只好挖井口的湿土，团了一个泥团子丢了下去，只听"噗"的一声，声音十分沉闷，如同砸在了人的背上。我不禁有些害怕起来，赶紧离开了那里。

回到家里，想起下午的事，还有些害怕。犹豫了好久，终于拿起电话，拨了110，讲述了我下午的见闻及我的猜测。对方听得十分仔细，末了还记下了我家里的电话号码。最后，再三向我表示感谢。

这事就算是过去了。

一个多月之后，公安局突然打电话让我过去。我就过去了。你猜怎么着？让我签字领奖金呢，整整3000元！原来，我上次的电话，为破获一起重大凶杀案提供了重要线索。操，天底下竟有这样的好事，像个神经病一样在田野上到处游荡，竟然得了3000元的奖金。我写小说二十多年了，也得过几次奖，最高的一次是2003年的首届中国小小说金麻雀奖，2000元的奖金，还扣去50元的个人所得税，实得1950元。看起来，写小说真是不行啊。

还有一次，我在薛台至王庄的田间机耕道上走，发现了一个重大的问题。我们这里是一年两熟，麦茬儿种玉米，玉米茬儿种麦。如今，乡下也都不烧柴了，都改烧煤或液化气了，成堆成垛的玉米秸秆就堆放在路边，无人问津。有的小孩子不懂事，上学或放学的路上，就放火焚烧玉米秆儿。结果，把路边的杨树都烧坏了。那些杨树都一搂多粗了，起码长了二三十年，烧得真可惜呀。有的杨树的树皮烧黑了，烧烂了，路人又将树皮揭掉，就露出了杨树白白的树干，简直惨不忍睹。回来之后我就写了一篇读者来信，投给了我们这里的《天中晚报》，第三天就登出来了。不料想，市委主要负责同志看了我那篇读者来信，做了重要批示。不久，市里就出台了关于坚决禁止焚烧庄稼秸秆的通知。我写了一辈子的小说，要说社会效益，我看不一定抵得上我那一篇读者来信的作用大。

在五里河村西北角的岗上，很突兀地矗立着两间草房子，大约是夏秋季节村子里的人专门为看瓜或看庄稼而搭建的。我好奇心重，就想进去看看里面是什么情景。奇怪的是，屋门却被一块石头挡着。我猛力一推，屋门"哗"地一下开了。就在这时，我听到一个女人的惊呼：啊！随即，就是一个男子的呼喝：谁？我知道遇上了一件尴尬事，忙知趣地往外退，并且随手拉上了屋门。其实，推开门的一刹那，屋子里黑洞洞的，我又有点老眼昏花，实际啥也没看到。我稳定了一下情绪，站在那里朝屋里说，我啥也没看见，你们该干啥干啥，我在附近给你们望着风。然后，我果然退到远处，给他们望了半天风。估计里面的人把事办得差不多了，我才往回走。正走着，一辆摩托"呜"地一下从我身边经过，一个男的带着个女的。摩托经过我身边的时候，男人还按响了喇叭向我致意。我非常奇怪，刚才怎么就没发现摩托停在那里呢。摩托开到我前边百十米的地方，停了下来，男人从兜里掏出一样什么东西放到路上，又回头朝我招招手，才又走了。我走到跟前一看，是一包帝豪烟，里边还夹了一张小纸条：大哥，你可真是个好人哪！

附4：虚构

文/夏阳

水里面的那个倒影是我吗？

很多的时候，我们都在虚构自己。

——何立伟

矮哥是我朋友，人矮，难看不说，且胖，状如冬瓜。矮哥的老婆阿月，高挑俊俏，却瘦，形似竹竿。更让人诧异的是，阿月小矮哥15岁。有一个经典的段子：阿月临产时，护士催着家属签字。矮哥屁颠屁颠地跑了过去。护士呵斥，爷爷不能签字，叫爸爸来。矮哥面红耳赤，难堪地解释道，我就是爸爸。这段子，很长时间，在朋友圈子里被传为笑谈。真不能责怪人家护士有眼无珠，矮哥和阿月挽手走在大街上，确实不太般配，更别说是结发夫妻了。

我作为一个写小说的，对他们的故事很感兴趣，想探究一下当年的那些风花雪月。

我问矮哥。

矮哥说，主要是缘分，缘分来了，门板都挡不住。那年，我37岁，一个人吊儿郎当的，在纸厂上班。一次傍晚下班后，在厂门口的小卖部打电话。中途，她也来了，也要打电话。她可能有急事，在我身后催了好几次。我当时心情不太好，见她那么着急，就故意为难她，长时间霸着电话机，到处找人海聊。她最后急了，一把夺过电话筒，嘴里骂上了。我是谁？我怕过谁？她这么张狂，我还不收拾她？我们两个人开始吵架，她骂不过我，就动手了。你别说，你嫂子当年不仅人漂亮，而且力气也不小，十几个回合，我才把她按翻在地，结结实实地修理了一顿。这事儿最后闹到了厂保卫科，我被责令写检查、罚款。我事后想想，觉得自己一个大老爷们挺不应该的，于是找她赔罪。找多了，就慢慢热乎上了。

我羡慕地说，这叫不打不相识。矮哥嘿嘿地笑，补充道，对，不是冤家不聚头。

过后不久，我去矮哥家里，他不在，阿月在。我刚好无事，便坐在他家里和阿月闲聊。我旧文人式地感慨，没想到每个人背后都有一个江湖，没想到你们也有激情燃烧的岁月。

阿月哈哈大笑，说，你呀，就喜欢听他胡说八道。谁和谁打架，扯起来像武侠小说里的神雕侠侣一样，还十几个回合呢，笑死人了。我在这儿无亲无故，老家山沟沟里穷得一塌糊涂，我找谁打电话？

我惊讶不已，那你们是怎么认识的？

阿月皱了皱眉，说，其实，我们是别人介绍的。你矮哥是本地户口，厂里的正式职工，又是工会副主席，我那时是外省来的一个山里妹，在厂里打杂。厂长见他一直单身，可怜呢，就好心撮合我们。我起初不太乐意，嫌他年纪大，人又矮，但又不好得罪厂长，一直含含糊糊没有表态。后来厂里刚好有一个转正的指标，厂长找到我，说只要我答应嫁给矮哥，就把指标给我。我思前想后，觉得他丑是丑了点，但人不坏，骨子里挺老实的，于是就答应下来了。

原来是这么回事。我泄气了。风花雪月啊，对于居家过日子，永远是一种传说。

一年后，矮哥的大舅子，也就是阿月的哥哥从老家出来找工作，找到我，恳求帮忙。事情办妥后，阿月的哥哥出于感激，扛来一大堆山货，顺便在我办公室坐了一会儿。其间，聊起阿月，她哥哥激动地说，胡扯，什么转正，想做城里人想疯了。她的户口，还有她小孩的户口，现在还挂在我那里，村里每年给他们分山地呢。

我惊问，那他们是怎么认识的？

阿月的哥哥叹了口气，停顿了许久，眼里含着泪说，现在想来，其实挺对不住我妹子的。她当时在外面打工，我父亲车祸，急需五万块钱动手术。你知道的，五万块钱对于我们这样的家庭来说是怎样一笔数字。迫于无奈，我妹子做出了一个惊人的决定，谁给五万块钱救我父亲，就嫁给谁。那时，我妹子才22岁，黄花闺女呢，呜呜……说着说着，阿月的哥哥动情地哭了。

我双手在脸上痛苦地搓了搓，说，你的意思是最后矮哥出了五万块钱，把你父亲救了？

阿月的哥哥擦了擦眼泪，点了点头。

我问，阿月就心甘情愿？

阿月的哥哥说，开始是不太乐意，但是钱已经花了，人已经救了，说过的话不能不算数。她别扭了一阵子，还是嫁了。

我心里充满无限酸楚。我难以置信的是，那天阿月笑哈哈的背后，竟然藏着天大的委屈。这种委屈，让我难以释怀。当有一天，我把这个故事的前前后后讲给一个朋友听时，他的一番话，让我瞠目结舌。

朋友说，矮哥和阿月，只有我知道是怎么回事。什么五万块钱，我告诉你，阿月从小就是孤儿，父亲在她八岁就得肺结核死了。还车祸，阿月那里，与世隔绝，我怀疑很多老人一辈子都没见过车。再说了，矮哥就那点破工资，一个单身汉，花钱没有节制，哪里来的五万块钱？这不是天方夜谭嘛。我当时是纸厂的办公室主任，他们的情况，我最清楚。其实哩，这事儿，说复杂则复杂，说简单则简单。

说到这里，朋友诡秘地笑笑，四周看了看，手挡在嘴边，贴着我的耳朵说，当初，阿月在我们总部做清洁工，被董事长看上了。肚子搞大后，董事长夫人知道了，哭哭啼啼，闹得满城风雨。董事长找到我们厂长，想火速灭了这场风波。我们厂长又找到我。我合计了半天，最后想到了矮哥。矮哥当时只有一个条件，先打胎，后结婚。

我瞪大眼睛看着朋友，半天，犹犹豫豫地说，这不是潘金莲的现代版本吗？

朋友撇着嘴说，你以为是什么好货噻。

一对平常的夫妻，只因为外貌和年龄的差异，竟然演绎出了四个截然不同的版本，而且每个版本都是那么真实，那么具有可信度。我不敢再深究下去了，因为知道接下来肯定还会有第五个、第六个版本源源不断地涌来。

写到这里，我孱弱如泥，深感恐惧。妻子在一旁读完，笑道，胡编乱造，瞎虚构，谁是矮哥？你的朋友圈里，有这号人吗？我怎么不认识。她又摸了摸我的头，打趣道，不会就是你自己吧？

我得意地笑了。

后记：在你的世界痴与狂

放下自己的高贵，多阅读同行的作品，是提高小说写作技能的唯一捷径。我颇为欣赏的美国女诗人塞琪·科恩，曾经用鲜活的语言描述了阅读的重要性。她说："唯有阅读才能使写作的泉眼永远活泼新鲜——舍此别无他途。就像月亮收集了太阳的光芒，再将它倾泻到夜空一样。"

先吸入它，再将它呼出，亦如受精与分娩，这是从阅读到创作的全过程。具体到微型小说（小小说）的阅读，我个人经历过以下四个循序渐进的过程。

首先是海选。大面积检阅各种风格不同题材的作品，找到最适合自己口味的创作领域。每一次读到自己喜欢的作品，用笔记下其中可借鉴之处，为日后创作时刻准备着。越是了解自己喜欢什么，就越会陶醉其中，痴迷于此，直至产生模仿的冲动。

其次是优选。尽量找齐近二十年来各派作家的名篇佳作，悉心领会前辈优秀于何处。这是最直接的学习方式。尤其在叙事方法的探索方面，诸多可能性让你大开眼界，目睹前人究竟抵达了怎样让你意想不到的境地。

然后是严选。严格挑选一两个向导，特别是与你地域相近、环境相同、出身相似的作家，看一看在他们的笔下，如何描述你熟知的日常生活和社会风情，如何呈现自己成长的历史年轮和心路历程，试着在你们之间建立一种亲密的关系，找到共同的语言。

最后是精选。放眼微型小说以外的广阔天地，在长篇小说、散文、诗歌、电影、音乐和书画等艺术领域遨游，引领自己的精神世界产生强有力的共鸣。细细品味他们与自己惯性思维不同的思想幽境和情感通道，直至被感动，被启迪，被重塑。我个人有长期循环听一首音乐的习惯，或交响乐或流行歌曲，不论雅俗，只要自己打心眼里喜欢。一个多月听下来，连梦里都是音符驱之不散，直到听得人受不了，有话非说不可，于是创作的冲动就降临了。

岁月从不绕道，从此岸到彼岸。投入了四季，自然会开花结果，种豆得瓜。

阅读小说可以让我们遇到另外的自己，更优秀的自己。只有坚持长期不懈地阅读，日久天长，见多识广，才能培养自己的写作语感和文体意识，自然萌发模仿和借鉴，融会与贯通，汲日月之精华，集山川之灵秀，最终达到某些领域的超越。透过阳光，看见枯荣，这是通往文学巅峰的不二法门。

从阅读到创作，以下是我个人师承的一张清单：

一、续写故事情节，在思想立意上谋求新路

1.王奎山《红绣鞋》——夏阳《一双红绣鞋》

2.陈毓《伊人寂寞》——夏阳《寂寞先生》

3.邵宝健《永远的门》——夏阳《一个都不能少》

二、思想立意相近，或有所延伸和拓展

1.陈毓《数星星的人》——夏阳《流星》

2.蔡楠《行走在岸上的鱼》——夏阳《捕鱼者说》

3.黄建国《谁先看见村庄》——夏阳《好大一棵树》

4.刘国芳《1963年过年》——夏阳《扒火车》

5.非鱼《在观头的一天》——夏阳《祭祖》

6.宗利华《江湖三题》——夏阳《收藏三题》

7.宗利华《越位》——夏阳《悲伤逆流成河》

8.刘兆亮《青岛啊，青岛》——夏阳《南京的太阳》

9.袁炳发《一把炒米》——夏阳《父与子》

10.申永霞《武侠梦》——夏阳《远方的远》

11.袁省梅《暖棺》——夏阳《兄弟》

12.陈力娇《不朽的情人》——夏阳《怀抱一棵树的女人》

三、借鉴其叙述结构

1.王奎山《偶然》——夏阳《上苍保佑吃完了饭的人民》

2.蔡楠《一波三折》——夏阳《幸福可望不可及》

3.宗利华《浪迹江湖（三题）》——夏阳《青春杀人事件》

4.侯德云《二姑给过咱一袋面》——夏阳《那些花儿》

5.滕刚《蝶恋花》——夏阳《推迟》

6.安勇《一次失败的劫持》——夏阳《梦境》

7.白小易《客厅里的爆炸》——夏阳《微信》

四、叙事方式受其影响，或有所融合与创新

1.滕刚《新微型小说》——《故事里的事》

2.非鱼《真的很疼》——夏阳《新鸳鸯蝴蝶梦》

3.芥川龙之介《竹林中》——夏阳《虚构》

4.马克·吐温《丈夫支出账单中的一页》——夏阳《我的富人生活》

五、作品风格和叙事语言相近

1.滕刚《预感》——夏阳《偶然》

2.修祥明《河边的女子》——夏阳《天空之城》

3.田双伶《科罗拉多的月光》——夏阳《C大调之城》

六、同题赛，或近似同题

1.莫言《奇遇》——夏阳《奇遇》

2.王往《看电影》——夏阳《看电影》

3.傅爱毛《私奔》——夏阳《私奔》

4.于德北《杭州路10号》——夏阳《杭州巷10号》

5.王往《风云散》——夏阳《春风沉醉的夜晚》

6.迟子建《与周瑜相遇》——夏阳《与刘若英相遇》

7.申平《记忆力》——夏阳《冷记忆》

8.申平《头羊》——夏阳《马不停蹄的忧伤》

9.刘建超《将军》——夏阳《寡人》

10.相裕亭《威风》——夏阳《保存》

七、照搬作品开篇

1.侯德云《下坡或者上坡》——夏阳《小城故事》

2.于心亮《十五岁的冬天》——夏阳《少年锦时》

以上只是一个大致的分类，毕竟写作不能像模块一样进行组装。每一篇作品的背后，往往是数个模块的交叉，或大或小，或轻或重而已。这张清单，几乎涵盖了我一半拿得出手的作品。

我打心眼里感激我的作品之源，感谢我的这些师承。事实上，没有他们的存在，我依然徘徊在文学大门之外，继续做一个心比天高命比纸薄的江湖浪子。

君是星辰大海，我在俗世仰望。你的世界充满我的梦想。

曾记否，我在2008年8月开始写作之前，一度猫在书房，用了三个月的时间，以历年漓江出版社版的年度小小说选本为主线，按图索骥，苦读作品约1500篇。那是我人生中极为幸福的一段时光，每天晨昏颠倒，痴迷于文学的海洋之中，从最柔软的内心深处到肌肤下滋滋燃烧的毛细血管，浑身洋溢着喜悦的光芒。

美国密歇根大学教授托马斯·福斯特曾经直言不讳地指出："小说家会从任何地方、任何人那里，在任何时间偷师学艺，文学世界里的贼喜鹊，就是小说家。"这是文学前辈的"皇帝的新装"，也是圈内公开的写作秘籍。当一个小说家坐下来写一部小说时，他不会感到孤独，因为还有上千个作家与他共处一室。

作家的阅读，从来就不是一项公益性事业。要想自己的作品更上一层楼，只有长期徜徉于经典之中，阅遍天下黄钟大吕，踩在巨人的肩膀上，方能站得更高，看得更远，真正体悟到世界的辽阔。

对于一个写作者的文学成长而言，只有在别人的作品中读到自己的沮丧，方能知耻后勇。长期大面积的劣质阅读，无疑是一种不增反减的自毁神功。对此，我向来充满警惕。身为一个文学写作的大学老师，在痛苦批改学生作业之余，我习惯借用其他文体的珍腴来犒劳补偿自己。

山高人为峰。我们读莫言，莫言读马尔克斯，马尔克斯读福克纳和胡安·鲁尔福。作家的阅读，一言以蔽之，就是强身健体，人往高处走，为我所用，有利可图，充满赤裸裸的功利性。

面对经典，我向来主张跪着读，站着写。

读时如同仆人，卑微谦恭，长跪不起；写时仿若君王，气吞山河，君临天下。作家的模仿，往往是弃之皮毛，夺其筋骨，就艺术内核进行一种高级的偷盗，而非拙劣的东施效颦。于此，模仿的气度要大，要狂，要彻底站起来，身兼"欲与天公试比高"的雄心壮志。只有这样，你的作品才能摆脱经典的阴影，别开生面，甚至实现文本的弯道超车。

每部小说都是从其他小说中长出来的。

实际上，每一个创作颇丰的写作者，都可以列出这样一张清单，也许有人羞于示人，也许有人未曾想过示人。

2017年，我曾经在《微型小说选刊》杂志全年开设"致敬经典"个人写作专栏。该系列来自我多年来对一些名篇佳作的理解、消化、吸收和思考，然后以微型小说文本的形式来呈现自己的读后感，属于前辈作品的衍生、推进、重组或颠覆，可以称之为互文。平心而论，这样的专栏不好写，两者之间既要外表和谐，内里统一，又要别出心裁、独立成篇。这种奔跑，属于自我加绑沙袋高难度动作。每计划写一篇都异常艰难，每完成一篇都是个人伟大的进步。说内心话，我从不敢大言不惭去超越对方，但内心确实憋着一口气：既然出自名门，就不能辱没名门，最起码不能相差甚远，否则还致哪门子敬呢？

遗憾的是，当时受杂志篇幅受囿，很多解读一鳞半爪，无法展现全貌。本书是在专栏的基础上另起炉灶，忠实还原我个人从阅读到创作的现场。并且，秉持民间立场，在一纸荒年里只诉温暖不言殇。

在本书的写作风格上，为了好读易懂，我有意采用了小说、散文和文学评论等多种文体杂糅的方式，有理说理，无理说暧昧，语言幽默且不肤浅，以有趣抵抗无趣，尽量回避学院派板着脸孔的逻辑说教。全书共计14篇，涉及17名作家和1个学生的作品，所研究的对象和品读的作品，不唯名不唯奖不唯亲，只因为我真心喜欢，有太多的话想说，而且每篇围绕写作中的某个元素展开，各有侧重，力求全书多样化、系统化。也许有些观点欠缺公允，但我愿意以自己的赤诚赢得你阅读的信任，希望对你有所帮助和启迪。

最后，我要感谢《微型小说选刊》杂志社的张越先生和李梦琦女士。在本书的写作过程中，正是他们给予了莫大的帮助和鼓励，才让我不舍昼夜，星河滚烫。

写作即唤醒。

2021年6月30日夏阳于东莞城市学院